전능의 팔찌

THE OMNIPOTENT BRACELET

김현석 현대 판타지 소설

FUSION FANTASTIC STORY

전능의 팔찌 9

김현석 현대 판타지 소설

초판 1쇄 찍은 날 § 2012년 3월 22일
초판 1쇄 펴낸 날 § 2012년 3월 29일

지은이 § 김현석
펴낸이 § 서경석

편집부장 § 권태완
편집책임 § 박우진

펴낸곳 § 도서출판 청어람
등록번호 § 제1081-1-89호
등록일자 § 1999. 5. 31
어람번호 § 제 1-1355호

주소 § 경기도 부천시 원미구 심곡2동 163-2 서경B/D 3F (우) 420-822
전화 § 032-656-4452 팩스 § 032-656-4453
http://www.chungeoram.com
E-mail § chungeoram@chungeoram.com

ISBN 978-89-251-2818-4 04810
ISBN 978-89-251-2596-1 (세트)

전능의 팔찌

THE OMNIPOTENT BRACELET

9

FUSION FANTASTIC STORY

김현석 현대 판타지 소설

청람

CONTENTS

CHAPTER 01

잡초 쉐리엔의 변산

쉐리엔은 아르센 대륙엔 지천으로 널려 있는 잡초의 이름이다.

기억을 더듬어 보니 멀린의 레어를 떠나 테세린에 이르는 길 곳곳에 무성하게 자라 있었다.

많지는 않지만 코찔찔이 세실리아네 여관 뒷마당에도 있었다. 그러고 보니 현수가 지구로 차원 이동을 감행했던 캐러나데 사막의 바위 아래에도 있었다. 이중 가장 많은 곳은 멀린의 레어로부터 알베제 마을에 이르는 숲속인 것으로 기억된다.

그곳엔 그야말로 지천에 널린 것이 쉐리엔이었다.

여름이면 하얀 꽃이 핀다는데 그 향이 제법 달콤하다고 한다.

아직 여름이 되지 않았기에 현수는 쉐리엔의 향기를 맡아보지 못한 상황이다.

어쨌거나 현수는 아르센 대륙에서 많은 여자들을 보았다.

올테른에선 세실리아, 테세린에선 로사 같은 평민을 보았다.

귀족으로는 카이로시아와 로잘린, 그리고 그녀의 모친인 세실리아 자작부인이 있다.

이밖에도 맨 처음 방문했던 알베제 마을 사람들도 있다.

어쨌거나 아기 낳을 날이 가까워진 로사를 제외한 여자들에겐 공통점이 있다. 어느 누구도 뚱뚱하지 않았다는 것이다.

현수와 동행하고 있는 줄리앙의 경우 음식을 먹는 양이 다른 용병들과 크게 다를 바 없다.

그럼에도 불구하고 그녀의 허리는 24인치를 넘을 것 같지 않다. 그래서 물어보았다.

"이봐, 줄리앙! 전에 보니까 너 엄청 먹던데 그렇게 먹는데도 어떻게 살이 안 쪄?"

"내가 많이 먹긴 뭘 많이 먹는다고 그래? 어디 가서 그런 소리 하지 마. 나중에 시집가는 데 지장 있으니까."

"얼씨구, 시집은 가려고?"

"당연한 거 아냐? 나, 아직 꽃다운 청춘이야. 그리고 날 노리는 놈들도 많다고. 저기 보이는 저 자식 있지?"

줄리앙이 가리킨 용병은 일행 가운데 가장 덩치가 큰 무식한 놈이다. 한 끼 식사에 한국식으로 치면 공깃밥 다섯 그릇을 순식간에 뚝딱 해치우는 대식가이기도 하다.

"저 녀석이 왜?"

"아무래도 저놈이 날 노리는 거 같아."

"그래……? 내가 보기엔 안 그런 거 같던데? 근데 그걸 어떻게 알아냈어?"

"짜식이 날 보는 눈이 늘 음흉하잖아. 그래서 재수없어!"

줄리앙이 어림도 없다는 표정을 지을 때 현수는 어이없다는 표정을 지었다.

방금 줄리앙이 지목한 사내가 줄리앙을 바라보는 이유는 자신과 거의 비등하게 먹어치우는 여자를 처음 보았기 때문이다.

언젠가 녀석이 현수에게 했던 말이기에 기억하는 것이다.

어쨌든 줄리앙은 한 끼 식사에 공깃밥 네 그릇 정도를 먹는다. 그리곤 저녁 때 30분쯤 검을 휘두르는 것 이외엔 별다른 수련도 하지 않는다. 그럼에도 날씬하기에 물어본 것이다.

"아무튼 줄리앙의 몸매가 유지되는 이유를 알고 싶은데 가르쳐 줄 수 있어?"

"네가 내 목숨 구해준 거 하나를 까준다면 말해주지."

자신의 목숨 값을 얼마나 하찮게 여기는지 이해가 가지 않아 잠시 말을 멈췄다.

"……! 너 그렇게 싸구려야?"

"싸구려……? 그럴 수도 있고 아닐 수도 있지."

"네 자신을 조금 더 존중해 주는 건 어때?"

"뭐, 싫으면 말고."

줄리앙은 시큰둥한 표정으로 입을 다물었다. 그런데 목마른 놈이 우물을 파는 법이다. 현수는 몸매 유지 비결이 궁금했다.

"아, 아냐! 좋아, 하나 까줄게. 말해줘."

"그게 그렇게 궁금해? 너도 내게 관심이 있어서 그러는 건 아니지? 설마 그런 거야?"

눈빛이 반짝인다. 특정한 대답을 원하는 모양이다. 현수는 선을 그어놓지 않으면 지구에서처럼 여자들이 꼬인다 생각했다.

"아닌데? 나 사귀는 여자 있어."

"정말……?"

이번엔 줄리앙이 말을 끊었다. 그리곤 진위 여부를 판단하겠다는 듯 시선을 맞춘다.

그러고 보니 조금은 매력적인 얼굴이다.

머리를 자주 감지 않아 기름기로 젖어 있지만 풍성한 머리카락이 반곱슬이라 파마를 한 듯하다.

얼굴의 절반은 차지할 듯 커다란 눈망울을 보면 순정만화의 주인공 같아 보이기도 한다.

콧날도 곧고, 오뚝하다. 입술은 한국의 잡지책 표현대로 한다면 '키스를 부르는 연분홍' 이다.

하지만 하는 짓은 선머슴 저리 가라 할 정도로 왈가닥이다.

가꾸기만 하면 꽤 아름다운 얼굴임에는 틀림이 없다. 게다가 몸매는 정말 끝내준다.

튀어 나올 부분은 강조하듯 튀어 나왔고, 허리는 잘록하다 못해 부러질 듯 갸날퍼 보인다.

이는 잘 발달된 둔부가 아래를 받쳐 주기 때문이다.

아래위는 불룩한데 중심부만 쏙 들어가는 형국인 것이다.

현수는 세 번이나 목숨을 구해준 자신에게 줄리앙이 흥미를 느끼기 시작한 듯하여 아예 싹을 잘랐다.

"그래, 나 사귀는 여자 있으니까 넘보지 마."

"뭐라고? 내가 널… 넘봐……? 제길, 날 뭘로 보고……. 난 나보다 급수가 낮은 인간에겐 관심 없으니 내가 널 노릴지도 모른다는 환상을 버리도록 해."

말은 이렇게 했지만 눈빛은 빛나고 있다. 내심이 아닌 것이다.

"아무튼 어떻게 해서 살이 안 찌는지나 알려줘. 선천적인 체질이라는 말은 하지 말고."

"알았어. 저기 저거 보여?"

줄리앙이 가리키는 곳에는 별다른 게 없다. 커다란 바위와 그 그늘에 잡초들만이 보였기 때문이다.

"저거 뭐? 내 눈엔 바위와 잡초밖에 안 보이는데."

"잡초……? 하긴 네 눈엔 저게 잡초로 보이겠지. 저기 있는 저 잡초의 이름은 쉐리엔(Sherien)이야."

"쉐리엔?"

"그래, 저걸 잘 짜서 즙을 마시면 살이 안 쪄. 찐 살은 쏙 빠지고……. 맛도 제법 달지."

"정말?"

"속고만 살았나? 그리고 내가 너한테 왜 거짓말을 해? 내 목숨 값 하나와 바꾼 건데."

"……!"

줄리앙이 지목한 것은 현수도 많이 본 것이다.

너무 흔해서 하나도 귀해 보이지 않는 저것이 살 빼는데 효과가 있다니 믿어지지 않는다.

현수는 속는 셈치고 바위 아래와 그 인근에 있던 쉐리엔을 전부 베어 왔다. 뿌리만 온전하면 금방 다시 자란다 하였기에 인정사정 볼 것 없이 싹쓸이를 했다.

그리곤 아공간에 넣으려다 생각을 했다.

잠시 후, 쉐리엔의 절반은 건조 마법으로 건조되었다.

현대의 기술로 말하자면 동결 건조 시킨 것이다.

이렇게 하면 영양소 파괴 없이 수분만 제거한 상태가 된다. 물을 부으면 다시 원상으로 되돌아가게 될 것이다.

즙을 내서 먹으라는데 이렇게 한 것엔 이유가 있다.

상당수 여자들이 변비에 시달린다. 그런데 쉐리엔도 식물이므로 상당한 섬유질을 보유하고 있을 것이다.

이것을 냉동 건조 했다가 적절한 크기로 가루 낸 뒤 물에 타 먹이면 살이 빠지는 효능 플러스 배변을 돕는 기능까지 갖지 않을까 하는 생각을 한 것이다.

그렇기에 일반적인 고운 분말이 아닌 약간 거칠거칠한 분말로 만들었다.

그것을 은정과 수진, 그리고 지혜에게 주어 임상실험을 하려는 것이다. 물론 반복해서 먹어도 인체에 아무런 해도 없다는 말을 들었기 때문이기도 하다.

줄리앙이 말하길 쉐리엔의 즙을 마시면 살이 빠지는 효능은 알려진 지 2,000년이 넘는다고 한다.

그간 수많은 여자들이 이것을 복용했지만 이상이 생겼다는 소리는 들어본 적도 없다고 하였다.

은정이 나간 후 현수는 쉐리엔 분말과 즙이 담긴 병 하나씩을 들고 자리에서 일어났다.

"어디 나가세요?"

"대한약품에 들렀다가 우리 건물에 갔다 올게요."

"사장님, 우리 사무실도 그쪽으로 이사를 가게 되는 건가요?"

"왜요? 가고 싶어요? 근데 여기서 역삼동이면 조금 멀지 않나요? 퇴근 하는 데 힘들 텐데."

"그럼 여기 계속 있어요?"

"그야, 여러분들이 원하는 대로 하는 거죠. 모두가 원하면 옮기고 아니면 계속해서 여기 있읍시다."

"네에, 알겠습니다. 다녀오세요."

현수는 곧장 대한약품으로 향했다.

"김 실장님, 안녕하십니까?"

"아! 네에, 어서 오십시오. 김 사장님!"

연구에 몰두 중이던 김지우 실장은 현수를 반갑게 맞이하였다.

"김 실장님을 조금 귀찮게 하려는데 괜찮으신지 모르겠습니다."

"무슨 말씀을……! 근데 저번에 주신 것에 대한 성분 분석이 아직 끝나지 않았습니다. 뭐가 잘못되었는지 계속 에러가 나서요."

"그래요? 무리하지 말고 천천히 하셔도 됩니다. 그거 말고 또 일감을 드리려 하는데 괜찮은지요?"

"하하, 일감이라니 반갑네요. 뭔지 말씀해 주십시오."

"네, 이거 두 개의 성분 분석도 의뢰할게요."

"흐음, 이건 뭔가요?"

"하나는 어떤 식물의 즙이고, 다른 하나는 그걸 동결 건조시킨 뒤 분말로 만든 겁니다."

"그래요?"

대체 뭘까 싶은지 병을 들어 살펴본다.

"제가 알기론 그게 살 빼는 데 특효가 있다고 합니다. 대체 어떤 성분 때문인지 알아봐 주십시오."

"살 빼는 데 특효라면……!"

김지우 박사는 눈빛을 빛냈다.

자연으로부터 얻은 성분을 분석하여 그걸 복제할 수만 있으면 신약이 만들어지는 것이기 때문이다.

"인체엔 아무런 해도 없다고 하니 임상실험도 병행하면 어떨까 싶습니다."

"그건 유해 성분이 있는지 여부를 판별한 후가 좋겠군요."

"네, 그건 알아서 하십시오. 하여간 이것들이 좋은 효과를 냈으면 좋겠네요."

"네, 저도 그러길 바라겠습니다."

김지우 박사는 이제부터 연구에 들어갈 테니 어서 가라는 표정을 지었다. 과연 연구벌레라는 소리를 들을 만하다.

현수는 쓴웃음을 짓고는 대한약품 사장실로 향했다.

"민 사장님!"

"아이고, 우리 김 사장님. 김 박사는 만났습니까?"

"네. 그 양반 아주 바쁜 모양입니다."

"맞아요. 뭔가에 몰두할 때엔 정말 확실히 빠지는 스타일이라 그렇습니다."

민 사장의 얼굴에선 빛이 나는 듯하다. 온갖 우환이 모두 사라진데다 바라던 둘째까지 잉태되어 그런 모양이다.

"그런데 무슨 일로 김 박사를 보자고 하신 겁니까?"

앞으로는 자신을 거치지 말고 직접 연구소를 드나들어도 된다는 말에 이곳에 오기 전에 먼저 김 박사를 만났던 것이다.

"대한약품이 세계적인 제약사가 될 발판을 만들려고요."

"하하, 그래요? 그거 듣던 중 반가운 소립니다. 그런데 무엇을 만드시려고 그러는지요?"

민 사장은 반 농담으로 알아들은 모양이다. 이에 현수는 정색하며 입을 열었다.

"요즘 여자들 사이에선 다이어트가 화두 아닙니까? 제가 콩고민주공화국에 있을 때 정글에서 가져온 게 있습니다. 그거 성분 분석을 의뢰했습니다."

"아! 그래요? 흐음, 다이어트 보조제는 효과만 입증되면 날개 돋친 듯 팔리는 건데……. 이거 은근히 기대되는데요?"

"네에, 기대해 보십시오. 하하하!"

현수가 간 후 민윤서 사장은 김지우 실장을 찾았다. 그리곤 현수가 가져온 것에 대한 의견을 들었다.

먼저 가져온 것은 성분 분석을 하는 동안 계속해서 에러가 나서 아직 보고서 작성이 안 된다고 한다. 따라서 아직 정체를 알 수 없는 성분이라 무어라 확언해 줄 수 없다고 했다.

오늘 가져온 것은 다이어트에 효과가 있다는 천연재료인 듯한데 이것 역시 분석이 끝나봐야 안다고 했다.

한 가지 확실한 것은 먼저 가져온 것이 심상치 않다는 것이다.

하여 왜 그러느냐고 물었더니 냄새만 맡아도 심신이 편안해진다는 것이다.

호기심이 돋았기에 냄새나 맡아보자고 하였다.

김 박사는 삼각 플라스크에 있던 것을 샬레[1]에 덜어 분석 중이던 것을 꺼내왔다.

뚜껑을 열자 향긋하면서도 상쾌한 향이 난다. 그런데 일반적으로 맡아볼 수 있는 그런 냄새가 아니다.

"으응? 이건……!"

---

1) 샬레(Schale): 유리로 만든 납작한 원통형 용기. R.J.페트리가 고안하여 페트리접시 또는 페트리샬레라고 한다. 유리로 만든 뚜껑과 쌍으로 되어 있다. 지름 10㎝짜리를 널리 사용한다. 한천(寒天), 젤라틴 등으로 배지를 만들어 이것에 세균을 배양하는 평판 배양에도 사용하고, 세균학 · 생물학 · 의학 등에서 그 용도가 매우 넓다.

"왜요? 뭔지 아는 겁니까?"

"아, 아닙니다. 어디서 맡아본 냄새인 것 같아서요."

민윤서 사장은 이 냄새를 맡아본 바 있다. 아내인 윤영지를 치료하러 현수가 왔을 때이다.

그때 현관문을 열고 들어섰을 때 뭔지 알 수 없는 냄새를 맡았다. 그냥 좋다는 느낌이었다.

그럼에도 확실하게 기억해 내지 못하는 것은 공기 중으로 발산된 양이 적어 농도가 희박했기 때문이다.

또한 현수가 아내를 치료하는 장면에 더 정신이 팔려서이다.

하여 대체 어디서 이런 냄새를 맡았는지 고개를 갸웃거릴 때 김 박사가 자신의 말이 맞지 않느냐는 표정을 짓는다.

"아무튼 허파가 시원해지는 느낌이 들죠?"

"정말 그런데요? 흐으음, 하아아……! 우와, 이 향기만 팔아도 돈이 되겠네요. 근데 이걸 뭐라고 해야 하죠?"

"피로에 지친 심신을 맑게 해주는 원시 지구의 청량한 향기 정도면 어떨까요?"

"원시 지구의 청량한 향기라……. 괜찮은 것 같은데요?"

나중의 일이지만 대한약품은 회복 포션 복제품을 제조하는 과정에서 발생된 증기를 캔에 담아 판매한다.

상품명은 김 박사의 말에서 착안한 '청향(淸香)' 이다. 그리고 이 상품은 없어서 못 파는 명품이 된다.

몸은 건강하지만 지치고 힘든 현대인들이 이 향기를 맡으면 언제 피곤했냐는 듯 생생해지기 때문이다.

숙취 때문에 고생하던 사람은 단번에 술기운이 날아가는 기분을 느낀다. 이밖에도 여러 방면에서 효능을 보이는데 백미는 천식과 폐결핵 환자들에게서 나타난다.

천식이란 기관지가 좁아져서 숨이 차고, 기침을 심하게 하는 증상을 나타내는 병이다. 다시 말해 기관지의 알레르기 염증 반응 때문에 발생하는 알레르기 질환이다.

폐결핵은 결핵균에 감염되어 폐가 파괴되는 질환이다.

그런데 천식과 폐결핵 환자가 청향을 맡으면 일시적으로 완치되는 현상이 나타난다.

폐포(Alveoli, 肺胞)에 직접 작용하기 때문이다.

하지만 워낙 양이 적기에 일시적인 효과만 난다.

그럼에도 두 환자들은 혈안이 되어 청향을 사들이려고 한다. 현대의 어떤 약품도 보여주지 못하는 탁월한 효능 때문이다.

나중에 밝혀지게 되지만 청향을 꾸준히 사용한 환자는 천식과 폐결핵으로부터 완전히 해방되는 효과가 나타난다.

* * *

"사장님! 건의 드릴 사항이 있는데요."

"건의요? 뭐죠? 말씀해 보세요."

"네, 제가 일을 하면서 느낀 건데, 요즘 우린 보름마다 한 번씩 킨샤사로 항공화물을 부칩니다."

"그래서요?"

당연한 걸 왜 이야기하느냐는 말은 하지 않았다. 다만 무슨 이야길 할지 궁금하다는 듯 눈빛만 빛냈을 뿐이다.

"이걸 해상운송으로 전환하면 시간은 더 걸릴지 모르지만 금전적으론 세이브가 될 것 같아서요."

"알아요. 하지만 항공운송도 그렇고 해상운송 역시 한국에서 콩고민주공화국으로 직접 가는 항로는 없어요."

2010년에 조셉 카빌라 콩고민주공화국 대통령이 방한했다.

그 결과 2004년부터 시작된 한국식 새마을 운동이 성공적으로 실시되고 있다는 것이 알려졌다.

한국이 낙후된 콩고민주공화국을 개발하는 롤 모델이 된 것이다. 그럼에도 아직까지는 활발한 교류가 적어 항공 및 해상운송이 마땅치 않은 것이다.

"알아요. 그래서 민 실장님과 상의해 봤는데 사장님과 이야기하면 좋은 방안이 생길 거라고 하시던데요?"

"그래요? 무슨 좋은 방안이지?"

"동창 중에 해상운송 쪽 일을 하는 분이 있으시다고……."

"아! 맞아요. 있어요. 그런 일 하는 친구."

"사장님이 소속된 천지건설에서도 상당히 많은 화물을 보내야 한다면서요? 그렇다면 콩고민주공화국으로 곧장 가는 해상운송편이 만들어지는 것 아닌가요?"

"그렇군요. 이지혜 씨가 무얼 말하는지 알았습니다. 바로 확인해 보죠."

"네에."

지혜가 머리를 숙이자 현수가 한마디 했다.

"회사를 위해 아이디어를 내주어 고맙습니다."

"어머, 아니에요. 당연한 일인 걸요."

지혜가 나간 뒤 현수는 곧장 김상렬에게 전화를 걸었다. 현재 '신세계마리타임' 이라는 해운사를 운영하는 친구이다.

"어이, 친구! 잘 있었어?"

"이게 누구야? 너 김현수 맞아?"

"그래! 나 현수다. 너 시간 있냐?"

"시간……? 대낮인데 벌써부터 술 먹자고?"

"아니, 일 얘기 좀 하자고."

"일? 무슨 일……? 너, 천지건설 다니잖아. 그런데 무슨……. 아! 맞다. 요즘 너희 회사 뭔가 큰 건수 있지?"

"그래! 근데 천지건설 일은 아니고, 다른 일로 널 좀 만났으면 해서. 바빠서 시간 없냐?"

"야……! 일 얘기라면 당연히 만나야지. 좋아, 너 지금 어디에 있는데? 내가 갈까? 아님 네가 올래?"

"내가 가마. 너 사무실 예전의 거기지?"

"그래, 중구 서소문동 57-9 한영빌딩 10층 맞다."

"오케이. 지금 출발할게. 꼼짝 말고 있어라."

"반갑다. 친구!"

"짜식, 여전하구나. 부모님은 건강하시지?"

김상렬은 이 회사를 아버지로부터 물려받았다. 그렇기에 젊은 나이에 해운사의 CEO[2]가 되어 있는 것이다.

"그럼, 너희 아버님은?"

"우리 부모님도 말짱하시다. 그나저나 웬 살이 이렇게 쪘냐?"

"밥 먹고 책상 앞에만 앉아 있다 보니 이렇게 됐다. 그나저나 넌 보기 좋다."

현수를 위아래로 훑어본 상렬은 내심 반성이 되었다.

자신은 아랫배가 불룩 나와 아저씨가 다 되었으나, 현수는 대흉근이 잘 발달된 젊은 총각으로 보이기 때문이다.

"그래, 운동 좀 해라! 아직 장가도 안 간 녀석이 웬 배만 이렇게 나왔냐? 잘 하면 임신했다는 소릴 듣겠다."

"그치? 운동 좀 해야겠지?"

"그래, 살이나 좀 빼야 장가를 가지."

상렬은 순순히 고개를 끄덕였다.

"알았다. 그건 그렇고 날 보자고 한 일은 웬일이냐?"

"아는지 모르겠지만 나 회사 하나 차렸다."

"알아, 주영이한테 대강 들었어."

고개를 끄덕이기는 하는데 자세히 아는 것 같지는 않다.

"얼마나 아는지 모르겠지만 매달 콩고민주공화국이라는 데로 의약품을 수출한다. 그거 운송 얘기 좀 하자."

"그래? 그건 그렇고, 너희 회사 일 먼저 얘기해 보자."

---

2) CEO : Chief Executive Officer의 약자. 최고 경영자.

"무슨 소리냐?"

"요즘 천지건설 일 따려고 해운사들마다 난리다."

"그건 우리 회사가 공사를 수주해서 그런 거다."

"야! 너 아직 신입사원이지? 근데 힘 좀 못 써주냐?"

"무슨 소리야?"

"너희 회사 일 내가 좀 따게 해주라."

"……!"

말은 했지만 상렬은 전혀 기대하지 않는다. 하긴 신입사원이 무슨 힘이 있겠는가!

"너네 회사 일을 따기만 하면 콩고민주공화국으로 배 보내는 거 어렵지 않다. 듣기론 컨테이너가 수천 개라던데."

"어쩌면 수만 개가 될지도 모르지."

현수의 말에 상렬은 바싹 당겨 앉는다.

"뭐야? 너 뭐 좀 아는 거 있냐? 있으면 소스 좀 주라. 우리 회사에서 그 일을 따게 되면 너한테도 섭섭지 않게 해줄게."

"됐다, 인마! 그건 그거고 우리 일부터 먼저 얘기하자."

"그래, 알았다. 콩고민주공화국으로 매달 화물을 보내는 거 말하는 거지? 양은 얼마나 되는데?"

의약품은 부피도 크지 않고 무게도 많이 나가지 않는다.

그렇기에 다소 시큰둥했다. 있지도 않은 항로를 컨테이너 한두 개로 개설하라는 소리를 할 것 같아서이다.

"현재를 기준으로 따지면 컨테이너 스무 개 정도 될 거다."

"흐음, 그것만으론 조금 부족한데……."

"지금 그렇다는 거야. 차츰 물량이 늘어날 거야."

"차츰……? 그러다가 서른 개 되고 마흔 개 된다는 소리냐?"

"아니, 지금 당장은 스무 개 정도지만 몇 개월 후엔 매달 수백, 수천 개도 될 수 있다."

"그거 희망사항인 거지?"

"아닌데? 거의 확정적인 거야."

"……!"

상렬은 현수가 농담하는 것으로 생각했다.

의약품 수출을 하는데 컨테이너 수천 개라는 건 말도 안 되는 이야기이기 때문이다.

그러거나 말거나 현수의 말은 이어지고 있었다.

"더 나중이 되면 거기서 한국으로 보내는 물량도 많을 거야."

현수가 너무 진지한 표정을 짓고 있다 생각한 상렬이 피식 웃음 지었다.

"짜식, 너 지금 나한테 농담하는 거지?"

"아니! 진담이야."

"야, 말도 안 되는 소리 하지 마라. 의약품 수출한다며? 근데 전 세계로 수출하는 것도 아니고, 아프리카의 후진국 하나에 컨테이너로 수천 대를 보낸다는 게 말이 되냐? 그것도 매달!"

"약품만 수출하는 게 아냐. 거기에 커피 농장이랑 축산 단지를 조성할 생각이야."

"커피 농장? 축산 단지?"

"그래, 일단 5천만 평 규모다."

"에라! 이놈아. 그냥 술 사달라고 해라. 가자, 사줄게."

상렬은 지금껏 한 이야기 전부를 농담으로 결정 지은 것이다.

"인마, 농담이 아냐. 콩고민주공화국 정부하고 이미 이야기 끝난 거야. 속고만 살았냐?"

상렬은 현수와 시선을 마주쳤다. 그리곤 고개를 갸웃거렸다.

"설마 진짜인 거냐?"

"그래! 거기에 주택 3만 호를 지을 거다. 종업원들을 위해서. 거기에 필요한 각종 기자재들을 한국에서 실어가야 해."

"……!"

"농장이 완성되면 각종 축산물 등을 국내로 반입할 거야. 그러려면 배가 필요해. 나중엔 배를 사겠지만 지금 당장은 너희 같은 해운사의 협조가 필요하다고."

"저, 정말인 거야?"

"그래, 정말이다. 그러니 제발 내 말 좀 믿어라. 이 화상아!"

"끄으응……!"

상렬이 할 말을 잃었다는 듯 소파에 털썩 기댄다.

"콩고민주공화국은 그렇다 치고, 러시아로의 운송편은 있지?"

"그래, 그건 상설되어 있다. 거기도 뭐 보낼 거 있냐?"

"물론 있지. 매달 의약품과 화장품, 그리고 자동차 등을 수출한다. 그것도 너한테 맡길 테니 알아서 준비해라."

"양은 얼마나 되는데?"

"전부 합쳐서 5천만 달러어치이다."

"뭐어……? 5천만 달러?"

"그래! 앞으로 2년간 매달 그만큼씩 상트페테르부르크나 노보로시스크로 보내야 한다."

"……!"

"자동차는 지금은 50대씩 보내지만 상황 봐서 대수가 많이 늘어날 수 있다. 내 목표는 매달 500대로 늘렸으면 한다."

"끄으응! 너 대체 뭐냐? 갑자기 왜 이렇게 된 건데? 로또에 당첨되기라도 했냐?"

상렬의 말에 현수가 피식 실소를 지었다.

"로또 당첨금이 얼만데? 요즘은 한 10억씩밖에 안 되는데?"

"그건 그렇지."

"러시아엔 매달 650억 원어치, 콩고민주공화국엔 매달 130억 원어치 수출을 한다. 로또 갖고 되겠냐?"

"그러게. 쩝……!"

상렬은 할 말을 잃었다는 표정을 지었다.

"그리고 우리 회사 건 있잖아."

"그래! 천지건설!"

"그것도 내가 도와줄 수 있으면 도울게."

"신입사원이 무슨 힘으로……!"

"나 신입사원 아니다. 얼마 전에 특별 진급해서 과장 됐다."

"뭐어? 과장? 네가 천지건설 과장이라고?"

"그래, 인마!"

"야! 고작 스물아홉 살인데? 정말이야? 근데 어떻게?"

"그건 말하자면 길다. 이따 술 마시면서 이 형이 얘기해 줄게."

"……!"

상렬은 이게 대체 무슨 상황인가 싶어 어리둥절해하는 표정을 짓는다. 이때 현수가 결정타를 먹인다.

"그리고 이번에 내가 우리 회사에 공사를 줬거든."

CHAPTER 02
마법을 실생활에 적용했더니

"공사? 무슨 공사?"

"농장에서 일할 사람들을 위한 주택 3만 호 건설을 의뢰했다."

"뭐어……? 3만 호? 그럼 조금 전에 말한 그거?"

상렬은 또 놀라는 표정을 지었다.

"그래, 20평짜리로 3만 호를 지어달라고 했다. 그밖에도 농장에 필요한 모든 건축물들도 의뢰했고."

"……!"

"그리고 우리 회사가 콩고민주공화국에서 딴 공사도 사실은 내가 수주한 거야. 그래서 진급한 거고. 그러니 내가 말하면 어쩌면 천지건설 일 몽땅 네가 할 수도 있어."

"저, 정말……?"

상렬은 자리에서 벌떡 일어났다. 현수의 말이 사실이라면 대한민국에서도 손꼽히는 해운사로 발돋움할 수 있기 때문이다.

"하지만 내 일이 먼저다. 할거냐, 말거냐? 한다면 돕지만 아니라면 꽝이다."

"고, 고맙다. 친구야!"

상렬이 현수의 손을 꽉 잡는다. 어찌 무슨 뜻인지 모르겠는가! 하지만 짐짓 모르는 척했다.

"아, 한다는 거야, 만다는 거야?"

"짜식! 그걸 몰라서 묻냐? 당연히 하지. 컨테이너 두 개만 되어도 해주려고 했다, 이놈아!"

"그랬냐? 하하, 알았어. 그럼 일단 스무 개부터 시작하자."

"오냐! 스무 개라도 좋다. 하자!"

현수가 돌아가고 난 후 신세계마리타임 사장실에선 환호성이 터져 나왔다. 로또 복권이 100번 연속으로 당첨된 것처럼 너무도 기뻤기 때문이다.

* * *

"이은정 실장님!"

"네, 사장님."

"오늘 이지혜 사원이 아이디어를 내서 우리 회사의 이익이 조금 늘어날 것 같습니다. 연말이 되면 그 수익을 계산해서

25%를 보너스로 지급하도록 하세요."

"네, 알겠습니다."

은정은 지혜로부터 이미 여러 차례 이야길 들었던 터라 연유를 묻지 않았다.

"앞으로도 회사의 업무를 개선하여 이번처럼 이득이 생기면 25%를 보너스로 지급하겠다는 말을 김수진 씨와 민주영 실장에게도 전해주세요."

"네, 알겠습니다."

은정이 나가자 현수는 곧장 울림네트워크로 향했다.

"이미! 안녕하세요?"

업무를 보던 이 비서가 반색하며 인사를 한다.

"네에, 안녕하셨지요?"

"네, 잠시만 기다리세요. 사장님께 말씀드릴게요."

용무도 말하지 않았건만 이 비서는 싹싹하게 먼저 나선다.

잠시 기다리니 어서 안으로 들어가 보라는 손짓을 하며 환히 웃는다. 회사에 드리워졌던 암운을 거둬준 고마운 사람이기에 보이는 친절이다.

"아이고, 어서 오십시오."

박동현 대표도 반색하며 자리에서 일어난다.

"바쁘시죠?"

"하하! 그럼요. 김 사장님이 주신 일감을 해결하려면 바쁘게 움직여야지요."

"하하! 네에. 바쁜 만큼 기쁨도 있었으면 합니다."

"물론입니다. 당연히 그렇게 될 겁니다. 자, 자리에 앉으시죠."

자리에 앉자 이 비서가 기다렸다는 듯 음료수를 내온다.

울림네트워크 박 대표는 그간 속을 썩이던 자금 문제에서 숨통이 트였기에 지난 며칠 아주 행복했다.

현수가 그 행복을 제공한 사람이기에 아주 살가운 표정이다.

"그나저나 오늘은 어떤 일로 오셨습니까?"

"전에 얼핏 듣기로 스피드의 엔진은 자체 개발품이 아니라 A 자동차에 장착되던 것이라고 했지요?"

"네, 이제는 단종된 모델에 장착되던 겁니다."

"그거 재고는 충분합니까?"

현수의 말에 박 대표는 잠시 이맛살을 찌푸렸다. 현수의 물음이 싫어서가 아니다.

엔진을 공급해 주던 회사의 행태 때문이다.

그쪽도 사업하는 곳이기에 이해가 되기는 하지만 그간 상당히 속을 많이 썩였다.

외상 거래는 안 되고 맞돈을 들고 가야 엔진을 줬다. 그러더니 최근엔 선금을 주지 않으면 공급해 줄 수 없다고 한다.

물건을 사주는 입장인데 아주 고압적이었기에 그간 밸이 꼴렸지만 억지로 참았다.

그나마라도 엔진을 구하지 않으면 안 되기 때문이다. 하여 형편만 풀리면 거래처를 바꿀 생각을 했다.

한국인들이 좋아하는 독일의 Benz나 BMW로부터 엔진을 도입할 생각을 한 것이다.

처음 스피드를 만들 때에도 이런 생각을 하지 않은 것은 아니다. 하나 국내 최초의 수제 스포츠카라는 명분을 생각하여 국내 기업의 엔진을 구입했던 것이다.

그런데 이젠 그런 정나미마저 뚝 떨어졌다. 그래서 독일로 직원을 출장 보낸 상황이다.

그렇기에 박 대표는 마뜩치 않다는 표정을 지으며 대꾸했다.

"돈을 주고 만들어 달라고 하면 주겠다고는 하는데 재고가 그리 많은 것 같지는 않습니다."

"흐음, 그래요? 그거 문제군요. 가격은 어떤가요?"

"형편상 필요할 때마다 몇 개씩 구입하는 상황인지라 약간 높은 가격입니다."

박 대표는 현수에겐 속내를 털어놔도 된다고 생각했는지라 있는 상황을 그대로 이야기했다.

그렇기에 여차하면 엔진을 바꿀 계획이 있음도 말한 것이다.

"매월 50대씩 2년간 판매를 하려면 최소 1,200개의 엔진이 필요합니다. 그렇죠?"

"A/S를 해주려면 여분으로 더 필요하죠. 게다가 국내 수요도 있고, 이미 수출 계약을 한 것도 있으니 1,800 내지 2,000개의 엔진이 필요합니다."

"돈은 주면 만들어준다고는 했다고요?"

"네, 그렇긴 한데 가용 재원이 많지 않아 한꺼번에 주문하긴 힘든 상황입니다."

"엔진 자체는 품질이 괜찮습니까?"

"네, 그건 그렇습니다."

"그렇다면 선주문을 하세요. 돈이 필요하면 더 드릴 수 있으니까요."

"사장님……!"

박동현 대표는 잠시 말을 잇지 못했다. 현수의 말대로 한꺼번에 주문을 하게 되면 단가도 많이 떨어뜨릴 수 있다.

또한 갑과 을이라는 지위가 확실하게 자리매김 된다. 물론 갑은 울림네트워크고 을은 엔진 제조회사가 될 것이다.

딱히 원수진 것은 없지만 그동안 당한 설움을 생각해 보면 큰소리라도 뻥뻥 칠 수 있어 속은 시원해질 것이다.

그렇기에 방금 한 말이 진심이냐는 표정을 지은 것이다.

그러거나 말거나 현수의 말은 이어졌다.

"나머지 부품들은 수급에 문제가 없습니까?"

"물론입니다. 이젠 선금 주고 달라고 하는 상황이 되었으니 별 문제가 없을 듯합니다. 납품 가격도 조금 내려갔구요."

"그건 다행이군요. 그건 그렇고 안 쓰는 엔진이 있으면 제게 하나만 보내주십시오."

"네……? 그건 뭐하게요?"

"엔진에 대해 알아보려고요. 스피드에 관한 내용을 읽어보았는데 효율 부분이 조금 마음에 들지 않았습니다."

"우리 스피드의 연비는 다른 스포츠카에 비해서 높습니다. 다른 건 리터당 5~6㎞이지만 스피드는 9㎞를 넘습니다."

"네, 그건 알고 있습니다. 그런데 그걸 더 높이면 상품의 가치가 올라가지 않겠습니까?"

"혹시 자동차공학이나 기계공학 같은 전공을 하셨습니까?"

"하하, 그건 아닙니다."

"그런데 왜……?"

박 대표는 의아하다는 표정을 지었다. 전문가들도 해결하기 어려운 일을 하려는 의도를 가늠할 수 없었기 때문이다.

현수는 더 이상 묻지 말라는 뜻으로 환한 웃음만 지었다.

"아무튼 쓰지 않는 엔진이 있으면 하나만 빌려주십시오. 나중에 돌려 드릴 테니……. 그리고 엔진이 어떻게 작동되는지에 대한 설명을 들었으면 좋겠습니다."

"뭐, 그건 어렵지 않습니다. 그럼 언제 해드릴까요?"

"쇠뿔도 단김에 빼야겠지요?"

"알겠습니다. 가시죠."

잠시 후 현수는 스피드 제작창에서 분해된 엔진이 어떤 원리로 어떻게 작동되는지에 대한 자세한 설명을 들었다.

그러는 내내 박 대표는 무역회사 사장이 대체 왜 자동차 엔진에 대해 궁금해하는지 모르겠다는 표정이었다.

하지만 자리를 뜨지는 않았다.

현수는 서점에 들러 책을 몇 권 사고는 은행에 들러 그간 궁금하던 것을 묻고 돌아왔다.

"다녀오셨어요?"

"네, 별일 없죠?"

"그럼요. 차 드릴까요?"

"아뇨, 차는 됐어요. 근데 내게 뭐 온 거 없어요?"

"조금 전에 울림네트워크 직원들이 사장님 방에 뭐 갔다 놨어요. 근데 그게 뭔지는……."

문과 출신이라 그런지 은정은 엔진을 보고도 그것이 뭔자 모르는 모양이다.

"아! 그건 자동차에 쓰는 엔진이에요."

말을 마친 현수는 사장실로 들어섰다. 아까 보았던 엔진이 배달되어 있었다. 곁에는 엔진에 관한 책자가 있다.

일단 자리에 앉은 현수는 오는 동안 구입한 서적을 펼쳐 들었다. 자동차 엔진에 관한 전문서적들이다.

꽤 두툼했지만 두 권 모두 읽는 데 세 시간밖에 걸리지 않았다. 하지만 책의 내용은 고스란히 현수의 머릿속에 각인되었다.

이제 엔진에 관한한 웬만한 전문가 못지않은 해박한 지식을 갖추게 된 것이다.

책을 덮고는 분해된 엔진 앞에 섰다. 그리곤 한참을 석상처럼 멈춰 있었다. 하지만 생각마저 멈춘 것은 아니다. 현수의 뇌리로는 수많은 상념이 교차되고 있었던 것이다.

눈앞의 가솔린 엔진은 내연기관이다.

이것의 열효율은 약 25%이다. 즉, 100이란 열이 엔진을 통해 약 25의 운동에너지로 변환된다는 뜻이다.

나머지 75는 운동에너지로 변하지 못하고 사라진다. 이것을 잡아내는 것이 자동차 엔진 기술의 목표이다.

가솔린 엔진은 공기와 연료를 섞은 혼합기에 점화장치가 불꽃을 터뜨려 폭발시킨다. 그래서 '흡입→압축→폭발→배기' 라는 4사이클 행정이 완료되는 것이다.

반면, 디젤 엔진의 열효율은 35% 정도로 고압으로 연료를 안개처럼 뿜어서 자체 폭발을 유도한다.

경유를 비롯한 디젤 연료들은 400~500℃의 온도에서 자체 폭발을 일으키기 때문에 가능한 일이다.

자체 폭발을 일으키면 골고루 동시에 폭발을 하게 된다.

따라서 연료의 연소율이 높아지고 결과적으로는 연비가 좋아지는 효과를 가져오는 것이다.

그래서 최근에는 가솔린 엔진에서도 압축 폭발 방식을 도입하고 있다. HCCI(Homogeneous Charge Compression Ignition)엔진이 그것이다. 하지만 아직 상용화되지 못하고 있다.

완전한 개발이 이루어지지 않은 상태이기 때문이다.

"흐으음, 어떠한 주행 조건에서도 압축 폭발이 일어날 수 있게 하면 일단 효율은 높아지겠군. 그리고 뭐가 또 있을까?"

많이 쓰이는 오토매틱은 엔진으로부터 바퀴까지 동력이 전달되는 과정에서 손실이 발생될 수 있다.

엔진의 힘이 미션에 전달될 때 토크컨버터를 통해서 전달되는 데 유체의 힘에 의해 동력 전달을 하기 때문이다.

현수는 깊은 고심에 잠겼다.

어찌하면 효율을 극대화할지에 대한 상념이다. 그러는 동안 머릿속으로는 수많은 마법들이 스쳐 지났다.

어차피 과학 기술로는 해결하기 어려운 문제이기 때문이다.

어쨌든 현수의 뇌리를 스치는 마법은 서로 상반된 성질을 가진 것들이다. 압축, 팽창, 경량화, 중량화 마법 등등이다.

최종 목표는 시내 주행 연비를 리터당 100㎞대로 높이는 것이다. 그러려면 차체의 무게도 적절하게 줄여야 한다.

2012년에 미국은 이란과 대립각을 세웠다. 그 과정에서 한국은 어쩔 수 없이 이란으로부터 원유 수입을 중단했다.

그 결과 휘발유 가격이 2,500원 대를 오르내린다.

서민들이 감당하기엔 너무 고유가이다. 이런 상황이니 월등히 높은 연비를 가진 차는 당연히 매력적일 수밖에 없다.

스피드는 분명 스포츠카이다. 따라서 소비자층이 한정되어 있다고 할 수 있다. 70 먹은 노인이 몰기엔 그렇기 때문이다.

하지만 월등한 연비를 내기만 한다면 이런 고정관념은 깨질 것이다. 그리면 더 많은 매출이 발생될 수 있을 것이다.

현수가 이런 고심을 하는 이유는 원유 도입을 위해 치르는 돈이 엄청나다는 것을 알기 때문이다.

실제로 2011년에 대한민국이 수입한 원유는 1,007억 달러에 달한다. 한화로 환산하면 무려 113조 6,700억 원이란 거금이다.

물론 이것 전부가 자동차용 연료가 된 것은 아니다. 산업용으로도 쓰였지만 상당 부분인 것만은 틀림없다.

따라서 자동차의 시내 주행 연비가 열 배쯤 늘어난다면 국가적으로 상당한 이익이 될 것이다.

이밖에도 학교 선배인 김형윤 상무에게 도움을 주기 위해서 이런 골머리 썩는 일을 자청한 것이기도 하다.

인품 좋고, 명석한 두뇌와 제대로 된 가치관을 가진 정말 괜찮은 선배이다. 이런 선배가 보다 잘 사는 모습을 보고 싶어 잘 알지도 못하는 엔진을 뜯어보는 것이다.

한국의 대표적인 자동차 회사인 A와 B 자동차를 택하지 않은 유일한 이유는 김형윤 상무가 울림네트워크에 재직 중이라는 것뿐이다.

다시 말해 김형윤 상무 덕에 울림네트워크는 7써클 대마법사의 도움을 얻게 된 것이다.

아무튼 한참을 고심하던 현수가 나직이 중얼거린다.

"일단 엔진엔 시간차로 고압 마법이 걸리도록 하면 될 것 같군. 폭발 과정에선 부드럽게 동력이 전달되도록 그리스 마법이 필요하고……. 참! 오토 미션을 하나 더 달라고 해봐야겠네."

생각난 김에 박 대표에게 전화를 걸어 오토 미션 하나를 보내달라고 했다. 물론 두말 않고 승낙을 받았다.

이날 이후 현수는 시간이 날 때마다 엔진과 미션에 대한 연구를 거듭한다. 그 결과 희대의 결과물이 만들어진다.

현수는 스피드에 장착되는 모든 엔진에 마법진을 그려 넣는다.

그 덕에 평범한 가정주부도 시내 주행을 하면서 리터당 112㎞

라는 엄청난 연비를 낸다. 고속도로 주행에서는 리터당 186㎞라는 말도 안 되는 연비를 낸다.

다시 말해 숙련된 운전자가 아닌 일반인이 운전을 해도 타의 추종을 불허할 연비를 내는 엔진을 고안해 내는 것이다.

물론 수십 가지 마법이 교묘히 중첩된 결과이다. 그중 가장 중요한 마법은 에너지 증폭 마법이다.

과학 시간에는 에너지 보존의 법칙이란 것을 배운다.

열역학 제1법칙이라고도 하는 이것은 외력이 작용하지 않는 한 어떤 고립된 물리계(System)의 에너지는 그 형태가 달라질 수는 있으나 그 총량은 항상 보존된다는 것이다.

이중 역학적 에너지 보존의 법칙은 위치에너지(Potential Energy, E_p)와 운동에너지(Kinetic Energy, E_k)의 관계로 쉽게 설명이 된다.

$$E = E_p + E_k$$

그런데 아인슈타인이 등장한 이후엔 이러한 에너지 개념에도 혁명이 일어났다. 그리고 그것은 하나의 공식으로 귀결되었다.

$$E = MC^2$$

이 공식은 질량이 에너지와 같다는 질량—에너지 등가(等價)의 관계를 말한다. 질량이 에너지와 관계가 있는 것은 아인슈타인의 4차원 시공간의 독특한 성질 때문이다.

어쨌거나 마법은 과학을 뛰어넘는다. 그렇기에 에너지 보존의 법칙을 무시하는 엄청난 결과가 야기된 것이다.

예를 들어 9써클 마법사여야 가능한 워터 크리에티브 마법이 있다. 아무런 원료도 없는 가운데 물을 만들어내는 것이다.

10써클이 되면 죽은 이도 되살리는 리절렉션이 있다.

이것을 어찌 과학으로 설명할 수 있겠는가!

그렇기에 어떤 면에서는 과학보다 마법이 더 우월하다.

어쨌든 스피드의 연료 탱크 용량은 75리터이다. 따라서 한 번 가득 채우면 8,400㎞를 주행할 수 있게 된다.

일 년에 15,000㎞ 남짓을 운행하는 차라면 딱 두 번만 주유소를 찾으면 된다는 뜻이다.

연평균 주행 거리를 20,000㎞로 잡았을 경우 연간 유류대는 44만 6,400원 정도가 된다. 리터당 10㎞짜리 연비를 가진 승용차라면 같은 거리에 500만 원이 든다.

두 차량을 10년간 유지할 경우 그 차액은 4,553만 6천 원이다. 웬만한 중형차를 사고도 남을 돈이 된다.

이런 상황이 되니 스피드는 없어서 못 팔 차가 된다.

엔진을 공급했던 회사는 도저히 믿을 수 없는 결과에 스피드를 구입하여 엔진을 분해해 본다.

그런데 별반 달라진 것이 없다. 하여 고개만 갸웃거린다.

세계 각국의 자동차 제조업체들도 다투어 스피드를 구입하여 완전히 분해해 본다. 비밀을 알아내기 위함이다.

하지만 엄청난 연비가 대체 어떤 메카니즘의 결과인지는 끝내 알아내지 못한다. 마법진 자체가 보이지 않게 하는 인비저블 마법이 적용되어 있기 때문이다.

신기술을 개발하였다고 특허라도 냈다면 어찌해 보았을 것이다.

막대한 돈을 들여서 특허권을 사들이든지, 아니면 많은 로열티를 내고서라도 자신들이 제작하는 차에 적용시켰을 것이다.

하지만 울림네트워크는 엔진에 대해 어떠한 특허도 출원하지 않는다. 이유를 물으면 엔진을 직접 제작한 회사가 아니기 때문이라는 대답만 한다.

하여 경이로운 연비의 원리를 캐기 위해 스파이들이 국내로 잠입한다. 물론 당장의 일이 아니라 시간이 지난 후의 일이다.

하지만 끝끝내 아무것도 알아내지 못한다. 인비저블 마법은 과학으로는 깨지지 않는 것이기 때문이다.

그러는 동안 스피드는 날개 돋친 듯 팔려 나가기 시작한다. 당연히 울림네트워크는 점점 더 큰 회사로 발돋움 된다.

그 과정에서 엔진 공급업체가 교체된다. 현수가 100% 투자한 회사이며 대표이사는 김형윤 선배가 맡는다.

이 회사에서 엔진을 자체 개발하고 제작하는 상황이 되자 부품업체들이 서로 납품하겠다고 경쟁하게 된다.

하지만 한때 울림네트워크에게 부품 공급을 거절했던 회사들은 이 대열에 끼지 못한다. 그래줄 하등의 이유가 없기 때문이다.

한편, 현수는 지인들에게 시중에 풀려 있는 울림네트워크의 주식을 매입하게 한다.

액면가 500원짜리 주식이 162원에 거래되는 상황이다.

은정과 수진, 그리고 지혜는 또 한 번 대박의 꿈을 안고 각기 2억씩 투자한다. 민주영과 고강철도 2억 원어치씩 사들인다.

이들 둘에게는 현수가 전액 대출해 준다.

킨샤사의 이춘만 지사장은 현수의 말만 믿고 2억을 투자하고, 군대 후임 이현우는 1억, 대구의 권지현은 8,000만 원, 최장혁 경사도 5,000만 원이나 투자한다.

민주영이 가르쳤던 곽호균의 엄마 조연순 여사는 가게를 처분한 돈 전부인 3,000만 원을 보낸다.

병석에 누워 있던 곽인겸이 이실리프 상사의 정직원으로 취업하였기에 더 이상 억척을 부리지 않아도 되기 때문이다.

현수는 시중에 풀려 있는 주식 거의 대부분을 매집한다. 금액으로 따지면 약 20억 원어치이다.

이것들은 울림네트워크 주식 전체의 약 32%에 해당된다.

이는 경영권을 압박할 의도가 아니라 오히려 안정적인 경영을 돕기 위한 매집이다. 다시 말해 울림네트워크의 경영에 관여하지 않는 순수 투자자로 남는다.

아무튼 162원하던 주가는 불과 1년 만에 29만 6,500원까지 급상승한다. 무려 1,820배나 오르는 것이다.

은정, 수진, 지혜, 강철, 이춘만 지사장은 3,640억 원을 가진 대자본가가 되고, 이현우는 1,820억 원, 권지현은 1,456억 원, 최 경사는 910억 원, 조연순 여사는 546억 원을 보유하게 된다.

현수 역시 엄청난 수입을 거두게 된다.

보유한 주식 가치가 무려 3조 6,400억 원이 된다.

엄청난 수익이 발생할 것을 누구보다도 잘 알기에 주변 사람들에게 적극적으로 권유한 결과이다.

그럼에도 조경빈과 민윤서가 빠진 까닭은 하나는 재벌 3세이고, 다른 하나는 이미 가진 재산이 상당하기 때문이었다.

사실 주가는 이보다 훨씬 많이 올라야 한다.

워낙 연료비가 비싸 리터당 연비 112㎞짜리 차를 생산하는 업체라면 전 세계 자동차 시장을 완전히 석권하게 되기 때문이다.

그럼에도 주식 상한가 행진이 중간에 멈춘 것은 다른 자동차 회사 전부가 도산하는 것을 보고 있을 수만은 없어서이다.

그렇기에 울림네트워크의 박 대표는 눈물을 머금고 다음과 같은 발표를 한다.

〈전 세계에 알립니다〉

저희 울림네트워크를 사랑해 주시는 고객님들께 먼저 깊은 감사의 인사를 드립니다. 여러분들의 성원이 있었기에 당사의 사세가 크게 나아질 수 있었습니다. 감사합니다.

오늘 저는 상당한 제약이 될 만한 내용을 발표하려 합니다.

이는 자동차 산업 전반의 지속적인 발전과 동반 성장을 위함입니다. 당사는 향후 10년간 매년 100만 대 이상의 자동차를 생산하지 않을 것입니다. 다른 자동차 회사들도 분발하여 고성능 자동차를 개발하기 바랍니다.

울림네트워크 대표 박동현.

한국자동차공업협회에 따르면 2011년 국내 자동차 생산대수는 465만 6,762대였다.

이중 118만여 대는 외국계 자동차 회사가 생산한 것이다.

2011년 한 해 동안 수입된 외국 자동차는 10만 5천여 대이다.

울림네트워크는 연간 생산량 100만 대 가운데 70만 대는 국내에 공급하고 나머지 30만 대만 수출한다.

이중 10만 대는 드모비치 상사가 수입해 간다. 나머지 가운데 10만 대는 이실리프 상사에 의해 콩고민주공화국으로 간다.

나머지 10만 대가 미국, 영국, 프랑스, 독일 등 전 세계로 팔려 나가는 것이다.

그 결과 차를 사려는 사람들이 영업소 앞에 장사진을 치게 된다. 선착순 판매를 하게 되기 때문이다.

영업소 앞이 너무 혼잡하게 되어 울림네트워크에서는 인터넷으로 예약을 받아 판매한다. 그럼에도 서로 먼저 사려는 아귀다툼이 일어나 볼썽사나운 모습이 곳곳에서 연출된다.

스피드를 보유하는 순간부터 비싼 유가(油價)와는 별 관계없는 사이가 되기 때문이다.

한편, 정부는 딜레마에 빠지게 된다. 환경오염이 대폭 감소된 차이기에 구매를 권장하여야 하는데 그렇게 할 경우 유류

세 수입이 10분의 1 이하로 줄어들기 때문이다.

어쨌거나 현수는 보유한 주식을 매각하지 않는다. 이익의 대부분이 국내에서 발생되기 때문이다.

다시 말해 주식을 매입한 외국인 투자자들에게 배당해 주지 않기 위해 주식을 보유한다는 것이다.

그래서 나중에 주식을 처분하게 되는 은정, 지혜, 수진, 지현 등은 현수에게 전량 매각한다.

아무튼 이 모든 일은 나중에 일어날 일이다.

당장의 현수는 엔진만 뚫어지게 들여다보고 있다. 어디에서부터 어떻게 손을 써야할지 난감했기 때문이다.

"에이, 뭐가 이렇게 복잡한 거야?"

엔진과 책을 번갈아 살펴보던 현수는 이맛살을 찌푸렸다.

"바람이나 쐬고 와야겠다."

사무실을 나온 현수는 어디로 갈 것인지를 잠시 고민하다 주차장으로 갔다. 그리곤 곧장 세정빌딩으로 향했다.

"누구십니까?"

세정상사가 있던 12층에 올라서니 청소하고 있던 늙수레한 아저씨가 묻는 말이다.

"그러는 아저씨는 누구십니까?"

"나요? 난 용역회사 직원인데……. 여긴 청소 중이오."

"그러세요? 저는 이 건물을 산 사람이에요. 전 주인이 이사 나갔다고 해서 확인하러 온 겁니다."

"아! 그러세요. 네, 오늘 아침에 다 이사 나갔습니다."

"둘러봐도 되죠?"

"물론입니다."

현수는 사무실들을 둘러보기 시작했다. 그런데 책상 등 집기들이 그대로 있다.

바로 전화를 걸었다.

띠리리리링! 띠리리리링~!

"여보세요."

"네, 유진깁니다."

"안녕하세요? 며칠 전에 빌딩을 구매한 사람인데요."

"네, 말씀하십시오."

유진기의 음성은 무뚝뚝했다.

하긴 그 많은 돈을 다 잃어버리고 핀치에 몰린 상황이 되었으니 어찌 살갑게 통화할 경황이 있겠는가!

"오늘 확인해 보니 사무실 이사는 가셨는데 집기들이 그대로 있어서요. 이걸 언제 빼주실 건지 알아보려고 전화했습니다."

"그 집기들은……. 봐서 알겠지만 멀쩡한 것들입니다. 김사장님이 그냥 쓰셔도 되고, 버리셔도 됩니다."

"네……?"

"건물은 팔았는데 아직 사무실을 얻지 못해서 집기들을 놔둘 공간이 없습니다. 그러니 웬만하면 그냥 쓰십시오."

"……! 알겠습니다. 그럼, 그렇게 하죠. 고맙습니다."

어차피 사야 할 집기들이다. 그리고 남겨놓은 것들 모두 제법 품질이 괜찮은 것들이다. 그렇기에 사의를 표했다.

천천히 사무실을 둘러본 결과 서류는 다 가져갔다.

집기들만 남긴 것이다. 관제실에 가보니 그곳에 있던 CCTV 관련 기기들은 모두 해체된 상태였다.

하긴 지하 1층 락희는 계속해서 영업하는 것으로 일단락된 상태이다. 그래서 제거한 듯싶다. 현수가 락희를 내보내지 않은 것은 세정파의 몰락을 지켜볼 요량이기 때문이다.

특별한 제재를 가하지 않아도 몇 번 있었던 귀신 소동은 락희를 망하게 할 것이다. 귀신 나오는 집에서 술 먹고 싶은 사람은 없기 때문이다.

아무튼 바닥의 카펫과 창호의 블라인드 등을 보니 인테리어를 새로 할 필요가 없다. 마치 최상급 호텔의 그것처럼 최고급 재질이었고, 잘 관리된 덕분이다.

현수는 유진기가 쓰던 집무실 뒷방을 둘러보곤 고개를 끄덕였다. 샤워실과 주방, 그리고 침실과 옷방 등이 갖춰져 있다.

상당히 괜찮은 20평짜리 원룸이 있는 것이다.

"좋군! 하지만 침대는 바꿔야겠군."

나머지 방들도 다 괜찮았다. 서류만 빼간 것이기에 청소만 하면 되기 때문이다.

"참, 이 건물에 지하 4층이 있다고 했지?"

엘리베이터를 타고 지하로 내려갔다. 지하 3층이 끝이다. 밖으로 나가니 지하 4층으로 내려가는 계단이 있다.

"불편하게 왜 이렇게 만들었지?"

고개를 갸우뚱하고는 지하 4층으로 내려가 보았다.

삐이꺽—!

철문을 열고 들어서 전등을 켜는 순간 현수는 발걸음을 멈췄다. 눈앞에 펼쳐진 광경 때문이다.

"세상에……!"

지하 4층은 온통 운동기구들로 가득 차 있다.

웬만한 헬스클럽은 명함도 못 내밀 정도로 많은 운동기구들이 있다. 심지어 권투 스파링을 위한 링까지 있다.

당연히 라커룸이 있고, 샤워실과 사우나 설비까지 있다.

사방의 벽에는 이국적인 풍경을 찍은 실사 사진으로 도배되어 있다. 천정엔 맑은 하늘이 있다.

이곳이 지하 4층이라는 것을 충분히 잊게 할 정도이다.

10여 대의 런닝머신 앞에는 텔레비전이 한 대씩 있다.

천천히 둘러보던 중 야구방망이와 쇠파이프, 그리고 각목들을 볼 수 있었다.

"여기서 대기하면서 몸을 단련했다는 거군."

어떤 용도로 쓰였는지를 짐작하고는 고개를 끄덕였다.

현수는 건물 전체를 샅샅이 살펴보았다. 새 건물인지라 아직은 멀쩡했다. 그러는 사이에 외근 나갔던 민주영이 왔다.

CHAPTER 03

법보다 가까운 주먹

"현수야!"

"그래, 어서 와라."

"이게 네 건물이야?"

"오냐! 괜찮지?"

"이게 괜찮은 거냐? 끝내준다. 근데 왜 불렀냐?"

"전에 내가 치료해 드렸던 분 있잖아."

"호균이 아빠?"

"그래, 그분 곽인겸 씨라고 했지?"

"그래, 맞아. 근데 갑자기 호균이 아빠는 왜?"

"이 건물 관리인으로 채용하려고……. 연락해 봐라."

"혀, 현수야!"

주영은 현수가 자신을 배려하고 있다는 것을 느낀 모양이다.

"야……! 아는 사람이 관리를 해야 믿고 맡기지. 안 그래?"

"그, 그럼. 그건 그렇지."

"빨리 연락해서 이리로 오실 수 있다면 와서 둘러보시라고 해. 그리고 오늘부터 세정빌딩, 아니, 이실리프 빌딩 관리인으로 채용되었다고 말씀드려."

"고맙다."

"고맙긴, 네가 채용된 것도 아닌데. 안 그래?"

"그래도."

주영은 진심으로 고마운 마음을 품었다.

"나 조만간 콩고민주공화국으로 가야 하는 거 알지?"

"그래, 이야기 들었다."

"나 없는 동안 네가 여기 총괄 책임자다."

"내가……?"

주영은 의외라는 듯 눈을 크게 떴다.

"그럼, 내가 너 말고 누구한테 맡기냐?"

"야! 그래도……."

"걱정 마! 자주 왔다 갔다 할 거니까."

"그, 그래? 그렇다면……."

현수는 갑작스레 부담스런 일을 맡게 된 주영을 보며 웃어 주었다. 어떤 마음인지 짐작되었기 때문이다.

현수는 주영에게 앞으로 총괄하게 될 이실리프 빌딩을 둘러보라 하고는 밖으로 나왔다.

어느새 서늘한 바람이 부는 저녁 무렵이다.

자동차는 주차장에 있지만 현수는 정처없는 산책을 시작했다.

제법 먼 곳이기는 하지만 선릉역을 조금 지나면 괜찮은 식당이 있기 때문이다.

언젠가 자재과 곽 대리와 한번 갔던 곳이다. 거기서 파는 샤브샤브의 맛이 제법 괜찮았다는 것을 기억하기에 가려는 것이다.

술이라도 한잔 곁들이게 되면 자동차는 거추장스럽게 된다. 그렇기에 걸어갈 마음을 먹은 것이다.

퇴근한 사람들이 삼삼오오 주점을 찾아 들어간다.

"오늘은 나도 한잔할 거야."

전혀 부럽지 않다는 듯 나직이 중얼거린 현수는 주변을 구경하며 천천히 걸었다.

그러다 예상치 못한 뒷골목으로 접어들게 되었다.

'ㄴ' 자로 꺾어서 가는 것보다는 가로질러 가는 것이 편하기 때문이다. 그렇게 골목을 지나는데 누군가의 음성이 들린다.

"어쭈! 너 센타 까서 돈 나오면 10원에 한 대인 거 알지?"

"없어, 정말 없어!"

"이런 씨방새가……! 괜히 감추려다 걸려서 터지지 말고 좋은 말로 할 때 있는 거 다 내놓는 게 좋다는 거 몰라?"

음성만으로도 양아치라는 것이 확연했다. 그리고 한두 번 해본 솜씨가 아닌 것이 분명했다.

이 목소리를 듣는 순간 대구지청에서 보았던 싸가지없는 녀석의 면상이 떠올랐다. 그와 동시에 주체할 수 없을 정도로 큰 분노가 느껴진다. 그러거나 말거나 골목 안에서는 지나가는 애 붙잡아놓고 삥 뜯기가 계속되고 있었다.

"정말이야. 진짜 없어."

"진짜야? 너, 지난주에 여기서 너처럼 있으면서 없는 척하다 걸려서 얻어터지고 질질 짜다 뒈진 놈 알지?"

"뭐어? 그, 그럼! 김형주가 너희들에게……?"

"그래, 병신 같은 게 우릴 만만히 보기에 몇 대 패줬지. 그랬더니 쪼다처럼 아파트 옥상에서 뛰어내린 거야."

"맞아! 그 새끼 진짜 병신이였어."

"개새끼! 그 새끼 때문에 우리가 괜히 도망쳐 다녀야 했다고."

"……!"

화가 났지만 그냥 지나치려던 현수는 놈들이 하는 말에 걸음을 멈췄다. 그리곤 잠시 귀를 기울였다.

어떤 녀석들이 같은 학교 학생에게서 돈을 빼앗는 모양이다.

그런데 상당히 많은 아이들의 이름이 등장한다. 물론 돈 빼앗기고 얻어터진 애들이다.

이들에게 당한 아이들 중 하나는 며칠 전에 목숨을 끊었고, 몇몇은 아예 다른 학교로 전학 갔다.

그런 아이들은 그쪽 학교 일진들에게 소식을 전해 처절한 응징을 당하도록 했다고 한다.

경찰에 신고했던 아이들은 잔인하게 보복당해 입원 중인 아이들도 있다. 광대뼈 골절, 흉골 골절, 쇄골 골절 등등 평상시엔 상상조차 못할 용어들이 튀어 나왔다.

계속 들어보니 이놈들은 소위 일진이라 불리는 녀석들이다. 그리고 이곳은 제법 큰 학원으로 가는 길목이다.

여기서 죽치고 있다가 지나치는 학생들을 때리거나, 용돈을 빼앗는 재미에 사는 녀석들이다.

그런데 좋은 말로 할 때 돈을 내놓지 않으면 온갖 패악을 저지른 모양이다. 치욕감을 느낄 정도로 때리는 것은 기본이다.

좋은 옷이나 신발이 있으면 빼앗았다.

예쁜 여학생들이 걸리면 성추행은 물론이고, 성폭행까지 일삼았다. 그럴 때마다 경찰에 신고할 수 없도록 핸드폰으로 동영상을 촬영했다. 이것은 여학생들로부터 삥을 뜯는 빌미가 되었다.

언제까지 돈을 가져오지 않으면 인터넷에 올려놓겠다는 협박까지 했던 것이다.

그렇게 해서 빼앗은 돈은 100% 유흥비로 탕진되었다.

학교는 할 수 없이 다니는 녀석들이다.

현수는 놈들이 하는 말을 가만히 듣고만 있었다. 그랬더니 조금 전의 학생에게 무자비한 폭력을 가한다. 살려달라는 비명이 들렸지만 놈들은 들은 척도 안 하고 짓밟는다.

듣다 못한 현수가 나섰다.

"야, 이놈의 자식들아! 멈추지 못해?"

갑작스런 현수의 등장에 잠깐 멈췄던 놈들은 상대가 하나라는 것이 만만하게 느껴진 모양이다.

"어쭈? 뭐하는 새낀데 감히 우리 일에 끼어들어?"

"그래, 괜히 폼 잡으려다 망신당하지 말고 꺼져, 씹새야!"

"에이, 나이 좀 처먹었다고 괜히 같잖은 게 나서네."

"야! 좋은 말로 할 때 그냥 꺼져라. 낫살이나 처먹었다고 깝죽대다 얻어터지지 말고. 알았어?"

보아하니 중고등학생들이 섞여 있는 듯하다. 중학생이 여섯, 그리고 고등학생이 둘인 듯싶다.

자신들은 여덟이고 현수는 혼자라는 것이 만만했는지 저마다 한마디씩 하는데 예의라고는 눈곱만큼도 없는 녀석들이다.

그러거나 말거나 현수는 거리를 좁혔다.

그러면서 놈들의 면면을 살폈다. 불과 수초이지만 단 한 놈도 선량하지 않다는 결론을 내렸다.

"야! 씨방새야! 괜히 얻어터지려고 가까이 오냐?"

"씨블, 그러다 맞으면 덜 아프냐?"

"병신 같은 게 뒈지려고……. 어이, 개새꺄!"

녀석들은 하나같이 욕을 입에 달고 있었다. 불과 이십여 걸음을 걷는 동안 이 세상에 존재하는 거의 모든 욕을 들었다.

어찌 참을 수 있겠는가!

현수는 행동하기에 앞서 주변을 둘러보았다, 그런데 눈치 빠른 놈이 있는 모양이다.

"병신아! 여긴 CCTV 같은 거 없어. 그러니까 좋은 말로 할 때 그냥 꺼져! 터지기 전에!"

놈은 피우고 있던 담배를 현수에게 던졌다.

그 순간 현수의 눈에 피해를 당한 학생이 보인다. 맞다가 기절을 했는지 움직임이 없다.

"이런 나쁜 놈들……! 너, 일루 와!"

현수가 기절한 아이를 밟고 있는 녀석을 손짓으로 불렀다. 그런데 피식 웃고는 한마디 한다.

"웃기시네. 야! 저 씨블놈 조져!"

놈이 두목이었는지 나머지 놈들이 일제히 다가선다.

어찌 되었든 현수는 어른이다. 하나하나 덤비면 이길 수 없다는 것을 아는지 두 녀석이 주머니에서 칼을 꺼냈다.

그 칼은 지금껏 수많은 아이들을 공포로 몰아넣었던 것이다.

이것을 본 순간 현수의 신형이 현란한 움직임을 보이기 시작했다. 글자 그대로 전광석화와 같은 움직임이다.

휙! 퍽—! 케엑!

휘익! 빡—! 아악!

"야! 저 새끼 죽여!"

"이런 개새가……! 죽엇!"

칼을 휘두르며 다가왔으나 소드 익스퍼트 상급에 이른 현수가 어찌 그런 것에 구애를 받겠는가!

돌려차기로 다가서는 놈의 관자놀이를 강력하게 타격했다.

휘잉! 퍼억! 크윽!

현수는 조금의 사정도 두지 않고 전력을 다했다.

그러는 동안 피가 튀고 부러진 이빨이 사방으로 흩어졌으나 현수의 움직임을 멈추지 않았다.

놈들의 손마다 흉기가 들려 있었던 때문이다.

휘익! 빠악—!

"케에엑!"

휙! 퍼억—!

"크으윽!"

퍼억! 퍼퍼퍼퍽!

"아악! 살려……! 케에엑! 끄으윽! 사, 살려…… 아악!"

조금의 인정도, 사정도 두지 않은 그야말로 무자비한 폭행이 지속되는 동안 여덟 놈은 살려달라는 비명을 질렀다.

하나 일대엔 논 노이즈 마법이 구현된 상태이다. 다시 말해 아무리 비명을 질러도 소리가 밖으로 새어 나갈 수 없다.

그런 상태에서 현수는 놈들의 모든 뼈마디를 자근자근 밟았다.

발목, 종아리, 장딴지, 무릎, 허벅지, 고관절은 물론이고 손가락, 손목, 팔뚝, 팔꿈치, 그리고 어깨뼈까지 모조리 부러뜨렸다.

다음엔 얼굴이 두 배 정도로 부풀 정도로 갈겼다.

한 놈당 최하 이빨 열 개씩은 부러뜨렸다.

그러는 동안 지독한 고통을 견디다 못해 한 놈 두 놈 기절했다. 하지만 분노의 발길질은 결코 멈추지 않았다.

울면서 용서해 달라고 했지만 현수는 결코 중지하지 않았다. 남들에게 폭행을 일삼던 놈들에게 베풀 자비란 없기 때문이다.

이십여 분 후, 골목 안엔 완전히 만신창이가 된 여덟 놈들이 기절한 채 쓰러져 있었다. 온몸이 피투성이이다.

자리를 뜨려던 현수는 아공간에서 펜치(Pincers)를 꺼냈다. 그것으로 놈들의 손톱 열 개를 모조리 뽑아버렸다.

당연히 처절한 비명이 터져 나온다. 하지만 눈 하나 깜박이지 않고 바늘을 꺼내 그 자리에 하나씩 박아주었다. 남들에게 가했던 처절한 고통을 실감하라는 친절한 배려의 결과이다.

싹수 노란 놈이 자라서 무엇이 되겠는가!

남들 괴롭히는 양아치 또는 조폭이나 안 되면 다행이다.

그렇기에 골목 입구에 환상 마법을 걸어버렸다.

이 마법은 지속 시간이 한 시간짜리이다. 그동안 너무 많은 피를 흘려 죽으면 그만이라 생각했다.

현수는 피해 학생에게 힐 마법을 걸어 상처를 치료해 줬다. 그리곤 다른 곳으로 데리고 갔다.

그곳에서 마법으로 이곳에서의 기억을 지웠다. 트라우마가 생기지 않도록 배려한 것이다.

잠시 후, 현장으로 되돌아온 현수는 여덟 놈 전부에게 '더 팰러스 오브 마우스' 마법을 걸었다.

한 놈씩 놈들의 기억을 읽어본 바 사람으로 살아갈 가치조차 없었기 때문이다.

아직 어린 나이임에도 온갖 폭행은 기본이고, 협박, 강도, 절도, 성폭행 등이 그야말로 부지기수였던 것이다.

다음 날, 조간신문엔 이들에 관한 기사가 났다.

누군가의 폭행에 의해 학생 여덟이 사경을 헤맨다는 것이다.

이들과 관련된 기사를 쓰기 위해 놈들의 학교를 찾았던 기자들은 후속 기사 쓰기를 거부했다.

인간 말종이라는 하나같은 증언이 있었기 때문이다. 상당히 많은 학생들이 차라리 죽어버렸으면 좋겠다는 말을 했던 것이다.

그러면서 그들이 행한 악행이 낱낱이 드러났다. 그렇기에 동정 여론이 통쾌하다는 것으로 바뀌게 된다.

아무튼 피해 학생들의 염원 때문인지 여덟 놈은 일주일을 넘기지 못하고 모두 목숨을 잃는다.

하긴 전신의 모든 뼈마디가 부러지고, 3시간에 한 번씩 쥐들이 달려들어 살점은 물론이고 뼈까지 갉아먹는 극심한 고통에 시달리면서 어찌 살아남을 수 있겠는가!

놈들이 죽었지만 슬퍼하는 이는 일부 가족 이외엔 없었다.

어떤 녀석의 가족은 맨날 속이나 썩이던 녀석이니 차라리 잘 되었다는 후련한 표정을 짓기도 했다.

그간 누구나 치를 떨 만큼 악행을 저질렀다는 것이 네티즌들에 의해 밝혀진 때문이다.

현수는 콩고민주공화국으로 출국하는 전날까지 시간 날 때마다 싹수 노란 놈들을 정리한다.

처벌하기 전엔 반드시 놈들의 기억을 하나하나 읽었다.

강요에 의해 할 수 없이 악행에 끼어든 놈들은 상당한 고통과 더불어 겁주는 것으로 끝냈다.

그렇지 않은 놈들, 그러니까 주도적으로 악행을 일삼던 놈들 가운데 상당수는 병신이 되었다.

그렇다 하여 팔다리를 잘라 버린 것은 아니다.

오른손잡이는 오른쪽 마비가 되었고, 왼손잡이는 왼쪽이 마비되었다. 이 세상의 어떤 의사도 치료할 수 없는 것이다.

뿐만 아니라 귀머거리와 벙어리가 되도록 했다.

말할 자격도, 남들의 말을 들을 자격도 없기 때문이다.

이 밖의 처벌은 모든 관절을 으스러뜨린 것이다. 그간의 악행에 대한 처벌이다.

조금 더 악질은 벙어리와 장님까지 되도록 했다. 아주 아주 답답한 세상을 살아보라는 생각에서였다.

그리고 이들 모두에겐 남들에게 가한 고통이 본인에게 고스란히 느껴질 페인 리플렉션 마법을 걸었다.

다시는 악행을 저지르지 못하도록 한 것이다.

한편, 심성 자체가 나쁘거나 너무 많은 악행을 저지른 녀석들은 더 팰러스 오브 마우스 마법을 걸었다.

전신을 서서히 붕괴시키는 멘탈 브레이크다운 마법 또는 복합부위통증증후군을 일으키는 컴플렉스 리저널 페인 신드롬 마법 정도로는 부족했다 느꼈기 때문이다.

때문에 죽을 때까지 말로 형언할 수 없는 고통을 느끼게 된다. 그 결과 스스로 목숨을 끊은 녀석들이 상당수이다.

장차 사회악이 될 놈들을 미연에 제거한 것이다.

교육청에서는 학생인권조례라는 것을 만들어 나쁜 짓을 하는 놈들조차 처벌할 수 없도록 만들었다.

하나 현수는 선생이 아니다. 그리고 나쁜 짓 하는 놈들을 너그럽게 용서할 이유도, 마음도 없다. 그리고 놈들이 교화되어 올바른 사회인이 되도록 지켜볼 마음도 없다.

그럴 가치조차 없다고 여기기 때문이다.

오히려 시간이 없어 악질들을 일소하지 못한 것을 두고두고 아쉽다고 생각하면서 출국한다.

아무튼 출국 직전까지 현수의 처벌을 받은 연놈들은 350여 명에 달한다.

시간이 널널했다면 전국을 돌며 소위 일진이라 불리는 무리들을 모두 청소했을 것이다. 그런 놈 하나가 나머지 99명을 두고두고 괴롭히기 때문이다.

그런데 불행히도 휴가가 얼마 남지 않았다. 하여 서울 일부 지역만 돌았던 것이다.

아무튼 이들 중 60여 명이 스스로 목숨을 끊는다. 말로 형언할 수 없는 지독한 고통을 견딜 수 없기 때문이다.

나머지 290여 명은 평생을 장애인으로 살게 된다.

현수는 사회악에 대해 조금의 관용도 베풀 가치를 느끼지 못했던 것이다.

또한 그들의 부모에게 조금도 미안한 마음을 품지 않았다.

자식을 낳았으면 올바른 사회인으로 성장할 수 있도록 보호하고, 보살피는 것이 부모의 의무라 생각하기 때문이다. 남의 자식이 어찌 되든 내 자식만 소중하다 여기던 사람들에게 일종의 경종을 울려놓고 떠난 것이다.

일련의 사건이 벌어진 이후 일진이라는 놈들이 몸을 사리기 시작한다. 언제, 어느 곳에서 치가 떨릴 만큼 잔인한 보복을 당하게 될지 알 수 없기 때문이다.

*　　*　　*

"자, 217조 들어오세요!"

지혜의 호명이 있자 대기석에 있던 사람들 넷이 일어선다. 그리곤 지혜의 안내에 따라 면접장으로 들어섰다.

이곳은 이실리프 빌딩 12층이다.

"2155번부터 자기 소개해 주십시오."

"안녕하십니까? 저는 최종현이라 합니다. 서울 S대학 경제학과를 졸업하였습니다. 토익은 만점을 받았습니다."

"저는 2156번입니다. Y대학 경영학부 석사입니다. 토플은 저도 만점을 받았고, 워킹홀리데이와 교환학생, 그리고 석 달에 걸친 어학연수를 받았습니다. 잘 부탁드립니다."

"2157번 간근식입니다. K대학 출신이고, 전 학년 평점은 4.5 만점에 4.3점을 받았습니다."

사전 지시에 따라 면접자들은 간단한 프로필을 이야기했다. 면접관들이 누구인지 구별할 수 있도록 하기 위함이다.

이는 제출된 이력서에 사진이 붙어 있지 않기 때문이다.

이실리프 상사는 경력직 및 신입사원을 뽑음에 있어 생김새를 보지 않는 것이다. 일할 의욕이 있는 인재가 필요한 거지 미남이나 미녀가 필요한 것이 아니기 때문이다.

"2158번 정승준입니다. D전문대학을 졸업했습니다."

면접장에 있던 현수는 2158번을 바라보고 희미한 웃음을 지었다. 본 적이 있는 사내이기 때문이다.

"2158번 응시자에게 묻겠습니다. 졸업하신 지 10년이 넘는데 그간 어떤 일을 하셨습니까?"

"……! 산에서 도를 닦았습니다."

현수의 곁에 있던 주영이 어이없다는 표정으로 반문했다.

"네? 뭐라고요?"

"계룡산에 올라 10년간 입산 수도를 했습니다."

"크크! 쿡쿡쿡! 크흐흐흐!"

면접장이라 내놓고 웃을 수는 없었지만 웃기는 것을 참을 수 없다는 듯 나머지 응시자들이 고개 숙인 채 어깨를 들썩인다.

"그래서 어떤 도를 닦았습니까?"

"그냥 몸만 건강해져서 하산했습니다."

"그럼, 도술 익힌 건 없습니까?"

"네, 없습니다."

정승준은 떨어져도 그만이라는 듯 편안한 안색이다. 나머지 응시자들은 경쟁 상대 하나가 줄었다는 듯 흡족한 표정이다.

현수는 가장 왼쪽의 응시자에게 시선을 돌렸다.

"2155번 응시자에게 묻겠습니다. 본사에서 새 차 열 대가 필요합니다. 어떻게 조달하시겠습니까?"

"자동차 영업소를 돌면서 견적을 받아 그중 가장 좋은 조건을 제시하는 곳에서 계약하겠습니다."

"모든 영업소가 똑같은 견적을 낸다면 어쩌겠습니까?"

"담당 영업사원마다 서비스가 다를 것입니다. 그렇기에 일일이 접촉해서 최상의 조건을 제시하는 쪽을 선택하겠습니다."

현수는 시선을 돌렸다.

"2156번 응시자에게 묻겠습니다. 이 건물 옥상에 파고라 공사를 하려고 합니다. 어떤 기준으로 업자를 선정하겠습니까?"

"설계도면을 보고 견적을 받아 최종단가가 낮은 업체를 선정하겠습니다."

"업체의 시공 능력은 논외입니까?"

"시공할 능력이 있는 것으로 입증된 곳에서만 견적을 받을 것이기 때문에 논외가 될 것입니다."

"그럼 우리 같이 신설되는 회사는 기회가 없는 겁니까?"

"네……? 그, 그건……."

응시자는 예상치 못했다는 듯 얼버무렸다. 현수는 가차없이 시선을 돌렸다.

"2157번 응시자에게 묻습니다. 우리 회사에서 상품을 판매했는데 하자 보수 건으로 전화가 걸려왔습니다. 어쩌시겠습니까?"

"즉시 A/S 센타와 연결하여 처리되도록 하겠습니다."

틀에 박힌 상투적인 답변이었지만 현수는 고개를 끄덕였다.

다음은 2158번 응시자이지만 흘깃 바라만 보고는 가장 좌측의 2155번 응시자에게 시선을 돌렸다.

"2155번 응시자, 붉은 벽돌 한 장이 있습니다. 집 짓는 데 쓰는 겁니다. 이걸로 할 수 있는 일 다섯 가지를 말씀해 주십시오."

"첫째는 집을 짓는 데 사용합니다. 둘째는 그걸로 어떤 물건을 받치는 데 씁니다. 셋째는 벽돌과 널빤지를 이용하여 책장을 만듭니다. 그리고 넷째는……."

S대 출신 응시자는 빨리 답변해야 하는 것으로 여겼는지 나머지 두 개도 댔다.

넷째는 화장실의 물을 절약하기 위해 변기에 담는다는 것이고, 마지막은 언덕길에 주차해 놓은 자동차가 밀리지 않도록 바퀴를 고이는 데 쓰겠다고 하였다.

2156번과 네 가지를, 2157번에겐 세 가지를 대라고 하였다. 그런데 선수를 빼앗겼다는 듯 같은 질문에 제법 오랜 시간이 걸렸다.

현수는 마지막에 남은 2158번에게 시선을 돌렸다.

"2158번 응시자, 앞에 분들이 많은 예를 들었습니다. 이걸 제외하고 두 가지만 말씀해 보십시오."

"첫째는 벽돌을 갈아 가루로 만든 다음 이를 물에 타서 붉은 빛을 내는 물감처럼 사용하겠습니다. 둘째는 조각용 칼로 다듬어서 장식품을 만들겠습니다."

"수고하셨습니다. 네 분! 결과는 온라인으로 개별 통보될 것입니다. 오늘 응시해 주셔서 감사합니다. 면접장 좌측으로 나가시면 면접비가 제공될 것입니다. 안녕히 돌아가십시오."

현수의 말이 끝나자 모두가 고개를 꾸벅이고는 밖으로 나갔다.

"휴우~! 이제 끝인가?"

"아냐, 아직 멀었어. 오늘은 면접번호 2500번까지 봐야 해."

"끄으응……!"

현수는 질렸다는 표정을 지었다. 아침부터 지금까지 점심 먹는 시간 30분을 제외하곤 꼬박 면접에 임했던 때문이다.

"근데 방금 전 면접자 중 왜 2158번은 질문을 빼먹은 거야?"

민주영은 전문대 출신 응시자가 자기 순서를 기다렸는데 현수의 시선이 다시 처음으로 돌아가자 표정이 일그러지는 것을 보았다. 이 순간 정승준은 이번 면접에서도 물 먹었다는 표정을 지었던 것이다.

"그 사람은 합격이니까 물어볼 필요가 없어서이지."

"합격……? 그 사람은 학력도 낮고, 사회 경험도 없이 나이만 많았잖아."

"너 같으면 아무런 보장도 없는 10년간 도만 닦을 수 있니?"

"……!"

"자신이 목표 삼은 일을 이루기 위해 그 긴 세월을 투자했어."

"그래, 그런데 소득이 없었지."

"그래서 나는 그 사람에게 새로운 목표를 부여할 생각이야. 그걸 이루기 위해 노력할 것이라 믿어. 그래서 합격이지."

"그럼 S대 출신은? 학력도 좋고, 토익도 만점이잖아."

"그 친구는 불합격이야."

"이유가 뭔데?"

"너무 고지식해! 우리는 새로 기업을 일구는 거야. 따라서 창조적인 생각과 행동이 필요해. 그러지 못하기 때문에 불합격이야. 그리고 콩고민주공화국에서는 영어를 쓰지 않아. 토착어와 불어를 주로 쓰지."

"그럼 나머지 둘은……?"

"그들도 모두 불합격이야."

"이유는 뭔데?"

"S대 출신부터 말하자면 자동차를 구입하면서 가장 좋은 서비스를 제공하는 영업사원과 계약하겠다고 했지?"

"그래."

"그건 그 영업사원이 자동차를 팔아서 얻는 이득을 빼앗겠다는 거야. 남이야 어찌 되었든 내 이득만 취하겠다는 녀석은 고용할 수 없어."

"그럼 Y대 출신의 불합격 이유는?"

"공사를 맡길 때 가장 낮은 값을 제시한 건설사와 계약을 하게 되면 하도급 과정에서 부실 공사가 되기 쉬워. 그럼 추

후에 재공사를 해서 더 많은 비용이 들지도 몰라. 그래서 불합격이야."

"세 번째 K대 출신이 불합격한 이유는?"

"아까도 말했잖아 너무 고지식하다고……! 소비자가 불만족하여 전화를 했을 경우 A/S 센타에 연결하는 것으로 끝내선 안 돼."

"그럼?"

"소비자는 전화 한 통으로 일을 끝내고 싶어. 그러니 다른 데로 돌려서 똑같은 말을 다시 하게 하면 안 되지."

"그럼 그걸 다 받아 적어서 처리해야 한다는 거야?"

"네가 고객이라면 그게 편하지 않겠니?"

"하긴… 그렇긴 하다."

주영은 납득되었다는 듯 고개를 끄덕였다.

그러는 사이에 새로운 네 명이 들어서고 있었다.

그들의 면면을 살피던 현수는 낯이 익은 아가씨를 발견했다.

"자, 2159번부터 간단한 자기소개를 부탁드립니다."

"2159번 김나윤입니다. 일본에서 대학을 나왔고, 잠시 교편을 잡았었습니다."

"2160번……."

자기소개가 끝난 후 현수가 물었다.

"김나윤 씨의 현재 국적은 어딘지요?"

"한국으로 영구 귀국을 하여 현재는 한국인이 되었습니다."

"그래요? 조달부에 지원하셨는데 어떤 일을 맡고 싶은가요?"

"저는 한식 및 일식 음식을 잘 만듭니다. 조리 업무를 할 수 있었으면 좋겠습니다."

"흐음, 이력서를 보니 불문학 전공인데 통역부가 아니라는 말씀이죠?"

"네, 불어를 하기는 하지만 그것보다는 음식 만드는 게 더 재미있어서……."

"알겠습니다. 다음 2161번 응시자에게……."

김나윤 등이 나가자 민주영이 묻는다.

"야, 너 저 아가씨에게 관심있냐?"

"왜?"

"다른 사람들에겐 묻지 않던 걸 물었잖아."

"짜식, 눈치 한번 빠르네. 오냐, 김나윤 씨는 합격이다. 일본에서 생활 기반을 버리고 영구귀국 했으니 도와줘야 하니까."

"너, 뭔가 있지?"

"있기는 개뿔이 있냐? 자, 다음 조 들어오라고 하세요."

"네, 사장님!"

지혜가 밖으로 나가자 주영이 의미심장한 눈빛으로 바라본다.

"야! 그런 거 아니니까 면접이나 잘 봐. 나 출국하고 나면 나머지 직원은 네가 뽑아야 하니까. 내가 어떤 기준으로 뽑는지 이제 대강 알지?"

"그래! 학벌보다는 일하겠다는 의욕이 있는지 여부를 보면 되잖아. 안 그래?"

"오냐! 아니 다행이다."

하루 종일 면접을 본 현수는 바디 리프레쉬로 지친 몸을 새롭게 하고는 일진 사냥에 나섰다.

그 결과 성폭행 당할 뻔한 여학생 둘을 구해냈다.

이 일에 가담했던 놈 가운데 주동자는 죽기 직전에 이를 정도로 두들겨 패고 모든 관절을 망가뜨렸다.

또한 친절하게도 더 스크림 마법을 걸어주었다.

옆에서 낄낄대며 동조하던 놈들도 처벌 받았다.

주동자와 마찬가지로 퍼머넌트 플라토닉 커스 마법을 걸었다. 영원히 자식을 볼 수 없도록 만든 것이다.

또한 속내를 전혀 감출 수 없는 얼웨이즈 텔 더 트루스 마법도 걸어주었다. 진짜 선량한 사람으로 바뀌기 전엔 사회생활하기 엄청나게 힘들게 만든 것이다.

그리곤 당연한 수순으로 피눈물이 나도록 두들겨 팼다.

돈 뜯기던 학생 여섯을 보았는데 이들을 위협하던 놈들에겐 페인 리플렉션 마법과 쿼드러플 그래비티 마법을 걸어주었다.

그리곤 최소 세 군데 이상의 뼈를 분질러 주었다. 물론 간단히 치료될 수 없는 복합골절이 되도록 했다.

남들에게 자신들의 뒷담화를 했다는 이유로 팔뚝과 허벅지를 담뱃불로 지지던 계집애 일곱을 찾아냈다.

이것들의 기억을 검색해 보니 악질도 보통 악질이 아니다. 친구들의 돈을 뜯는 것은 일상사였다.

돈이 없다고 하면 끌고 나가 성매매를 하도록 강요했다. 그렇게 해서 피해 입은 학생 수만 무려 서른두 명이다.

분노한 현수는 서로가 서로의 몸을 담뱃불로 지지는 형벌을 가하도록 했다.

옷을 벗길 순 없어서 겉으로 드러난 부분만 지졌다.

얼굴은 열 군데, 그리고 팔다리엔 50군데씩 지지도록 했다. 그리곤 머리털을 모조리 잘라냈고, 눈썹까지 밀어버렸다.

다음은 성장 억제 마법인 인히비션 오브 그로스(Inhibition of growth) 마법을 걸었다.

이제 10년에 1㎜쯤 머리카락과 눈썹이 자라게 될 것이다. 따라서 모두들 결혼하긴 힘들 것이다.

계집애들은 살이 지져지는 고통을 느끼며 비명을 질렀고, 용서를 빌었지만 현수는 전혀 관용을 베풀지 않았다.

당연히 눈탱이가 밤탱이가 되도록 두들겨 팼고, 다리뼈 및 손목뼈도 분질러 주었다. 당연히 더 팰러스 오브 마우스 마법을 걸었다. 그래서 일곱 중 다섯이 자살한다.

CHAPTER 04

이자가 연 300%라고?

누군가 소변을 본 양변기에 빵을 떨어뜨려 놓고는 그걸 꺼내서 먹으라고 강요하던 놈들도 여섯이나 있었다.

이놈들은 정화조 뚜껑을 열고 그 속에 처박았다.

그리곤 헤어나올 만하면 다시 처박았다. 모르긴 몰라도 오물을 한 그릇쯤 들이켰을 것이다.

이놈들에겐 페인 리플렉션 마법을 걸어주었다.

또한 컴펄시브 스킨(Compulsive skin) 마법도 걸었다.

너무도 가려워 하루에 최소한 열 시간을 긁어야 하는 피부병에 걸리게 한 것이다.

물론 의사들은 이 병을 치료할 수 없다. 아무리 긁어도 가려움이 가시지 않는 지독한 고통을 겪으며 살게 된다.

이밖에도 폭행을 가하던 놈들은 상당히 많았다.

이놈들 모두 페인 리플렉션 마법에 걸렸고, 지독한 고통에 자지러지도록 만들었다.

겁에 질려 오줌을 싼 녀석도 있고, 생똥을 싼 놈들도 있었지만 현수의 가혹한 손길은 전혀 멈추지 않았다.

덕분에 정형외과 의사들이 돈을 많이 번다.

워낙 뼈 부러진 놈들이 많이 생기기 때문이다. 그것도 곱게 부러진 게 아니라 거의 대부분 복합골절이다.

복합골절이란 골조직뿐만 아니라 주변의 혈관, 신경, 근육 또는 내장이 동시에 손상을 받는 경우를 총칭하는 것이다.

당연히 치료 기간이 길기에 의사들만 좋은 것이다.

다음 날, 시내 곳곳에서 벌어진 이 사건들이 기사가 되었다. 이번엔 피해자에 대한 조사가 이루어진 후에 쓰여진 기사이다.

누군가 사회악이 된 녀석들에게 강력한 처벌을 가하고 있다는 내용이다. 그간 피해를 당하던 학생들은 일제히 환호했고, 악행을 일삼던 놈들은 잔뜩 움츠러들었다.

그래도 폭력사건이기에 경찰이 나섰지만 증거는 전혀 없다. 현수를 만난 기억조차 지워 버렸기 때문이다.

*　*　*

"사장님! 죄송한데 제 급여를 가불해 주실 수 없는지요?"

"왜요? 또 급한 돈이 필요해요?"

"네에, 죄송합니다."

현수는 면목없다는 듯 고개 숙이는 은정을 의아한 눈빛으로 바라보았다. 학자금 융자 받은 것까지 모두 갚아줬다.

그리고 마음 편히 살라고 전셋집까지 얻어주었다. 게다가 남들보다 많은 월급을 지급받는다.

집안의 환자였던 할머니의 고혈압과 당뇨도 말끔히 치료되어 큰 돈 들어갈 일이 전혀 없다. 엄마도 돈을 벌고 있다.

그런데도 돈이 급하다니 의아한 것이다.

"얼마나 필요한데요?"

"이, 이천만 원이요."

"네에? 무슨 빚이 그렇게 많아요? 전에 다 갚은 거 아니에요?"

"죄송합니다……!"

"이 실장님! 이천만 원은 적은 돈이 아닙니다. 아시죠?"

잠시 입술을 깨물던 은정이 고개를 든다.

"그래도 가불해 주시면 안 되겠습니까?"

은정은 애절한 눈빛으로 시선을 맞췄다. 현수는 대체 어찌 된 영문인지 궁금했다.

"좋아요. 어떤 사정인지 말을 해봐요."

"사장님! 제 친구 가운데……."

은정에겐 수진과 지혜만큼 단짝인 친구가 있다. 중고등학교

동창인 임소희이다.

소희에겐 남동생이 하나 있다. 임동현이다.

이 녀석은 학창시절에 공부를 게을리 했다. 아니, 게을리 한 게 아니라 아예 등한시했다.

오전 수업 시간엔 멍하니 앉아 있거나 공상 속에 빠졌다. 그러다 쉬는 시간이 되면 친구들과 장난에 열중했다.

점심시간이 되면 활개를 치며 운동장을 누볐다. 하지만 오후 수업이 시작되면 곧장 엎드려서 잤다.

한마디로 공부엔 아무런 흥미도 느끼지 못하였다.

학교 수업이 모두 끝나면 PC방으로 직행했다.

그것도 시들해지면 무협 소설이나 판타지 소설을 읽느라 모든 시간을 소진했다. 잠은 하루에 최소한 열 시간은 잤다.

학원에도 다니긴 했다. 그런데 몸만 왔다 갔다 한 것이다.

실업계 고등학교에서 받아주지 않아 인문계 고등학교로 진학했다. 거기에서도 학교 생활은 똑같았다.

당연히 동현은 진학에 실패했다. 어떤 대학에서도 받아주지 않은 것이다. 하긴 내신 98.3%를 누가 받아주겠는가!

부모님도 동현이 공부에 대해 조금의 열의가 없다는 것을 알기에 진학을 권유하지 않았다.

괜한 돈 낭비만 될 것이 뻔하기 때문이다.

졸업한 후엔 편의점이나 PC방 알바로 용돈을 벌었다.

그러던 어느 날, 동현은 친구의 꾐에 빠져 다단계 사업장이라는 곳을 가게 되었다.

처음 가입할 때 물건을 600만 원어치만 구매하면 회원 자격이 생기고, 남들에게 소개를 해서 추가로 회원 가입이 되면 금방 큰돈을 벌 수 있다고 했다.

어리석은 동현은 손쉽게 돈을 벌 욕심에 그간 저축해 놓았던 400만 원을 모두 인출했다.

나머지 200만 원은 신용카드를 만들어서 긁었다.

그런데 학창시절에 놀기만 하던 동현에게 어찌 그만한 재력을 지닌 친구들이 있겠는가!

또한, 친구들은 동현처럼 어리숙하지도 않다.

결국 단 한 푼의 돈도 벌지 못하고 빚만 생겼다.

카드 회사에선 매월 대금 청구를 했다. 하지만 동현은 첫 번째 할부금부터 갚지 못했다. 되지도 않는 다단계 사업을 하겠다고 제돈 써가며 동분서주하느라 알바도 못한 때문이다.

경고장에 이어 신용불량자로 등재하겠다는 최고장까지 날아오자 사채업자에게서 돈을 빌려 메웠다.

그런데 그 일은 늑대 피하려다 호랑이를 만나는 것과 같은 행동이었다.

첫 달 이자부터 내지 못하자 조폭 같은 놈들이 등장했다. 나중엔 누나까지 협박당하는 상황이 된 것이다.

그런 날들이 두어 달쯤 이어지자 동현은 놈들의 협박에 겁을 집어먹고 군대에 자원 입대해 버렸다.

그렇게 하면 문제가 없어질 것으로 생각한 듯하다. 참으로 어리석고, 한심한 녀석이다.

사채업자들이 어떤 놈들인가!

동현이 사라지자 놈들은 누나인 임소희를 닦달하기 시작했다.

소희는 자신이 그 돈을 갚을 의무가 없다는 것을 안다.

하지만 놈들이 계산하는 이자 방식을 생각하면 가만히 있을 수 없었다. 연체이자가 복리에 복리로 계산되니 동현이 제대할 즈음이면 엄청난 금액이 되기 때문이다.

놈들은 소희에게 자신들의 업소에 취직하여 일을 하면 독촉하던 걸 멈추겠다는 제의를 했다. 그러면 아주 빠른 시일 내에 모든 빚이 변제될 것이라 하였다.

그런데 이야길 들어보니 그곳은 성매매 업소였다. 다시 말해 몸을 팔아 빚을 갚으라는 뜻이었다.

겁에 질린 소희는 은정의 집으로 피신해 왔다.

현재 소희의 부모님은 돈을 벌어오겠다고 외국에 나가 있다.

건설업체인 대한건설 사우디아라비아 현장에서 노무자들에게 음식을 만들어주는 주방 보조인 것이다.

다행인지 불행인지 부모는 이런 상황을 전혀 모른다. 혹시 노심초사할까 싶어 말을 전하지 않았기 때문이다.

모든 이야기를 들은 현수는 어이없다는 표정을 지었다.

"그러니까 애초의 빚은 200만 원 정도였는데 그게 2천만 원으로 불어났다는 겁니까?"

"네, 제가 빌려준 돈 800만 원을 모두 줬는데도 그렇게 많이 갚아야 한대요."

은정이 받은 월급 거의 전부를 빌려준 모양이다.

"흐으음……!"

현수는 어이없는 일인지라 나직한 한숨부터 쉬었다. 그리곤 말을 이었다.

"국가에서 정한 최고 이자율이 39%입니다. 그런데 어찌……."

현수는 말끝을 흐렸다. 사채업자들이 법에서 정한 이자만 받지는 않을 것이란 생각을 한 것이다.

"임소희 씨가 이 실장님 집에 있다고 했죠?"

"네."

"소희 씨는 학교를 졸업했나요?"

"아뇨, 지금 4학년 졸업반이에요."

"어쨌든 보자고 하세요."

"네. 금방 데리고 올게요."

잠시 후, 임소희가 내려왔다. 사채업자들에게 쫓겨서 그런지 의기소침한 모습이다.

임소희는 큰 죄라도 지은 사람마냥 고개조차 들지 못하고 주눅 들어 있었다.

"죄송합니다. 괜한 심려를 끼쳐 드려서……."

"아닙니다. 저는 괜찮습니다. 이 실장님에게서 대강의 이야기는 들었는데 그 사람들 연락처는 있습니까?"

"네. 여기요."

소희는 가방 속에서 명함 한 장을 꺼내 건넸다.

"이마에 주름 진 서민들에게 웃음을……! 희망 캐피탈……?"

현수는 또 한 번 어이없다는 표정을 지었다.

경제적으로 어려운 서민들의 등골을 뽑아먹는 악덕 사채업자가 웃음과 희망이라는 말도 안 되는 표현을 쓴 때문이다.

주소를 보니 그리 멀지 않은 곳이다.

“동생이 이놈들로부터 대출받을 때 쓴 약정서도 있죠?”

“네, 여기…….”

봉투 속의 서류를 꺼내 읽어본 현수는 그러면 그렇지 하는 표정을 지었다.

현행법상 법정 최고이자율은 연 39%이다. 그것 때문인지 약정서엔 대출 이자율이 그렇게 기재되어 있다.

그런데 뒷장에 ‘인정서’라는 제목으로 종이 한 장이 더 붙어 있다. 보증인 없는 대출이므로 이자율은 연 300%이며, 연체할 경우엔 연 1,000%의 이자율이 복리로 적용된다는 내용이다.

살펴보니 희망 캐피탈이라는 문구 자체가 없다.

그냥 대출 받은 금액에 대한 이자를 그렇게 지불하겠다는 내용과 동현이 자필로 서명한 것만 있을 뿐이다.

법적인 다툼이 있을 경우 증거자료가 될 수 없도록 한 것이다.

“이놈들이 동생 대신 돈을 갚으라고 독촉했습니까?”

“네, 날마다 집에 와서……. 흐흑!”

놈들로부터 당한 것들이 떠오른 임소희는 울음을 터뜨렸다. 너무도 무섭고, 두려웠던 때문이다.

이른 새벽에도 왔고, 모두가 잠든 깊은 밤에도 들이닥쳤다.

그리곤 동현이 군대에 간 걸 뻔히 알면서도 동생은 어디에 있느냐고 거의 날마다 다그쳤다.

그러다 혹시라도 성폭행을 당하면 어쩌나 싶은 마음에 바들바들 떨던 게 몇 달째였다.

그때마다 놈들은 이자가 눈덩이처럼 불어나고 있음을 주지시켰다. 동생이 제대할 즈음에는 최소 2억은 넘을 것이라 했다.

"이 건에 대해서 제가 알아보겠습니다."

"네에, 감사합니다."

사무실을 나선 현수는 곧장 희망 캐피탈이란 곳으로 향했다.

가는 동안 대출을 받으려면 어떻게 해야 하느냐고 물으니 아주 상냥하고 친절하게 위치를 알려주었다.

도착하여 아가씨가 있는 창구 앞에 앉았다.

"저어, 대출 받으려고 왔는데요."

"네, 얼마나 쓰실 거죠?"

"얼마까지 쓸 수 있는지 알려줄 수 있나요?"

창구의 아가씨는 현수의 위아래를 훑어본다. 그리곤 지극히 사무적인 음성으로 묻는다.

"직업이 뭐죠?"

"지금은 쉬고 있습니다."

"……! 그럼, 담보로 맡길 물건은 있나요?"

"담보라면 어떤 걸……."

현수는 짐짓 어리바리한 표정을 지었다.

"부동산이나 귀중품 같은 것 말하는 거예요."

"그런 거 없는데요."

"그럼 보증 서주실 분은 있지요?"

"아뇨, 없습니다."

"손님! 지금 장난하시는 건가요?"

여직원이 째려본다. 바쁜데 와서 자기를 꼬실 목적으로 장난친다고 생각한 모양이다.

창구에 앉아 있는 이 아가씨는 심한 공주병 환자였던 것이다.

하나 현수는 여전히 어리바리한 표정이다.

"그런 거 없으면 대출 못 받나요? 전단지 보니까 무담보, 무보증이라 서민이라면 누구나 대출받을 수 있다고 했잖아요."

"정말 몰라서 묻는 거예요?"

여직원의 음성이 올라가자 주변 사람들의 시선이 쏠렸다. 그래 봤자 희망 캐피탈 직원들밖에 없다.

"미스 최! 왜 그래?"

"김 과장님, 이 사람이 지금 바쁜데 장난하잖아요."

"뭐야?"

김 과장이라 불린 뒤쪽에 앉아 있던 사내가 일어난다.

나이는 30대 후반 정도이고, 인상도 더러운 놈이 덩치까지 크다. 웬만한 사람 같으면 위압감을 느낄 정도이다.

김 과장은 현수를 잠시 노려본다.

거기에 쫄 이유가 있겠는가!

하나 현수는 긴장했다는 듯 몸을 움츠리는 제스처를 취했다.

"당신, 이쪽으로 와봐."

김 과장이 비어 있던 다른 창구를 가리켰다. 자기보다 훨씬 어려 보여서 그러는지 대놓고 반말이다.

현수는 비칠거리는 발걸음으로 갔다. 그리곤 털썩 주저앉았다.

"돈이 필요해서 왔어? 얼마나 필요한 건데?"

김 과장의 음성은 조금 낮아졌다. 그런데 말하는 싸가지를 보니 이젠 대출 받으러 온 손님 취급도 않는다.

"이, 이백만 원이요."

"흐음, 얼마 안 되네."

김 과장은 백수 주제에 그러면 그렇지 하는 표정을 짓는다. 그리곤 종이 한 장을 내민다.

"그럼, 여기하고 여기에 주소와 이름을 써."

김 과장이 내민 것은 대출 신청서였다.

주민등록번호를 기록하면 컴퓨터로 금방 조회될 것이기에 인적사항을 기재하는 대신 김 과장을 바라보았다.

"저어, 대출은 해주는 건가요?"

"그러니까 이거 쓰라는 거 아냐."

"대출 이자율은 연 39%지요?"

"담보를 제공하거나 보증인을 입보하는 경우엔 그렇지."

"그럼 저는……?"

"당신처럼 아무것도 할 수 없는 사람에게도 똑같은 조건을 제시하면 보증인 세우고 대출 받은 사람들이 섭섭하지 않겠어?"

말이야 바른 말이기에 현수는 잠시 대꾸하지 않았다.

김 과장은 잠시의 침묵도 견딜 수 없다는 듯 입을 연다.

"200만 원 대출에 선 이자와 수수료 40만 원을 떼면 160만 원을 받게 될 거야. 그리고 매달 50만 원씩 이자를 내다가 12개월 후에 원금 200을 갚으면 되는 조건이야."

"네……?"

암산해 보니 이자율이 연 300%이다. 한마디로 칼만 안 들었지 강도 같은 놈들이다.

당장 일어나서 한 방 갈기고 싶은 걸 참았다. 그리곤 미처 이해하지 못했다는 듯 반문하였지만 김 과장은 제 할 말만 한다.

"연체 이자율은 법정이자율과는 관계없이 연 1,000%니까 하루라도 날짜가 늦으면 손해야."

"……!"

"아, 뭐해? 돈 필요하다며? 대출 안 받을 거야?"

"자, 잠시만요."

현수가 핸드폰을 꺼내자 김 과장의 눈빛이 날카로워진다. 어디로 전화를 걸려는 것이냐는 표정이다.

그러다 현수가 계산기 기능을 실행시켜 이자 계산을 하자 짜증난다는 표정을 짓는다.

"그깟 걸 왜 계산해? 말했잖아. 연 300% 이자야. 다른 업체에 비하면 절반 정도밖에 안 되지. 보아하니 돈이 급한 거 같아서 특혜를 베푸는 거니까 얼른 대출 받아. 아니면 그냥 가고."

"네? 아, 네에."

현수는 볼펜을 들었다. 그리곤 이름과 주소를 쓰는 척하다 도로 내려놨다.

"왜?"

"미안합니다. 다른 데도 다녀보고 다시 오면 안 되겠습니까?"

"뭐야? 너, 지금 나하고 장난하자는 거야?"

김 과장이 화난 표정을 짓는다. 그러거나 말거나 현수는 죄송하다는 듯 고개를 숙여주고는 얼른 자리에서 일어났다.

"나중에 다시 오겠습니다."

말을 마치고는 뒤에서 뭐라 하든 말든 밖으로 나갔다. 그리곤 곧장 화장실로 들어갔다.

"이미지 체인징!"

현수는 자신의 모습을 유진기로 보이게 하는 마법을 구현시키고는 다시 희망 캐피탈로 들어갔다.

입구를 여는 순간 다시 한 번 입술이 달싹인다.

"무브(Move)!"

안에 있던 CCTV들이 스르르 움직여 천장만 찍히도록 했다. 그리곤 다시 입술을 달싹였다.

"컨퓨징 이미지!"

혹시 숨겨놓은 CCTV가 있더라도 제대로 된 영상을 얻을 수 없도록 하기 위해 마법을 구현시킨 것이다.

창구에 있던 미스 최의 눈에 현수는 말쑥한 정장 차림 직장인으로 보였다. 돈을 빌려줘도 떼일 염려가 없어 보인 모양이다.

그래서인지 자리에서 일어나기까지 하며 인사를 한다.

"어서 오세요."

"네, 대출 좀 받으려는데 어떻게 해야 하죠?"

"먼저 여기에 성함과 주소, 그리고 연락처를 기록해 주세요."

창구 여직원이 상냥한 웃음을 지어 보인다. 조금 전 현수를 대할 때와는 완전히 다른 악어의 웃음이다.

현수는 모르는 척하곤 공란을 채워갔다.

대출신청서에 쓰인 것은 유진기의 이름과 주민등록번호, 그리고 주소와 연락처이다.

그것을 넘기자 뭔가를 조회한다. 그리곤 환한 웃음을 지으며 묻는다.

"유진기 손님! 얼마나 대출을 받으려 하시는지요?"

"조금 많이 필요한데요."

"그래도 말씀해 보세요."

"일단 10억을 대출해 주십시오."

"네에? 10억이요?"

여직원이 화들짝 놀라는 표정을 짓는다.

"조회해 봐서 알겠지만 내 집의 가격은 그걸 훨씬 상회합니다. 설마 안 된다는 건 아니겠죠?"

"무, 물론 가능합니다. 그런데 금액이 조금 커서……. 잠시만 기다려 주십시오. 윗분들과 상의하고 오겠습니다."

"흐음, 그러십시오."

짐짓 거들먹거리자 여직원이 얼른 안쪽의 방으로 들어간다.

현수는 들고 있던 손가방을 창구 위에 얹어놓았다. 바로 앞에는 여직원이 사용하는 컴퓨터의 본체가 놓여 있다.

"퍼펙트 카피!"

마나가 스며들자 본체 하드디스크에 담겨 있던 내용 전부가 고스란히 복사되었다. 그러는 동안 자판기 앞으로 가서 커피 한 잔을 뽑아 마셨다. 지극히 자연스런 움직임이다.

"오래 기다리시게 하여 죄송합니다."

"괜찮습니다."

"대출 승인은 떨어졌습니다. 그전에 근저당 설정을 해야 하므로 당장은 어렵습니다. 서류를 주시면 내일 오전에……."

"됐습니다. 다른 데서 대출 받죠."

현수가 자리에서 일어나자 여직원이 당황한 표정을 짓는다.

"손님! 원래 대출 절차가 그래서……."

"다른 데는 안 그러더군요."

현수는 찬바람이 씽 분다는 느낌이 들 정도로 매몰차게 나섰다. 여직원은 그냥 가면 안 되는데 하는 표정을 지었다.

대출이 되면 본인에게 떨어질 수당이 조금 있기 때문이다.

그러거나 말거나 현수는 곧장 사무실로 되돌아왔다. 그리곤 외장 하드의 내용들을 검색해 보았다.

예상대로 이중장부가 작성되고 있다.

전화를 들어 강민경 기자에게 전화를 걸었다.

"강 기자님!"

"네, 김현수 사장님."

"우연한 기회에 불법 대부업체의 장부를 입수하게 되었습니다."

"어머, 그래요?"

"네, 희망 캐피탈이라는 곳입니다. 중고 컴퓨터를 구매했는데 거기서 쓰던 건가 봅니다. 대충 살펴보니 이중장부에 불법 고리대금업이 진행되고 있습니다."

"……!"

"지금 강 기자님 웹하드로 모든 내용이 올라가고 있으니 확인해 보십시오."

"고맙습니다. 즉시 확인해 볼게요."

강 기자는 그렇지 않아도 서민들의 고통을 가중시키는 불법 사채업자들에 대한 기사를 기획하고 있었다.

그렇기에 잘 걸렸다는 듯 웃음 띤 음성이었다.

전화를 내려놓던 현수는 떠오르는 상념이 있어 밖으로 나갔다.

일부러 버스정류장의 공중전화박스로 간 현수는 서울중앙지검으로 전화를 걸었다.

"네, 중앙지검 박새롬입니다."

“아, 안녕하세요? 일전에 세정 캐피탈 장부를 복사해서 보냈던 곽해일이라는 사람입니다. 조사가 어떻게 이루어지고 있는지 궁금해서 전화 드렸습니다.”

“잠시만요. 담당 검사님 바꿔 드리겠습니다.”

지난번과 마찬가지 상황일 것이다. 놈들은 어디에서 전화를 거는지 위치 추적을 시작하는 모양이다.

그럼에도 전화를 끊지 않고 기다렸다.

대략 2분쯤 지난 후 누군가 전화기를 든다.

“여보세요. 중앙지검 이경천 검삽니다. 지난번에 전화 주셨던 곽해일 씨입니까?”

“네, 저번엔 미안합니다. 갑자기 급한 일이 생겨서요.”

“아! 그랬군요. 우린 또 무슨 일이 있나 싶어 걱정했습니다.”

고양이가 쥐 생각해 주는 말이지만 모르는 척했다.

“아, 그러셨어요? 괜한 심려를 끼쳐 드렸네요. 근데 그 사건 어떻게 되었는지 궁금해서 전화 드렸습니다.”

“네! 수사는 잘 진행되고 있습니다만 장부 원본이 없어서 조금 난항을 겪습니다. 그래서 말인데 저희에게 원본을 넘겨주실 수는 없는지요?”

“장부의 원본이요? 복사본으로는 안 되는 건가요?”

“그건… 놈들이 증거가 조작되었다는 주장을 해서…….”

현수는 이경천 검사가 하는 말을 한참이나 들어주었다. 그러면서 사방을 둘러보았다.

이번에도 수사관들을 보낸 듯하다. 누군가가 다가오고 있다.

공중전화박스를 기준으로 보면 양쪽에서 두 명씩이다.

"아! 잠깐만요."

현수는 전화기를 내려놓았다. 그리곤 즉각 마법을 구현시켰다.

"퍼펙트 트랜스페어런시! 플라이!"

"여보세요, 여보세요……."

내려놓은 수화기에서 이경천 검사의 음성이 들리고 있다.

그러는 사이에 수사관들이 들이닥치고 있다.

타탁, 타타타탁—!

"여기다! 놈이 여기에 있었어. 저 전화기……! 여보세요. 네? 네. 없습니다. 네? 네, 네 알겠습니다."

현수가 통화하던 수화기를 든 놈이 이경천 검사와 통화를 하며 사방을 둘러본다.

그러는 사이에 세 놈이 더 다가와 주변을 살핀다.

"네, 네, 알겠습니다."

철컥—!

수화기를 내려놓자 모두의 시선이 쏠린다.

"방금 전까지 통화를 했다. 이 근처 건물들을 샅샅이 뒤져라. 음성으로 미루어 서른은 안 되었다고 한다. 무슨 수를 써서라도 놈을 반드시 잡아야 한다."

"네, 형님!"

"……?"

세 녀석이 흩어지자 통화를 한 놈이 바로 앞 건물을 바라본다. 그리고는 안으로 들어섰다.

방금 전 자신들은 도로의 양쪽으로부터 달려왔다.

오는 동안 바쁘게 움직이는 사람은 없었다. 또한 뒷골목으로 빠지는 샛길도 없었다. 물론 길을 건너갈 수 있는 곳도 아니다.

택시나 버스도 오지 않았다. 따라서 인근 건물 어딘가에 은신했을 것이라 판단한 것이다.

이층에 있는 남자 화장실로 들어간 놈은 모든 문을 열어보았다. 그런데 끝에 있는 문이 잠겨 있다.

탕, 탕! 탕, 탕, 탕—!

노크라고 하기엔 너무 세게 두들긴다. 아무튼 아무런 반응도 없다.

"어이, 안에 있지?"

현수가 보니 변기가 망가져 폐쇄된 듯하다.

그러거나 말거나 놈은 계속해서 문을 두드린다.

쾅, 쾅, 쾅, 쾅—!

"좋은 말로 할 때 나와라. 응?"

대답이 있을 리 없다. 하나 놈은 현수가 자신을 무시한다 생각했는지 버럭 소리를 지르며 발길질을 했다.

"나와, 이 새끼야!"

콰앙—!

"……!"

놈의 발길질에 잠금장치가 망가지면서 문이 열렸다. 그런데 아무도 없다.

"이런 제길……!"

아무도 없는데 혼자서 바보짓 한 게 멋쩍었는지 투덜거리며 돌아선다. 그리곤 밖으로 나가려 몸을 돌렸다.

이때 등 뒤에서 누군가가 부른다.

"어이, 거기!"

"……!"

화들짝 놀라 뒤를 돌아보니 웬 사내가 서 있다. 방금 전 그곳은 텅 빈 공간이었다.

"헉……! 너, 너, 어디서 나왔어?"

화장실엔 분명 자신밖에 없었다. 들어서면서 문을 잠갔기에 아무도 들어올 수 없다. 그리고 칸칸마다 모든 문을 열어서 일일이 확인했다.

그럼에도 유진기가 서 있자 대경실색한 것이다.

"나오라며? 그래서 나왔는데 왜 애꿎은 문은 걷어차?"

"너, 넌 누구냐?"

"누구긴? 네가 찾던 사람! 중앙지검에 전화한 사람이지."

"……!"

"신분증 내놔봐."

"뭐?"

"신분증 내놔보라고."

"왜?"

"너, 내가 누군지 몰라? 내 얼굴 잘 봐."

"헉… 저, 전무님! 전무님이 어떻게 여기에……?"

예상대로 수사관이 아니었다. 유진기더러 전무라 부른다면 세정파 일원이라는 소리이다.

"너, 일루 와!"

"네……? 네에."

사내는 진즉에 알아보지 못한 것이 죄송스럽다는 듯 고개를 숙이곤 다가섰다.

퍼억—! 와당탕탕—!

현수가 배를 걷어차자 거칠게 쓰러진다.

하지만 이내 일어나서 원위치를 했다. 하늘같은 조직의 실세를 알아보지 못한 것에 대한 처벌을 받는다 생각한 것이다.

"죄송합니다. 전무님!"

퍼억—! 와당탕탕—!

"하, 한 번만 용서해 주십시오."

놈은 벌떡 일어나 고개를 조아린다. 상명하복을 철저히 하라는 조직의 가르침대로 하는 것이다.

"이 근처에 희망 캐피탈이라는 업체가 있다."

"네, 전무님!"

"우리 세정 캐피탈의 영역을 잠식하려는 음모를 꾸미는 중이지. 너희들은 오늘 그곳을 지옥으로 만든다. 알았나?"

"네, 전무님!"

"비상연락망을 가동하여 즉시 실시한다. 알겠나?"

"네, 전무님!"

"계속 서 있을 건가?"

"아, 아닙니다. 가, 갑니다."

후다다다닥—!

사내가 꽁지 빠져라 나가는 모습을 본 현수는 의미심장한 미소를 지었다.

오늘 희망 캐피탈은 세정파에 의해 박살 날 것이다.

내일 아침 신문엔 희망 캐피탈의 불법 고리대금업에 대한 기사가 날 것이다. 그리곤 수사관들이 급파될 것이다.

남은 것은 공중분해뿐이다. 희망 캐피탈의 사장 등은 법의 심판을 받게 될 것이다. 불법 추심을 했던 자들 역시 폭행 및 협박 등의 혐의로 수감될 것이다.

손에 피 묻히기 싫어 중앙지검에 전화를 걸었다.

예상대로 수사관이 왔어도 세뇌하여 희망 캐피탈을 두들기도록 했을 것이다.

그런데 세정파 조직원이 왔기에 일석이조가 된 셈이다.

CHAPTER 05
반품은 사절일세!

현수가 희망 캐피탈에 다시 나타난 것은 엉망진창이 된 후였다.

모든 집기들이 산산이 부서져 있었다.

밖에는 현장을 보존하기 위한 경찰들이 있다. 현재 희망 캐피탈의 직원 거의 모두 병원 또는 경찰서에 있는 상황이다.

"흐음, 어디 보자. 언락!"

촤르륵! 촤르르르륵! 촤르르륵! 철컥—!

저절로 다이얼이 돌아가는가 싶더니 금고의 문이 열린다.

상당히 많은 현금과 수표, 그리고 금괴가 쌓여 있다. 그밖에도 각종 장부들이 놓여 있다.

빠르게 장부를 살펴본 결과 놈들이 저지른 각종 탈법이 그대로 드러나 있다. 이것들은 내버려 두었다.

다른 서류 뭉치가 있어 살펴보니 동현처럼 고리사채를 한 사람들의 약정서 뭉치이다.

현수는 그 가운데 동현의 것을 찾아냈다. 그리곤 사무실을 뒤져 완납했다는 확인 도장을 찍었다. 컴퓨터를 켜서 거기에도 완납한 것으로 기록을 했다.

다른 서류들을 살펴보니 이놈들도 인신매매와 장기밀매를 했다. 이것들 역시 남겨두었다.

모두 증거자료가 될 것이기 때문이다.

현수는 현금과 금괴만 아공간에 넣고 밖으로 나왔다.

물론 투명 은신 마법이 구현되는 중이라 어느 누구도 현수의 출입을 알지 못한다.

천천히 걸어 사무실로 되돌아오던 중 뒷골목에서 중학생들을 상대로 삥 뜯는 불량배들을 보았다. 어찌 그냥 두겠는가!

아주 개 패듯 패서 그 자리에 패대기를 쳐 놓았다. 정상적인 사람 노릇을 하기는 힘들 정도로 공포를 심어주었다.

남에게 폭력을 행사했으면 그에 합당한 처벌을 받아야 마땅하기에 인정사정없이 짓밟아주었던 것이다.

돌아오는 내내 대한민국에 널려 있는 사회악에 대한 생각을 해보았다.

희망 캐피탈 같은 불법 사채업자들은 일망타진의 대상이다. 세정파와 같은 조직폭력배 역시 사라져야 한다.

불의와 타협한 일부 검찰 조직 역시 쇄신 대상이다.

무능한 정부와 부패한 국회는 판을 갈아야 할 정도이다.

학교 폭력 역시 반드시 제거해야 할 악의 온상이다.

이밖에도 무수히 많은 부조리와 불의, 그리고 불법과 부정이 사회를 오염시키고 있다.

"결국 그 방법을 써야 하는가?"

현수는 스스로에게 묻고 스스로에게 답하는 시간을 가졌다.

7써클 대마법사가 사회를 상대로 칼을 뽑을 것이냐는 질문을 했고, 당연히 그렇게 해야 한다는 답을 한 것이다.

"어머나! 언제 돌아오셨어요?"

"으응……? 아, 조금 전에."

"가셨던 일은 어찌 되었나요?"

"큰 걱정 안 해도 될 거라고 소희 씨에게 전해주세요."

"고맙습니다."

은정은 꼬치꼬치 캐묻지 않았다. 하지만 어떻게 된 건지는 궁금하다는 표정이다. 그러나 대답해 주진 않았다.

"참, 민 실장도 들어오라고 할래요?"

"네, 잠시만 기다리세요."

은정이 나가고 주영이 들어선다.

"부르셨습니까?"

주영은 은정이 함께 하는 자리인지라 깍듯한 존대를 했다.

"그래, 직원 모집은 잘 되고 있는 거지?"

"물론입니다."

"앞으로 네게 전권을 줘야 할 거 같아서 불렀어."

"전권이라니요?"

"알다시피 난 콩고민주공화국으로 곧 떠나야 해. 알지?"

"그 회사 그만두면 안 됩니까? 천지건설 안 다녀도 수입은 충분한데……."

뭐하러 그 멀고 불편한 곳까지 가느냐는 표정이다. 현수는 주영의 내심을 충분히 짐작했다.

고용된 직원으로서 움직이는 것과 주체적으로 활동을 하되 그에 따른 책임을 져야 하는 것에는 엄연한 차이가 있기 때문이다.

"그렇기는 해. 하지만 생각해 둔 바가 있어서 그러는 거니까 거기에 대해선 말하지 마."

"알았습니다."

주영은 네 마음대로 하라는 듯 고개를 끄덕였다. 말려봐야 소용없을 것이 뻔하기 때문이다.

"직원 모집이 끝나면 내게 연락해. 회사에 말해서 잠깐 잠깐 들어올 테니까. 알았지?"

"알겠습니다. 근데 역삼동 이실리프 빌딩은 어떻게 할 겁니까? 인원이 모두 충원되면 그것만 가지곤 좁을 수도 있습니다."

"필요하다면 더 사야지. 돈이 필요하면 더 보내줄 테니 그건 걱정하지 않아도 돼."

현수는 자신이 자리를 비웠을 때 주영과 은정이 이실리프 상사와 이실리프 무역상사를 대표해 달라는 당부를 했다.
둘은 현수가 없는 상황에서 결정을 내려할 일이 생기면 곤혹스러울 수도 있겠지만 그렇게 하겠다고 했다.
대신 하루에 한 번씩은 전화를 걸어달라고 했다.
한국에서 킨샤사로 연락하는 것보다 그쪽에서 이곳으로 연락하는 것이 더 편하기 때문이다.
회의를 마치고 자리에서 일어났을 때이다.
"사장님! 손님 오셨습니다."
외근 나갔다가 귀사한 수진의 말에 누구냐는 표정을 지었다. 올 사람이 없었기 때문이다.
"……?"
"대구에서 온 권지현 씨예요."
"권지현 씨요? 아, 네에. 안으로 모셔주세요."
"네에."
은정과 주영이 나가자 지현이 들어선다.
"호호, 안녕하셨죠?"
"네에. 어서 오세요."
지현이 앉자 은정이 냉커피를 내왔다.
"서울엔 웬일로 오신 겁니까?"
"이제부턴 여기서 살아보려구요."
"네……?"
"아버지가 서울고검장이 되셨어요. 그래서 전 서울중앙지검으로 전근 신청을 했지요."

"아……! 감축드릴 일이군요. 참, 어머닌 좀 어떠세요?"

"현수 씨, 어머닌……!"

말을 하던 지현이 갑자기 자리에서 일어난다. 웬일인가 싶어 바라보는 가운데 지현이 큰절을 한다.

"지, 지현 씨!"

현수는 갑작스런 상황에 당황했다. 그러거나 말거나 지현은 정성스럽게 절을 했다.

"고마워요. 현수 씨 덕에 어머닐 찾았어요."

"……!"

"너무 고마워서… 그래서 큰절 올리려고 왔어요."

"지현 씨……!"

고개를 든 지현의 눈망울에 눈물이 그득하다. 물론 기쁨과 감사의 뜻이다.

"흐흑! 정말 고마워요. 할아버지도 그렇고, 엄마도 그렇고……. 현수 씨는 제게 너무도 큰일을 해주신 은인이에요."

"지현 씨……!"

"현수 씨……!"

현수도 지현도 잠시 동안 아무런 말도 하지 않았다. 이심전심, 염화시중의 미소, 심심상인(心心相印)이었다.

"다행입니다. 어머니께서 쾌차하셔서."

"네에, 모든 게 현수 씨 덕이에요. 아버지께서도 진심으로 고마워하고 계셔요. 아버지 대신 감사의 뜻을 전해 달라 하셨어요."

"아닙니다. 내 능력으로 그만한 결과가 있었던 것만으로도 기쁩니다."

"그래도요. 제가 늙어서 죽는 그날까지 결코 잊지 않을 거예요. 정말 감사해요."

"……!"

현수는 마땅한 대답이 없어 말을 하지 않았다.

"오늘 저녁은 제가 사고 싶은데 시간 괜찮으시죠?"

"저녁이요……?"

현수는 말끝을 흐렸다.

직원들에겐 말하지 않았지만 곧 러시아로 출국해야 한다. 하여 오늘 그들과 함께 저녁식사를 할 생각이었다.

그런데 지현의 눈빛을 보니 도저히 거절할 수 없었다.

"좋아요. 그렇게 하죠."

"제가 아는 데로 모셔도 되죠?"

"물론입니다."

퇴근 무렵이었기에 현수는 두말 않고 지현을 따라 나섰다.

지현이 안내한 곳은 삼청각이다.

예약된 방문을 열자 의외의 인물들이 보인다.

"어서 오게."

"아……! 안녕하십니까?"

예약된 룸에 들어가니 지현의 부모님인 권철현 서울고검장과 안숙희 여사, 그리고 지현의 외조부인 안준환 옹이 있었다.

현수는 얼른 고개 숙여 인사했다.

"어서 오시게."

"네에. 안녕하셨지요?"

"자네 덕으로 이렇게 잘 있네, 자아, 자리에 앉지."

자리에 앉자 안준환 옹이 주전자를 들어 술을 따라준다.

얼른 아니라고 하고 주전자들 받아 들려고 하는데 안준환 옹이 먼저 한마디 한다.

"자네에게 덕을 입어 죽었어야 할 이 늙은이가 회춘을 했네. 그간 고마운 마음뿐이었네. 그러니 먼저 받으시게."

"네? 아, 네에."

현수는 안준환 옹의 표정을 보고 얼른 잔을 들었다. 어른이 주시려는 것을 억지로 거부하는 것도 예의가 아니기 때문이다.

쪼르르륵—!

현수는 술잔을 받아 내려놓고는 주전자를 받아 들어 공손히 한 잔 따라 올렸다.

쪼르르륵—!

"크으으……!"

술은 정종이다. 하나 안 옹은 오랜만의 음주인지 통쾌한 소리를 낸다. 얼른 고개를 돌려 잔을 비운 다음 이번엔 권 고검장에게 술을 올리려 했다.

한데 이번에도 아니다.

"장인어른을 쾌유케 한 것만으로도 고마운데 내자까지 좋아졌네. 내가 어찌 자네에게 어른 대접만 받겠는가?"

눈빛을 보니 잔을 받지 않으면 안 될 것 같아 이번에도 먼저 잔을 받고 따라 올렸다.

장인이 계시는 자리인지라 권 고검장도 고개를 돌리고는 잔을 비운다. 현수라 하여 어찌 그렇게 하지 않겠는가!

잔을 내려놓자 곁에 있던 안숙희 여사가 한마디 한다.

"김현수 씨라고 했죠?"

"네."

"속 버리겠어요. 안주부터 들어요."

"네에. 고맙습니다."

한사랑 요양원에서 보았던 안 여사와 현재의 안 여사는 차이가 나도 너무 난다. 그때는 철부지 어린 아이였었다.

그런데 지금은 너무도 현숙한 부인의 모습이다.

현수는 얼른 참기름에 볶아낸 전복 하나를 집어 먹었다. 그리고 고개를 드니 안 여사가 주전자를 들고 있다.

"지현이에게 이야길 들었어요. 내가 정상인이 되도록 애써 주었다고……. 감사의 뜻으로 술 한 잔 권하고 싶네요."

"네? 아, 네에. 감사합니다."

현수는 이번에도 먼저 술을 받았다. 그리곤 술을 올리려 하니 잔을 든다. 그런데 권 고검장이 고개를 흔든다.

"여보, 아직은 염려가 되니 술을 마시지 않았으면 좋겠어."

"미안해요. 이이가 내 건강을 너무 걱정하네요. 다음에 한 잔 주세요."

"네에, 알겠습니다."

이번에도 고개를 돌려 잔을 비웠다. 다시 원래의 위치로 고개를 돌리니 지현이 젓가락 사이에 꽃등심 구이 하나를 들고 있다.

입장이 난처했지만 얼른 받아서 먹었다.

"저도 한 잔 드릴게요. 할아버지와 어머니! 두 분 모두 제게 너무 소중한 분들이에요. 현수 씨 덕에 다시 건강을 찾으셔서 너무 고마워요."

현수는 할 수 없이 또 한 잔을 받았다. 그리곤 지현에게도 한 잔을 따라주었다.

어른들이 보는 자리이기에 얼굴이 화끈거렸지만 어쩌겠는가! 현수는 네 잔째를 단숨에 비웠다.

잔을 내려놓으려는데 권 고검장이 주전자를 또 든다.

"내가 자네와 지현이에게 한 잔씩 주겠네."

이러다가 애들만 술 마시는 자리라는 소리가 나올 판이었지만 어쩌겠는가!

둘의 잔이 채워지자 권 고검장이 안 옹을 바라본다. 무슨 뜻이었는지 알 수는 없지만 고개를 끄덕인다.

"잔을 비우게."

"네에."

현수와 지현은 거의 동시에 잔을 비웠다. 술잔을 내려놓으려는데 청천벽력과 같은 소리를 한다.

"방금 마신 것은 합환주(合歡酒)였네. 그게 무언지는 알지?

장인어른과 나, 그리고 우리 집 사람 모두 자네를 인정했네. 우리 지현이를 행복하게 해주리라 믿어도 되지?"

"네……?"

현수는 뭐라 대답할 말이 없어 말꼬리만 올렸다.

"남 주기 아까워 여태껏 선 한 번 안 보인 아이네. 그간 공부하느라 연애 한 번 못해봤고……. 자네가 마음에 든다고 하더군."

"……!"

"너무도 소중한 딸이지만 자네에게 주겠네. 미리 말하지만 어떠한 경우에도 반품은 불가하네. 그러니 잘 보듬어주게."

"……!"

"다시 한 번 강조하지만 절대 반품 사절이네. 알았지?"

"……!"

권 고검장 등은 웃고 있었지만 현수는 익숙하지 않은 분위기와 예상 못한 이야기에 아무런 대꾸도 하지 못했다.

이 자리에서 '나는 지현이 아닌 연희를 사랑하기 때문에 당신들이 하는 말을 받아들일 수 없습니다' 라고 말할 수는 없다.

너무도 흐뭇한 눈으로 자신과 지현을 바라보는 안준환 옹과 안숙희 여사의 시선 때문이다.

권 고검장 역시 몹시 마음에 든다는 표정이다.

'끄으응……!'

현수가 아무런 대답 없이 고개만 숙이자 이를 부끄럽다 여긴 걸로 착각한 권 고검장이 한마디 더한다.

"김군 어르신들과도 조만간 자리를 마련해 주게. 기왕에 결정된 거면 빠를수록 좋지 않겠는가?"

"네……? 아, 네에. 근데 제가 조만간 출장을 가야 해서……."

"아! 그렇다 해서 당장 낼모레 뵙자는 건 아니네. 출장을 가야 한다면 갔다 와야겠지. 그 다음에 뵈어도 좋으네. 그러니 어르신들께 시간을 여쭤보고 알려주게."

"네에."

현수는 어쩔 수 없는 대답을 했다. 어찌 그렇게 못하겠다고 말할 수 있겠는가!

이 시간 이후 넷은 화기애애한 분위기 속에서 만찬을 즐겼다.

하나 현수는 아니다. 최고급 꽃등심이 퍽퍽한 닭가슴살처럼 씹혔고, 꿩만두는 서비스로 나오는 군만두 같은 맛이었다.

식사를 마치고 권 고검장 부부는 장인어른인 안준환 옹을 모시고 먼저 사라졌다.

안숙희 여사는 가기 전에 현수를 불러 봉투 하나를 건넸다.

"이게 뭡니까?"

"우리 지현이 공부만 하느라 맛있는 것도 못 먹어봤을 거예요. 그러니 데리고 다니면서 맛있는 것 좀 사서 먹여요."

"네? 아, 아닙니다. 저도 돈 있습니다."

"이건 내가 고마워서 주는 거예요. 이걸로 보약도 한 채 지어 먹어요. 그리고 우리 지현이 든든하게 지켜주구요."

사위 사랑은 장모라고 했던가!

씨암탉을 고아줄 수 없으니 보약을 먹으라는 것이다. 현수는 고맙다 하고 받지 않을 수 없었다. 그런 분위기였던 것이다.

술을 마시게 될 것이라 여겨 차를 가지고 오지 않았던 현수는 삼청각 정문을 향해 천천히 걸었다.

"현수 씨!"

"네에."

곁에서 걷던 지현의 부름에 고개를 돌리니 지현이 팔짱을 낀다. 그리곤 살며시 고개를 기댄다. 향긋한 냄새가 난다.

하여 저도 모르게 심호흡을 했다. 이때 지현이 입을 열었다.

"고마워요."

밑도 끝도 없다. 대체 무엇이 고맙다는 건지 알 수 없다.

'끄으응……!'

어른들이 있는 자리에서 아무런 소리도 하지 못했다. 식사를 마칠 즈음에 권 고검장이 한 말이 귓가에 쟁쟁하다.

"앞으로 매주 한 번은 나하고 한잔하세. 지현이 저것이 어릴 적부터 했던 실수담을 하나씩 알려주겠네."

"어머, 아빠!"

지현이 하얗게 눈을 흘겼지만 권 고검장은 무시했다.

"지현이가 초등학교 4학년 때이던가? 여보, 그때가 크리스마스 때였지?"

"네, 산타할아버지 오는 거 보고 잔다고 그랬던 날 맞아요."

"하하, 그래! 그날 우리 지현이가 글쎄 바지에……."

"우아악! 아빠……!"

갑자기 지현이 소리를 질러 현수는 깜짝 놀랐다.

"하하! 하하하! 이 얘긴 나중에 하세."

"아빠! 현수 씨한테 그 얘기하면 알죠?"

"왜……? 왜 안 되는데?"

"그럼 앞으론 국물도 없어요."

"이그, 앞으론 네 국물 없어도 된다. 여기 있는 네 엄마가 더 맛있는 국물을 끓여줄 테니."

"치이, 치사한 아빠! 어디 두고 봐요."

부녀지간의 화목한 다툼을 보고 있던 현수는 빙그레 미소 지었었다. 그런데 지금 와 생각해 보니 그건 웃을 일이 아니다.

권 고검장 부부와 지현의 외조부는 오늘 현수를 지현의 배필로 인정한다는 것을 알려준 날이기 때문이다.

'어휴……! 어쩌지?'

행복하다는 듯 고개를 기댄 지현을 힐끔 바라본 현수는 몰래 한숨을 쉬었다. 어찌해야 할지 가늠하기 어려웠던 때문이다.

그러던 중 이수연, 수정 자매가 떠올랐다. 수정은 아예 내놓고 대시 중이고 수연도 호시탐탐 기회를 노리는 듯하다.

가끔 의도를 알 수 없는 문자를 보내곤 하기 때문이다.

이때 문득 떠오르는 상념이 있었다. 하여 현수는 황급히 문자를 보냈다. 대상은 조경빈이다.

특별히 할 일 있는 거 아니면 나 내일 러시아로 출장 가는데 갈이 갈래?

죄송합니다. 형님! 내일 임원회의가 있는데 할아버지가 나오신답니다. 그래서 빠질 수 없습니다. 다음에 가요.

현수는 군대 후임인 이현우에게도 같은 문자를 보냈다.

정말요? 좋습니다. 같이 가요!

마치 기다렸다는 듯 날아온 문자를 보곤 웃음 지었다. 흉중의 음모 하나가 성사된 결과가 기대되기 때문이다.

*　　　*　　　*

"어머! 또 출장이세요?"

이수정이 생글거리며 다가온다.

현수는 이럴 줄 알았다는 썩소를 지었다. 보나마나 이 우연은 어제 이수연에게 보냈던 문자 때문일 것이다.

그러고 보면 이 우연은 분명 의도된 우연이다.

현수는 속으로 혀를 내둘렀다. 이수정의 끝없는 대시가 부담스러웠기 때문이다. 하지만 이내 미소를 지었다.

흉중에 의도된 음모가 있기 때문이다.

"그러게요. 자주 만나네요."

"그쵸? 어머, 이분은……."

"잘 아는 동생이에요. 현우야, 인사해, 이쪽은 이수정 씨야."

"아, 안녕하세요? 이현우라 합니다."

"네, 이수정이에요. 잠시만요."

스튜어디스로서 해야 할 업무가 있기에 수정은 양해를 구하곤 잠시 뒤쪽으로 갔다.

"현우야……!"

또각거리며 뒤쪽으로 가는 수정의 뒤태에 눈을 두고 있던 현우가 얼른 자세를 바로잡는다.

너무도 예뻐서 저도 모르게 눈이 간 것이다. 그런데 문득 어쩌면 형수가 될 여자일지도 모른다는 생각이 든다.

"형! 미안해요."

"미안해? 왜?"

"그냥요. 근데 저분 어떻게 아는 분이에요?"

현수는 현우의 말을 씹었다. 그리곤 싱긋 웃었다.

"수정 씨, 이쁘지?"

"네……? 아, 그럼요. 정말 예쁘네요."

"네 눈엔 얼마나 예뻐 보이냐?"

"웬만한 탤런트들은 명함도 못 내밀겠는데요?"

"그래? 한자성어로 표현하면?"

현수가 짐짓 장난식으로 묻자 현우가 얼른 말을 받는다.

"절세가인, 경국지색, 화용월태, 해어화! 이 정도면 됩니까?"

장래에 형수가 될지도 모른다는 생각 때문인지 아는 건 다 대는 현우였다.

"하하! 녀석, 어지간히 마음에 든 모양이군. 잘 해봐라."
"네에……?"
이현우가 현수의 의도를 알아낸 것은 10초 정도 지난 후였다.
"저, 정말이요?"
"그래! 저만한 미인 드물잖아. 안 그래?"
"그, 그야 그렇지요. 근데 진짜요? 농담 아니죠?"
현우는 얼른 고개를 돌려 수정을 바라보았다. 어디서 본 듯한 얼굴이다. 그러고 보니 탤런트 이수연의 언니이다.
"아! 그러고 보니……."
현수가 이수정의 남자친구라는 건 신문에도 난 사실이다. 그렇기에 고개를 갸웃거리며 묻는다.
"형, 형 여자 친구 아니었어요?"
"아냐. 그땐 그럴 만한 사정이 있어서 그렇게 말한 거야. 그러니까 맘 놓고 대시해도 돼."
"정말이죠? 농담 아니죠? 나중에 딴 말 하기 없기예요."
현우는 눈빛을 빛냈다. 마치 중요한 전투를 앞에 둔 병사의 눈빛과 같았다.
"그래, 난 지금부터 잘 테니까 알아서 해."
현수는 시트를 뒤로 제치고는 눈을 감았다.
진짜로 잠을 잘 생각인 것이다. 출국하기에 앞서 할 일이 너무 많아 어제는 밤을 꼴딱 샜다.
바디 체인지가 되었으므로 피곤하지는 않지만 육체를 쉬게 해주어서 나쁠 것이 뭐가 있겠는가!

현수가 잠든 사이에 이수정이 몇 번이나 왔다. 그런데 잠든 사람과 무엇을 하겠는가!

그럴 때마다 현우는 몇 마디 대화를 나누었다.

그러더니 급속도로 친해진 모양이다. 내릴 때쯤 되니 뒤쪽의 빈 좌석으로 자리를 옮겨 담소를 나누고 있었다.

현수는 의도대로 된 것이 만족스러워 고개를 끄덕였다.

"형! 진짜 혼자 갈 거야?"

현우는 어이없다는 표정이다. 러시아로 같이 오자고 하더니 도착하자마자 헤어져야 한다는 말 때문이다.

"그래, 넌 놀러 온 거지만 난 출장이야. 내가 왜 널 불렀는지 아직도 눈치 못 챘어? 그러니 데이트나 잘 해. 알았지?"

"형……! 진짜 고마워."

"짜식! 나중에 좋은 일 생기면 양복 한 벌이다."

"물론이야, 형!"

현우는 이제야 확실한 의도를 알았다는 표정을 짓는다. 현수가 간다는데도 수정은 크게 까탈을 부리지 않았다.

오히려 현우와의 데이트가 더 신경 쓰인다는 듯 맵시를 가다듬었을 뿐이다. 그래 봐야 스튜어디스 제복이지만!

현수는 둘을 남겨놓고 노보로시스크행 비행기에 몸을 실었다.

"후후, 이제 둘은 해결된 셈인가? 아니, 셋이구나."

이수정이 현우와 사귀게 되면 이수연은 자연스럽게 조경빈과 어울리게 될 것이다.

톱 탤런트와 재벌3세의 만남이 이루어지면 말들이 많겠지만 뭐 어떤가!

이수연도 조경빈도 인간성이 괜찮은 사람들이다. 그리고 확실한 처녀 총각이다. 백년가약을 맺지 못할 아무런 이유가 없다.

이은정 실장은 민주영이 알아서 낚아챌 것이다.

주영이 그녀에게 마음이 있다는 것을 알았기에 확실히 하라면서 지원금까지 보태줬다.

없는 동안 잘 꼬셔서 완전한 애인으로 만들라는 뜻이다.

이제 주변에 남은 여자는 강연희와 권지현, 그리고 비서실의 조인경 대리와 이리냐뿐이다.

"흐음, 조 대리는 어쩐다?"

마냥 대시해 들어오는 조 대리의 마음을 잡아줄 남자를 물색했으나 마땅히 떠오르는 인물이 없다.

"나중에 어떻게 되겠지. 그나저나 이리냐가 마중을 나오면 어쩌지? 휴우……! 약속을 하긴 했는데 뭐라고 둘러대야 하나?"

노보로시스크 공항에 도착한 현수는 이리냐가 보이지 않기를 기도하며 대합실로 빠져나왔다.

누가 나왔나 싶어 둘러보니 지르코프가 서 있다.

나름대로 환한 웃음을 지으며 열심히 손을 흔들고 있다.

레드 마피아 노보로시스크 책임자가 아니라 여행사 가이드 같은 모습이라 피식 실소를 지었다.

"어서 오십시오. 김 사장님!"

"네에, 또 뵙는군요. 미스터 지르코프!"

환한 웃음을 지으며 악수를 나눴다. 그리곤 방탄 벤츠를 타고 곧장 호텔로 이동했다.

출발하고 불과 1분도 되지 않아 지르코프가 입을 연다.

"김 사장님, 아쉽게도 이리나 양은 올 수 없습니다."

"그래요……?"

"네, 이리나 양은 현재 학회 세미나에 참석 중입니다."

지르코프는 이리나를 대동하지 못한 것이 큰 죄라도 된다는 듯 곤란한 표정을 지었다. 현수는 잠시 말을 멈췄다. 내심 다행이라는 생각이 뜬 때문이다.

"세미나 때문에 어쩌면 만나지 못할 수도 있습니다."

"……! 그래요? 학생이니 공부가 우선이지요."

"다음에 오실 땐 꼭 동반하도록 하겠습니다."

"네에. 알겠습니다."

현수는 아쉽다는 표정을 지었지만 속으론 좋았다. 이곳에 방문하기 전에 마음을 묵직하게 했던 부담이 사라진 때문이다.

노보로시스크에서의 업무는 전과 동일하게 진행되었다. 다른 점이 있다면 이리나 대신 지르코프와 함께했다는 것뿐이다.

둘은 보드카를 마시며 여러 이야기를 나눴다. 주로 현수가 묻고 지르코프가 대꾸하는 것이다.

현수는 레드 마피아가 취급하고 있는 품목을 듣고는 깜짝 놀랐다. 지불할 능력만 되면 핵잠수함이나 핵배낭도 판다는데 어찌 놀라지 않겠는가!

지르코프는 언제든 필요한 물목만 알려주면 최저 가격으로 준비해 주겠다고 제안했다.

이 거래는 노보로시스크 지부와의 거래이다. 다시 말해 모스크바의 보스 알렉세이 이바노비치와는 별개의 거래이다.

현수는 좋은 제안이었다며 조만간 주문하겠다고 했다.

콩고민주공화국에 세워질 이실리프 농장을 지키기 위한 무기가 필요했기 때문이다.

지르코프와 헤어져선 모스크바로 향했다. 노보로시스크엔 프랑스로 가는 직항로가 개설되어 있지 않았기 때문이다.

현수는 레드 마피아가 잡아준 호텔로 향하지 않았다. 혹시 이리냐가 와 있을 수도 있기 때문이다.

사내로서 한번 한 약속을 어길 순 없다. 그러면 책임지지도 못할 인연이 만들어지는데 그건 절대 사양이다.

그렇기에 일전에 갔었던 노보데비치 수도원으로 향했다.

그리곤 사람들의 발걸음이 적은 곳을 찾았다.

"앱솔루트 배리어! 타임 딜레이!"

마나 집적진을 꺼내든 현수는 그곳에서 차원 이동에 필요한 마나를 모았다. 당연히 서울보다 마나가 풍부했다.

이튿날 이른 새벽, 현수는 아르센 대륙으로 여행을 떠났다. 복잡하고 치열한 일상사를 떠나 바캉스 가는 기분이었다.

"마나여, 나를 아르센 대륙으로……! 트랜스퍼 디멘션!"

샤르르르르릉―!

현수의 신형이 안개처럼 사라졌다.

CHAPTER 06

디오나니아와 쏘러리스

"흐음, 여전히 서늘하군."

모스크바는 더운 여름이다. 하지만 현수가 나타난 호숫가는 서늘해서 소름이 돋을 지경이다.

아직 봄이라 그렇고, 이른 새벽이라 더 그럴 것이다.

서둘러서 이전에 입었던 옷으로 갈아입었다. 그러는 사이에 벌써 소름이 돋아 있었다.

용병들이 있는 곳으로 돌아가 보니 아직 깊은 잠에 빠져 있다.

졸리지도 않고, 다시 자기에도 그런 시각인지라 천천히 주변을 둘러보았다. 그러면서 혹시 있을지 모를 위험을 감지하기 위한 와이드 센스 마법을 구현시켰다.

다행히 스콜론 몇 마리가 움직이는 것 외엔 없었다.

현수는 이것들을 잡아 독액을 채취했다. 마법사로서의 호기심이 작용한 것이다.

이것들 이외엔 별다른 위험은 없어 보였다.

현수는 천천히 걸어 더 먼 곳까지 가보았다. 한국엔 없는 이국적인 풍광을 즐기기 위함이다.

시간이 흘러 한국시각으로 새벽 5시 30분쯤 되었을 때였다.

"아아아악! 아악! 아아아악……!"

"헉, 뭐야?"

난데없는 비명 소리에 놀라 고개를 돌린 현수는 어리둥절한 표정으로 사방을 살폈다.

분명 와이드 센스 마법엔 몬스터가 없었다. 그런데 공격받았다 생각한 것이다.

누군가 작은 호수 부근에서 데굴데굴 구르며 비명을 지르고 있다. 비명 소리에 놀라 잠에서 깬 용병들이 무기를 들고 우르르 달려간다. 몬스터의 출현으로 오해한 것이다.

그런데 딱 둘밖에 없다. 자작가의 시종과 시녀이다.

둘 다 발가벗은 상태인데 사내는 스물여섯 살쯤 되었고, 여자는 스무 살쯤 되었다.

"야! 왜 아무것도 없는데 비명을 지르고 난리야?"

랄프의 물음에도 대답 대신 비명만 지른다.

"아아아악! 아악! 아아아악……!"

"아니, 대체 왜 그러느냐고?"

"미친 거 아냐? 왜 홀딱 벗고 발광이야?"

둘은 아예 바닥을 뒹굴고 있었다. 사람들이 쳐다보든 말든 상관없다는 듯 뒹구는데 조금 이상하다.

그 와중에도 발가벗고 있다는 것을 인지해서 그러는 것인지 둘 다 사타구니를 감싸고 있다.

사내야 그렇다 쳐도 여자들은 이럴 경우 가슴과 사타구니 두 군데를 동시에 가리려 하는 것이 본능이다. 그런데 그러지 않는다. 오로지 사타구니만 움켜쥔 채 비명을 지른다.

"아아아악! 아악! 아아아악……!"

"이런 제길! 자다 일어나서 대체 왜 이러는지 말이라도 해야 알지. 이봐, 가만히 있어봐."

랄프가 사내의 손을 강제로 잡아떼었다. 그런데 아무런 상처도 없이 멀쩡하다.

그럼에도 사내는 끊임없이 비명을 지르며 발광을 한다. 대체 왜 이러는가 싶어 고개를 갸웃거리는데 누군가 한마디 한다.

"대장! 아무래도 얀디루에 당한 것 같습니다."

"뭐어? 얀디루……!"

"네, 여긴 미판테 왕국입니다. 호수마다 얀디루와 라니야가 있다고 봐야 하지요."

"얀디루……!"

얀디루는 가늘고 긴 물고기로 남녀 구분 없이 사람의 생식기를 파고들어가는 놈이다. 미꾸라지 비슷하게 생긴 놈이다.

평상시엔 별 문제가 없는데 물속에 들어가 소변을 보면 이놈이 달려든다. 암모니아 냄새에 환장하는 것이다.

그리곤 삽시간에 요도를 타고 몸속으로 파고들어간다. 다음엔 갈고리를 펼쳐 자리를 잡는다.

그때부터 야들야들한 속살을 끊임없이 뜯어먹는다. 그 고통을 어찌 필설로 형용할 수 있겠는가!

당한 사람이 죽을 때까지 결코 나오지 않는 이놈을 제거할 방법은 외과적 수술 이외엔 없다.

그런데 아르센 대륙엔 외과의사라곤 단 하나도 없다.

"로렌스, 자작가 사람들에게 가서 전해라. 시종과 시녀가 얀디루에 당해서 고통을 덜어주었다고……."

"네, 대장……!"

로렌스가 달려가자 랄프는 칼을 뽑아 들었다. 그리곤 지체하지 않고 둘의 목을 베었다.

퍽! 퍼억—!

"으윽! 케엑!"

"……!"

살인을 한 것이 아니라 고통에 몸부림치다 죽어갈 사람 둘을 편안하게 해준 것이다. 그럼에도 용병들은 아무런 말도 없었다. 어쨌든 생목숨 둘이 끊긴 것이기 때문이다.

랄프도 마뜩치 않다는 듯 이맛살을 잔뜩 찌푸리고 있었다.

"잘 묻어줘라."

"네, 대장!"

랄프가 칼에 묻은 피를 닦아내고 돌아섰다. 자다가 일어나서 아무런 죄도 없는 사람 둘의 목을 베었다.

표정이 밝을 리 있겠는가!

"무슨 일 있었습니까?"

터벅터벅 걸어오던 현수가 랄프에게 물었다.

랄프는 고개만 끄덕였을 뿐이다. 현수는 말하고 싶지 않다는 뜻으로 판단하였기에 더 이상 묻지 않았다.

잠시 후, 현수는 얀디루에 대한 이야기를 들었다.

시종과 시녀는 곧 결혼할 사이였다. 이들 둘은 새벽에 일어나 어제 용병들이 목욕했던 호수에서 몸을 씻었다.

어제 용병들이 들어갔을 때엔 아무도 물속에 소변을 보지 않았다. 얀디루에 대해 알기 때문이다. 또한 지난 며칠 동안 물이 부족한 상황이었기에 방광이 비었기 때문이다.

하지만 시종과 시비는 어제 물을 잔뜩 마셨다. 그렇기에 방광에 소변이 고여 있었다.

사람이 체온보다 차가운 물속에 몸을 담그면 자율신경(Autonomic Nerve)이 작용하게 된다.

체온 유지를 위해 비열이 큰물을 배출하게 하려는 것이다.

비열(specific heat, 比熱)이란 어떤 물질의 온도를 1℃ 올리는데 필요한 열량을 뜻한다.

그런데 물은 다른 액체에 비해 비열이 높은 편이다.

이러한 현상은 이웃하는 물 분자끼리 수소결합(Hydrogen bonds)을 이루고 있으며, 이러한 수소결합이 형성되거나 끊어질 때 약간의 열에너지가 저장 또는 방출되기 때문이다.

아무튼, 물은 따뜻하게 하기 어려울 뿐만 아니라 식히는 것도 어려운 물질이다.

그리고 자율신경이 배출시키려는 물은 당연히 소변이다. 차가운 물속에서 땀을 흘리기는 어렵기 때문이다.

둘은 목욕을 하면서 슬쩍 소변을 보았다.

아무도 보지 않는 새벽이라 그랬을 것이다. 그 순간 주위를 맴돌던 얀디루가 요도를 타고 들어간 모양이다.

그 결과 목숨을 잃은 것이다.

로렌스 팀장으로부터 설명을 들은 현수는 호숫가로 가보았다. 유심히 들여다보니 얀디루라는 놈들이 보인다.

하지만 보호색을 띠고 있어 눈에 잘 뜨이지는 않는다. 그렇기에 모르고 들어갔다 당하는 것이다.

얀디루라는 물고기도 먹고 살자고 했을 것이다. 그런데 용서가 되지 않는다.

현수는 땅을 파고 그곳에 소변을 보았다.

호수 바로 바깥쪽이다. 그리곤 그것이 호수와 연결되도록 작은 도랑을 팠다.

물과 소변이 접촉하는 순간, 바닥의 자갈 사이에 있던 얀디루들이 몰려든다. 그 숫자가 어마어마하다.

오랜만에 보는 소변이라 암모니아 양이 많았기 때문인지는 몰라도 반원 5m 정도의 물이 시커멓게 보일 정도이다.

주위를 둘러보니 모두들 무언가 하느라 여념이 없다. 현수는 물속에 손을 넣었다. 그리곤 나직이 중얼거렸다.

"마나의 힘이여, 뇌전의 강렬함을 보여라! 기가 라이트닝(Giga Lightning)!"

파직! 파지지지지지지지지지지직……!

초강력 6써클 마법이 신새벽의 호수에 퍼부어졌다.

물속에 손을 담근 상태이기에 뇌전의 기운은 아주 빠른 속도로 전파되었다.

잠시 후, 호수의 수면 위로 허연 것들이 둥둥 떠다닌다. 얀디루를 비롯한 각종 물고기들이 기절한 것이다.

오우거도 5분이면 완전 분해한다는 라니야도 많다.

"마나여, 모든 것을 끌어당겨라. 인헤일(Inhale)!"

2써클 흡입 마법으로 모조리 끌어당겼다. 그냥 놔두면 부패하여 물까지 썩기 때문이다.

"근데 이것들은 먹을 수 있는 건가?"

얀디루라는 놈은 영락없이 미꾸라지처럼 생겼다. 그렇다면 추어탕의 재료가 될 수 있을 것이다.

라니야는 손바닥만 하다. 구워먹기 딱 좋은 사이즈이다.

이들 둘만 남기고 나머지 잡고기들은 모두 땅에 묻었다.

"강력한 뇌전의 기운에 쏘였으니 기생충이 있더라도 모두 죽었겠지?"

현수는 얀디루의 배를 따서 내장을 끄집어내다 이내 포기했다. 그러기엔 너무 많은 숫자이기 때문이다.

결국 얀디루들도 모조리 땅속에 묻혔다.

남은 것은 라니야이다. 이것들은 그리 숫자가 많지 않아 금방 내장을 긁어낼 수 있었다.

"우와, 하인스! 냄새 좋은데? 오늘 아침 메뉴는… 어라! 그거 물고기 아냐? 그물도 없는데 어떻게 잡았어?"

"하하. 제가 재주가 좋지 않습니까? 기대하십시오. 오늘 아침, 아주 싱싱한 생선 구이로 배를 채울 수 있을 겁니다."

"그래. 기대하지. 고맙네."

"고맙기는요. 제가 먹고 싶어서 잡은 건데요 뭘."

현수는 아공간에서 간장 등의 재료를 꺼내 간장구이 소스를 만들었다.

여기에 손질한 라니야를 넣었다. 그리곤 시간이 빠르게 하는 마법인 패스트 타임으로 삽시간에 양념장이 배어들도록 했다.

요즘엔 음식을 만들면서 일부러 마법을 쓴다. 그래야 늘기 때문이다.

아무튼 이것들을 꼬챙이에 꿰어 은근한 불에 익혔다.

타지도 않고 잘 익는다. 다음엔 연기에 쏘였다. 이렇게 해야 향도 좋고, 맛도 좋기 때문이다.

사람들은 모두 엄지손가락을 치켜들었다. 이렇듯 맛있는 생선 구이는 먹어본 적이 없다고 했다. 간이 딱 맞은 모양이다.

음식을 만든 사람으로서 당연히 기분 좋은 일이기에 현수는 환한 웃음을 지었다.

"불렀습니까?"

"그래. C급 용병 하인스라고?"

모자에 붙은 면사로 얼굴을 가리고 있어 용모 및 나이를 파악할 수는 없다. 하지만 음성이나 겉으로 드러난 손을 보니 아직 스무 살도 안 된 것 같은데 대놓고 반말이다.

하긴 귀족이 일개 평민 용병에게 존댓말을 써줄 리 없다. 하여 그러고 싶으면 그러라는 마음을 먹었다.

"그렇습니다."

현수는 고개를 끄덕였다.

"난, 엘리시아 나후엘 드 율리안이라고 해."

"그런데요?"

엘리시아는 줄리앙이 구해줬던 바로 그 여자이다.

"너는 치료사인가, 요리사인가?"

"C급 용병인데요?"

"그건 아무래도 좋아. 나후엘 자작가에 당도하면 너만 따로 고용하고 싶은데 가능하겠어?"

"따로 고용이요?"

"그래, 우린 네가 가진 재주가 필요해."

"무슨 말씀이신지 모르겠습니다."

"아무튼 우리 영지에 당도하더라도 가지 말고 남아줬으면 좋겠어. 그럴 수 있지?"

"뭐, 당분간 머무는 정도라면……."

"그럼 됐어. 이만 가봐."

볼일 다 봤다는 듯 고개까지 돌린다. 현수는 어이없었으나 뭐라 하겠는가! 지금은 신분을 감춘 상태이다.

그렇기에 고개만 절레절레 흔들며 걸었다.
호숫가에 당도하니 일행이 가진 것들을 재정비하고 있었다. 부산한 움직임을 보았지만 현수는 끼어들지 않았다.
사막을 벗어나기 전에 디오나니아의 열매를 구해야 한다.
그런데 사람도 잡아먹는 식인식물인 이것을 상대하려면 준비할 것이 만만치 않다. 무엇이 얼마나 필요한지 모르면서 거들 수는 없기에 구경만 한 것이다.
현수는 때때로 고기 잡는 시늉을 했다. 라니야 간장양념구이를 제공하려면 물고기가 필요하기 때문이다.
엉성하게 만든 소쿠리를 수초 사이에 넣고 철퍼덕거리면 잡힌다. 다만 맨발로 이러면 거꾸로 라니야의 먹이가 된다.
그렇기에 다리를 식물의 넝쿨 말라붙은 것으로 칭칭 감은 채였다. 그러다 사람들의 이목이 없다 싶으면 슬쩍 2써클 마법인 라이트닝 쇼크 내지는 기가 라이트닝을 시전했다.
고기도 잡고 마법 연습도 되는 일석이조이다.
아무튼 잡은 라니야들은 향기 좋은 생선구이가 되어 용병들에게 필요한 단백질을 공급해 줬다.
그래서 호수를 만날 때마다 안에 살고 있는 얀디루와 라니야를 멸종시켰다. 이기적인 생각이지만 인간에게 해롭기 때문이다. 그렇게 이십여 개의 호숫가를 지나쳤을 때이다.

"멈춰!"
랄프의 명에 따라 모두의 발걸음이 멈췄다.

사막으로 들어선 지 이레가 지난 날 오후이다. 이곳까지 오는 동안 불편한 것이라곤 먹을 게 부족했다는 것뿐이다.

마차로 실어왔던 식재료는 진즉에 떨어졌다.

그렇기에 현수가 호수를 만날 때마다 라니야 구이를 제공하지 않았다면 최소 나흘을 굶었을 어느 날이다.

그리 멀지 않은 곳에 또 호수가 보인다. 초승달 모양으로 둥글게 휘어진 호수의 주변이 온통 초록색이다.

용병들은 어제 오전 이후 물을 마시지 못했다.

사막이지만 심심치 않게 눈에 뜨이는 것이 호수였기에 수통에 물 채우는 것을 게을리 한 결과이다.

물론 현수는 아니다.

아공간 속에 제법 많은 양의 물이 있다. 그럼에도 물을 주지 않은 것은 자신에게 너무 의존하는 것 같아서이다.

그리고 갈증 때문에 죽을 지경인 것은 아니기 때문이다.

아무튼 '와아, 물이다!' 라고 말하며 무작정 뛰어들면 목숨을 잃는다. 근처에 보이는 초록색 전부가 디오나니아라는 식인식물이기 때문이다.

그러고 보니 이놈들이 자리 하나는 좋은 데 잡았다.

다른 호수와의 거리가 멀어 누구나 갈증을 느낄 만한 곳이기 때문이다.

아무튼, 혹자는 식물은 움직임이 없는 것으로 착각한다. 하지만 그건 틀린 생각이다.

식물도 분명히 움직인다. 햇볕으로 광합성을 해야 하는 놈은 방향을 바꿔놔도 천천히 몸을 돌린다.

물론 육안으로 구별하기 힘들 정도로 매우 느린 속도이다.

그런데 디오나니아라는 이름을 가진 선인장과 식인식물은 전광석화처럼 빠를 때가 있다.

물론 지나치는 동물을 사냥할 때이다.

뿌리가 박혀 있기에 다른 곳으로 이동만 못할 뿐 이때의 움직임은 웬만한 사람보다 훨씬 빠른 움직임이다.

그렇기에 속절없이 잡혀 먹히는 것이다.

아무튼 촉수의 끝에는 매우 아름다운 꽃이 핀다. 그런데 여느 꽃과 달리 크기가 매우 크다.

직경 30㎝ 정도 된다. 이것은 향기가 매우 그윽하다. 하여 드래곤들도 이 꽃을 따다 자신의 레어에 넣어둔다.

적어도 몇 년은 향기를 뿜어내기 때문이다.

꽃이 지고 나면 열매가 열린다. 바나나처럼 생긴 열매이다.

열매는 진통 효과가 뛰어난 약재이며, 두어 개만 먹어도 포만감을 느끼게 하는 과실로 분류되어 있다.

일행이 구해야 하는 것이 바로 이것이다.

디오나니아는 중앙의 굵은 줄기 하나에서 좌우로 줄기 여러 쌍이 갈라져 있다.

그리고 각각의 줄기엔 넓적한 잎사귀가 한 쌍씩 달려 있다.

그런데 그 크기가 상상을 초월한다. 어떤 잎사귀는 높이 2m, 폭 1.3m 정도 된다.

이것은 몹시 질기다. 하여 겉질만 벗겨 방검복을 만들기도 한다. 웬만한 검으론 찔리지도 않고 베이지도 않는다.

다시 말해 검으로 베어내는 것이 웬만해선 안 된다는 것이다. 도끼질도 마찬가지이다. 찍었을 때 생긴 상처가 금방 아물어 버린다. 하여 식물계의 트롤이라는 별칭도 있다.

아무튼 사람이 안에 갇히면 검이나 도끼로는 나올 방도가 없다. 움직일 공간이 없도록 삽시간에 둘러싸기 때문이다.

이렇게 되면 아무리 힘 센 사람이라도 힘을 쓸 수 없어 당하고 마는 것이다.

일단 사람이나 짐승을 포획하면 두 잎사귀에서 염산과 같은 산성 물질이 함유된 가스가 뿜어진다.

이 가스에 중독되어 기절하면 두 잎사귀는 물샐 틈 없이 서로 맞붙는다. 그리곤 서서히 녹여서 소화시킨다.

사람으로 치면 잎사귀가 위벽인 셈이다.

아무튼 이곳에 오기까지 참 많은 일들이 있었다.

가장 아찔한 순간은 느닷없는 샌드 웜의 공격을 당했을 때이다. 안타깝게도 몇몇이 목숨을 잃었지만 비교적 쉽게 지나칠 수 있었다.

현수가 있었기 때문이고, 바로 곁에 샌드 웜이 공격할 수 없는 암석지대가 시작되고 있었기 때문이다.

이밖에도 스콜론에 의해 B급 용병 하나가 죽었다.

자다가 물린 상태에서 중독되어 죽었기에 현수가 근처에 있었어도 구조할 방도가 없던 죽음이다.

던전에서 목숨을 잃은 용병들 역시 현수가 도움을 줄 수 없는 상황이었다.

이 모든 위기 상황 중 가장 안타까운 것은 병든 아내와 어린 아이들을 남겨놓고 세상을 떠난 테일러의 죽음이다.

그래서 시간을 되돌리려는 생각도 해보았다. 지구로 귀환했다가 테일러가 죽기 이전으로 되돌아가는 것이다.

그런데 그렇게 하지 않았다. 그 이유는 그게 아르센 대륙에서의 삶이기 때문이다.

그래서 억지로 무언가를 바꾸려 하지 않은 것이다.

아무튼 그 결과 이곳까지 왔다.

이제 디오나니아의 열매를 얻어내고, 쏘러리스라는 놈의 간을 구하면 끝이다. 다음엔 라수스 협곡 너머로 가는 것이다.

최종 목적지는 당연히 아드리안 공국이다.

어쨌거나 랄프는 임무에 충실하기 위해 용병들을 4개 팀으로 나누어 자작가의 전후좌우를 호위하도록 했다.

이제 36명이 남았으니 팀당 9명씩이다.

현수는 현재 줄리앙의 팀에 배속되어 후미에 있다. 줄리앙의 몸 상태가 아직 완전하지 않기 때문이다.

"주변 정찰 실시!"

랄프의 명에 따라 주변을 살폈다.

육안으로 보이는 것뿐만 아니라 땅속까지 살펴야 한다. 샌드 웜이 나타날 수도 있기 때문이다.

물론 현수는 인근에 샌드 웜이 없다는 것을 안다. 하지만 그리하도록 내버려 두었다. 나설 상황이 아니기 때문이다. 그리고 주의를 기울여 손해 볼 일도 아니기 때문이기도 하다.

"이상 없습니다."

"이쪽도 괜찮습니다."

"후미, 이상 무!"

"대장! 여기도 이상 없습니다."

랄프는 고개를 끄덕이곤 단호한 표정으로 명을 내린다.

"좋아, 1팀, 2팀, 3팀은 준비한 것을 들고 나를 따른다. 4팀은 남아서 고용주를 호위하도록!"

"네, 알겠습니다."

용병들이 소리치자 디오나니아가 소리를 듣기라도 하는지 일제히 움직인다.

근처에 당도한 랄프가 다시 한 번 소리친다.

"주의만 기울이면 놈들에게 절대 당하지 않는다. 욕심 부리지 말고 가르쳐 주었던 대로만 해라."

"네!"

일제히 대답하는 용병들의 손에 들린 것은 엉성하게 만들어진 쇠못이 박힌 나무인형과 밧줄 등등이다.

멀리서 지켜보니 나무인형을 던져 디오나니아가 이를 덥석 물면 밧줄로 잎사귀를 칭칭 동여매고 있다.

인형에 박힌 못 때문에 잎사귀가 얼른 벌어질 수 없는 모양이다. 그런데 박힌 쇠못 때문인지 디오나니아는 그야말로 지랄발광을 한다.

쩔쩔매며 밧줄로 동여매던 용병 하나가 다른 디오나니아의 잎사귀에 갇혔다.

용병들은 즉각 줄기의 밑동을 공격하여 이를 잘라냈다. 잎사귀는 질기지만 줄기는 그렇지 못하기 때문이다.

구출된 용병이 비틀거리며 일어서자 환호성을 낸다.

"와아아아아아……!"

폭이 좁고 긴 호숫가에는 상당히 많은 디오나니아들이 자생하고 있다. 이곳이 군락지인 모양이다.

일행은 일곱 시간이나 디오나니아 사냥을 했다. 열매가 얼마나 필요한지 몰라 왕창 사냥한 것이다.

현수는 그 와중에 디오나니아의 꽃과 열매, 그리고 잎사귀들을 상당히 많이 채집했다. 호기심 때문이다.

"고생하셨습니다."

"고생은 무슨……. 이거 통증에 좋다는데 줄리앙에게 먹이고 싶어. 괜찮을까?"

"제가 먼저 맛을 한번 보지요."

랄프가 건넨 디오나니아의 열매는 바나나처럼 여러 개가 한꺼번에 열리는 것이다. 다른 점은 크기가 조금 더 크고, 단단한 껍질로 둘러싸여 있다는 것이다.

먹어보니 과즙이 달콤하다. 뭐라 표현하기 힘든 향을 지녀 먹고 나니 폐부가 청량해지는 느낌이다.

'흐음, 맨톨 성분이라도 들었나? 맛도 좋고, 향도 좋으네.'

"어때, 먹여도 되겠어?"

"네, 괜찮을 것 같습니다. 이건 그냥 식량으로 써도 좋을 듯 합니다. 열매는 좀 땄습니까?"

"자네 말대로 식량 대용으로 하려고 넉넉하게 땄지. 자네에게 줄 테니 보관해 주게."

현수가 받은 것은 바나나로 치면 대략 1,200송이이다.

줄리앙은 한결 나아진 듯한 모습이다.

'원기 회복에도 효능이 있나? 낯빛이 좋아졌군.'

현수는 이곳의 좌표를 기록해 두었다. 디오나니아 열매를 먹고 싶은 생각이 나면 다시 올 생각을 한 것이다.

"자아, 이제 출발이다."

행렬은 다시 출발했다. 그리고 이틀 후 일행은 사막을 완전히 벗어났다.

대신 울창한 숲이 앞을 가로막고 있었다. 얼마나 울창한지 푸른 게 아니라 검게 보일 정도이다.

팀은 다시 다섯으로 나뉘었다. 현수를 제외한 나머지 35명이 7명씩 한 팀을 이룬 것이다.

처음에 현수는 척후팀을 지원했다. 그런데 엘리시아라는 나후엘 자작가의 여인이 반대했다.

하인스는 요리사 겸 치료사로 용도 변경되었으므로 나머지 인원만으로 호송을 하라는 것이다.

그러면서 아예 현수를 자신의 곁으로 불러들였다.

용병들은 엘리시아가 현수에게 반해서 그러는 거라며 놀려댔다. 그중엔 줄리앙도 끼어 있었다.

놀림당하는 것이 싫어 척후팀으로 가겠다고 했더니 그럼 자신도 따라오겠다고 한다.

눌러앉을 수밖에 없었다. 호위 행렬의 최종 목적이 엘리시아를 율리안 영지까지 안전하게 데려다주는 것이기 때문이다.

숲으로 들어온 뒤 용병들의 신경은 날카롭게 곤두섰다.

너무 무성하여 시야가 좁고, 짧은 지역이다. 심한 경우는 몇 발짝 앞이 어떤지조차 알 수 없었다.

따라서 언제, 어느 곳에서, 어떤 공격이 있을지 가늠조차 할 수 없는 상황이었다.

게다가 이곳은 하루 종일 부는 바람이 분다. 때문에 나뭇잎사귀 비벼지는 소리는 짐승들의 기척을 완벽하게 감춰줬다.

물론 일행이 움직이는 소리 역시 몬스터의 귀에 들리지 않을 확률이 크다. 하지만 여전히 사람들이 불리하다.

몬스터보다 예민한 청각을 지니진 않았기 때문이다.

아무튼 수시로 바뀌는 바람은 몬스터들의 체취를 흐릿하게 하거나 날려 버렸다.

그렇기에 잔뜩 긴장한 채 한 발 한 발 내딛고 있었다.

현수와 일행이 있는 이 숲은 미판테 왕국 사람들이 마물의 숲이라 부르는 곳이다.

일반적인 고블린이나 오크, 트롤, 오우거 따윈 이 숲에선 힘을 쓰지 못한다. 호시탐탐 노리는 다른 몬스터들이 무서워 숨어 다니기에도 바쁘기 때문이다.

이들을 제외하면 가장 하위에 있는 놈이 샤벨타이거이다.

오우거와 대등하지만 민첩하고 속력이 빠르기에 한자리 하는 것이다. 이 숲에서 샤벨타이거의 먹이는 땅속에 사는 작은 짐승들이다. 오크를 잡으려다 트롤이나 와이번의 먹이로 전락할 수 있기 때문이다.

아무튼 숲에는 지극히 위험한 드레이크나 가고일 등도 있다. 이밖에 멘티코어나 리자드맨 등도 있다.

다시 말해 세상에 존재하는 거의 모든 몬스터들이 있다. 그래서 사람들의 발길이 지극히 적은 곳이다.

어쨌거나 일행이 잡으려는 쏘러리스는 아르센 대륙을 통틀어 이곳에만 존재한다. 그래서 온 것이다. 그렇지 않았다면 텔레포트진을 이용하여 율리안 영지로 직행했을 것이다.

숲에 발을 들여놓은 이후 현수는 와이드 센스 마법으로 주변을 살폈다. 물론 일행과 본인의 안전을 위해서이다.

그런데 무엇인가가 일행을 따라오고 있는 듯하다.

정체불명이다. 그리고 아직 한 번도 공격당하진 않았다.

'응? 이번에도……? 대체 이건 뭐지?'

무엇인가가 마법의 범위 안에 아주 잠깐 발을 들여놓았다가 감각의 밖으로 나간다. 마치 현수가 펼치는 와이드 센스 마법의 범위를 알고 있는 듯한 행동이다.

너무도 짧은 시간이기에 대략의 덩치조차 가늠하기 어렵다. 처음엔 고도로 훈련된 어쌔신인가 했다.

나후엘 자작가의 누군가가 미판테 왕국 첩보부 소속 요원들의 생각처럼 뭔가를 꾸미고 있다면 이야기가 된다.

자작가를 반대하는 누군가가 엘리시아 및 식솔들을 제거하러 어쌔신을 보낼 수도 있다.

그런데 가만히 생각해 보니 아닌 것 같다.

듣자하니 나후엘 자작가는 국토의 중심부에 영지를 갖고 있다. 그런데 변방이나 다름없다.

중앙부에 있으면서도 이런 것은 라수스 협곡과 인접해 있기 때문이다. 그래서 상당히 많은 몬스터로부터 매년 침공을 당하고 있다고 한다.

이를 막기 위해 생산되는 모든 것들을 군사력에 집중하는 형편이다. 그래서 왕국에 내는 세금이 없다.

그럼에도 왕궁에선 매년 지원을 해준다.

율리안 영지에 질 좋은 철광석 등이 매장된 광산들이 있기 때문이다. 그래서 왕국에서 필요로 하는 무기 전체를 만들고도 남을 정도로 많이 생산된다.

왕국에선 이를 합당한 값을 치르고 사가는 상황이다.

이 정도면 나후엘 자작가의 세도가 대단해야 한다. 하지만 별로 힘이 세지 않은 귀족 가문이다.

탄광 관리 정도 역할이기 때문이다.

게다가 겨우 자작인데 그 작위로 무엇을 하겠는가!

그래서 일단 어쌔신은 아닐 것이라는 추측을 했다. 그렇다면 사람이 아니라는 결론이 나온다.

CHAPTER 07
내가 미노타우르스를 낳길 바래?

곰곰이 생각하면서도 와이드 센스 마법을 거두지 않던 현수가 화들짝 놀란 것은 어둠이 다가오려던 때였다.

무언가가 감각의 범위 안에 들어왔는데 위로 솟구쳤다.

"헉……! 날아다니는 거였어? 근데 이렇게 빨라?"

"왜 그래?"

현수의 당혹성에 물음을 던진 것은 엘리시아였다.

"아, 아닙니다."

"아니긴? 뭘 본거지? 날아다니는데 빠른 거라고?"

듣기도 참 정확히 들었다.

"사람보다 큰 거면 가고일, 와이번, 멘티코어, 그리폰 등이 있어. 얼마나 크지?"

"정확히는 잘……."

"그러니까 뭔가 보기는 한 거군? 그럼 일단 가고일은 아닐 거야. 놈들은 어두운 곳을 좋아하니까."

"그런가요?"

"덩치가 많이 컸으면 와이번일 거야. 하나 멘티코어나 그리폰도 덩치가 작지는 않지."

엘리시아는 몬스터가 나타났다는데도 겁이 없는 듯하다. 태연자약한 음성으로 몬스터들의 특성을 읊는다.

"몬스터가 나타났는데 꽤 태연하시군요."

"네가 본 게 사실이 아닐 테니까."

"무슨 말씀이십니까?"

현수가 의아하다는 표정을 짓자 엘리시아가 높낮이도 없는 음색으로 대꾸한다.

"마물의 숲엔 와이번도, 멘티코어도, 가고일도, 그리폰도 있기는 있어. 하지만 여긴 없기 때문이지."

"그걸 어떻게 확신하죠?"

"여긴 쏘러리스의 영역이야. 아무도 안 들어오는 곳이지. 아니, 못 들어오는 곳이야."

"그걸 어떻게 압니까?"

"이거……!"

엘리시아의 손에 들린 것은 짐승의 가죽 위에 그려놓은 지도였다. 사막이 끝나는 부분과 맞붙은 아주 울창한 숲.

이곳은 탄환처럼 빠른 쏘러리스의 영역으로 표기되어 있다.

마물의 숲 전체를 놓고 보면 아주 좁은 지역이다.

하나 이곳엔 다른 몬스터들이 들어오지 않는다. 이놈이 모든 침입자들을 죽이기 때문이다.

하나 인간 여자만은 죽이지 않는다. 또 다른 몬스터인 미노타우르스를 낳아줄 모체가 될 것이기 때문이다.

따라서 여자들은 이 숲에서 목숨을 잃지 않을 것이다.

"그럼 제가 본 것은……?"

"아마 쏘러리스일 거야. 놈은 도약력이 매우 좋아서 약 20m까지 솟구칠 수 있어. 놈들이 좋아하는 나무 열매가 딱 그 정도 높이에 열리거든."

"쏘러리스……? 혹시 놈이 마법에 민감합니까?"

"쏘러리스를 마법으로 잡았다는 말은 들어본 적이 없지. 너무 빠르기 때문이지. 그래서 용병들을 고용할 때 마법사를 같이 고용하지 않은 거야. 디오나니아의 열매를 구하는 데도 마법사는 필요없었잖아."

"으음, 그렇군요."

현수가 막 대답을 할 때였다.

두두두두두……! 쉐에에에에엑-!

퍼억!

"아아아악……!"

무언가가 엄청난 속도로 쏘아져 오는가 싶더니 앞서가던 용병의 가슴을 들이받았다. 그와 동시에 둘의 모습이 사라졌다. 비명만 남았을 뿐이다.

시선을 돌려 용병이 있던 자리를 보았을 때 그곳엔 아무 것도 없었다. 심지어 선혈자국조차 없었다.

"……!"

눈에 보이지도 않을 정도로 빠른 무언가에 꿰뚫려 한 명이 희생된 것이다.

"놈의 공격이 시작된 거야. 날 보호해 줄 거지?"

"여자들은 공격하지 않는다면서요?"

"그럼 내가 미노타우르스를 낳길 바란다는 거야?"

"그건 아닙니다. 아앗……! 블링크(Blink)!"

"아앗……!"

무언가가 엄청난 속도로 쇄도하고 있다는 것을 느낀 현수는 얼른 엘리시아의 허리를 잡아챘다.

그 순간이다.

우두두두두두……! 쐐에에에에엑—!

뭔가가 섬전의 속도로 지나친다. 그냥 있었으면 충돌했을 것이다. 엄청난 속도이다.

지구에서 가장 빠른 치타의 순간 최고속력이 시속 102~120㎞이다. 그것보다는 분명히 빠르다.

체감 속도로만 따지면 시속 150㎞가 훨씬 넘는 듯하다.

"이놈, 이게 대체 무슨 짓……!"

무언가가 지나간 뒤 엘리시아가 몸을 세우며 야단을 치려다 멈췄다. 방금 전의 상황이 무엇인지를 깨달은 것이다.

"블링크……? 너, 마법사였어?"

"잠깐만요."

현수는 대답 대신 와이드 센스 마법을 극성으로 끌어올렸다.

인근에 섬전의 속도로 움직이는 개체가 둘이나 있기 때문이다. 일반 마법사였다면 결코 감지하지 못했을 것이다.

"하인스! 아가씨 모시고 얼른 나무 옆으로 가."

누군가의 고함에 주변을 둘러보니 용병들 모두 나무에 바싹 달라붙어 있다.

그렇게 하면 쏘러리스가 공격하지 않기 때문일 것이다.

하긴 제아무리 빠른 쏘러리스라 할지라도 굵은 나무와 정면 충돌할 경우 멀쩡할 리 없다.

그렇기에 잔머리를 굴려 나무를 끌어안고 있는 것이다.

다시 한 번 엘리시아를 잡아챈 현수가 가까운 나무 앞에 내려서는 순간 방금 전에 있던 그 장소로 무언가가 지나친다.

우두두두두……! 쐐에엑―!

너무 빨라 형상조차 알아볼 수 없었다.

"으으음……!"

현수는 나직한 침음을 냈다. 잠시만 늦었어도 큰일이 벌어졌을 것이란 짐작 때문이다.

그리곤 나무 위쪽을 살폈다. 엘리시아 때문이다.

다행히 딛고 올라설 가지가 보인다.

"아가씨, 저 위에 올라가 있어야겠습니다."

"그래!"

엘리시아는 두말하지 않고 나무를 잡았다. 그런데 힘이 없어 오르질 못하고 쩔쩔맨다.

"실례를 용서하시길……!"

"헉……! 야! 너어……."

느닷없는 촉감에 엘리시아가 화들짝 놀랐으나 현수는 이를 무시하고 엉덩이를 밀어 올렸다. 그제야 올라선다.

엘리시아가 올라간 곳은 현수의 머리 위쯤 된다.

"아가씨, 가지를 끌어안고 있어야 합니다."

누군가의 고함에 엘리시아가 얼른 가지를 껴안았다.

한편, 현수는 와이드 센스 마법으로 놈들의 움직임을 살피고 있었다. 하나가 아니고 둘이기에 쉬운 일이 아니었다.

놈들은 현재 호시탐탐 먹이를 노리는 맹수처럼 인근을 섬전처럼 쏘다니고 있다.

용병들은 서로에게 충고를 하여 피해를 최소화하려 했다. 나후엘 자작가 사람들도 용병들의 말에 따라 행동하고 있었다.

누구에게나 목숨을 소중한 것이기 때문이다.

"제기랄……!"

현수는 정신이 어질할 정도로 움직이는 놈들 때문에 잠시도 마음을 놓을 수 없었다. 그런데 그것으로 끝이다.

더 이상의 액션을 취할 수 없었던 때문이다.

"혹시 앱솔루트 배리어라면……. 아냐, 아냐!"

이목이 있기에 마법을 쓸 수는 없다. 더구나 미판테 왕국 정보요원들이 있는 자리이다.

"엘리시아 아가씨! 수시로 끌어안고 있는 가지를 바꿔야 하고, 방향도 바꿔야 합니다.”

“왜?”

“놈들이 움직이는 방향에 따라 안전하지 않을 수도 있기 때문입니다.”

“알았어.”

엘리시아의 대답을 들은 현수는 예리한 눈초리로 사방을 훑었다. 그때였다.

두두두두두……! 콰앙—!

“아아아악!”

건너편에서 나무를 끌어안고 있던 용병 하나가 비명과 함께 사라졌다. 이번엔 잡아채는 시간 때문이었는지 나무에 선혈이 뿜어져 있었다.

쏘러리스의 강력한 뿔이 박힌 결과일 것이다.

“모두들 수시로 방향을 바꾸세요. 가만히 있으면 나무 앞에 있어도 소용없습니다.”

현수의 말이 끝나기 무섭게 용병 및 나후엘 자작가 사람들이 조금씩 이동했다. 조금 전, 나무 앞에 있던 용병이 희생당하는 것을 목격한 때문이다.

이때였다.

두두두두두……! 콰앙—!

“케에에엑!”

나후엘 자작가의 시종 가운데 하나가 사라졌다. 누가 그랬는지도 알 수 없을 정도로 짧은 찰나에 일어난 일이다.

"데이모온……!"

희생당한 시종의 이름을 부르며 튀어나왔던 사람은 또 다른 시종이다. 하나 그는 자신의 목적을 이루지 못했다. 알 수 없는 무엇인가에 받혀 채 두 발짝도 떼지 못한 것이다.

우두두두두두……! 콰앙—!

"아아악!"

이 사내 역시 사라졌다. 나무에서 몸을 떼기만 하면 즉각적인 공격을 당한다는 것이 증명된 것이다.

"이런 제기랄……!"

현수는 나직이 투덜거렸다. 눈앞에서 사람들이 죽어가는 것을 보고만 있어야 하는 상황이기 때문이다.

두두두두두……! 쒜에에엑……! 콰앙!

"으아아악!"

또 하나의 용병이 사라졌다. 현수로부터 그리 멀지 않은 곳이다. 그러고 보니 와이드 센스 마법에 걸리는 개체가 둘에서 여섯으로 늘어났다. 네 마리가 더 나타난 것이다.

주의를 살펴보니 모두 사색이 되어 나무 밑동을 껴안은 채 빙글빙글 돌고 있다. 그러다 속력이 늦어져 멈칫거리는 시간이 길어지면 희생당하는 것이다.

"으으음……!"

사람들은 아무것도 할 수 없는 상황이고, 쏘러리스들은 할 짓 다하면서 노리기만 한다. 이런 시간이 길어지면 모두가 희생될 것이기에 침음을 낸 것이다.

랄프를 바라보았다. 그 역시 다른 사람들과 전혀 다를 바 없다. 칼도 뽑지 못한 채 빙글빙글 돌기만 한다.

이 순간 날카로운 비명이 들려 시선을 돌렸다.

두두두두두……! 퍼어억—!

"아아아악! 살려줘요."

현수는 쏘러리스라는 놈이 어떻게 생긴 건지 확실히 알 수 있었다. 지구의 소처럼 다리는 넷이다. 그런데 직립보행도 가능한 모양이다. 다시 말해 사람처럼 두 발로 걷기도 한다.

몸체는 조금 날씬한 소처럼 생겼다. 지구의 소처럼 뿔도 두 개 달려 있다. 뿔의 끝은 날카로워 보인다.

덩치도 그리 큰 편은 아니다. 키는 2m 정도이고, 몸무게는 120㎏ 정도로 보인다.

두 눈은 지구의 소처럼 순박하게 보이는 것이 아니다. 시뻘겋게 충혈되어 보는 것만으로도 공포를 느끼게 할 정도이다.

놈은 나무밑동을 잡고 돌던 시녀 하나를 어깨에 걸친 채 숲속으로 질주하고 있었다.

시녀는 혼신의 힘을 다해 발버둥 쳤지만 어찌 몬스터의 강력한 힘을 이겨내겠는가!

비명 소리가 잦아드는 것으로 미루어 짐작컨대 제법 먼 곳으로 이동해 간 듯하다.

"아아! 아델……!"

엘리시아는 시중 들어주던 시녀가 몬스터에게 잡혀가자 나지막한 소리를 냈다. 안타깝다는 심정이 그대로 드러났다.

"아가씨! 나뭇가지를 수시로 바꿔 잡아야 합니다."

현수에게 카레라이스와 양념불고기를 배식 받으러 왔던 늙은 시종의 말이다. 엘리시아는 얼른 가지를 바꿔 잡았다.

품위있는 귀족가의 여식으로 살고 싶지 미노타우르스의 모체가 되기는 싫었기 때문이다.

같은 순간, 현수는 고심에 잠겼다.

마법을 쓸 것인지 여부 때문이다. 마법 이외엔 이 난국을 해소할 수 없다 판단한 것이다.

그러면서 주변을 면밀히 살펴보았다.

엘리시아 때문인지 자작가 사람들은 물론이고, 용병들도 수시로 이쪽에 시선을 주고 있다.

엘리시아가 쏘러리스에게 잡혀가면 이번 용병행은 그것으로 끝이기 때문이다.

여기까지 오는 동안 용병 열다섯 명이 희생되었다. 자작가 역시 일곱 명이나 목숨을 잃었다.

여기에 엘리시아 하나만 더 추가되면 모두가 개죽음이 된다. 아무런 보수도 없고, 용병들의 명예는 실추될 것이다.

어쨌거나 이목 때문에 마법은 쓸 수 없는 상황이다.

"제기랄……!"

나직이 투덜거린 현수는 위쪽의 엘리시아를 바라보았다.

혹시라도 몬스터에게 잡혀갈까 싶어 벌벌 떨면서도 이 가지 저 가지를 계속해서 바꿔 잡고 있다.

여자는 죽지 않는다는 것을 알지만 몬스터의 새끼를 낳고 싶은 마음은 없기 때문이다.

현수는 그런대로 괜찮은 것 같아 시선을 돌리려는데 그만 못 볼 것을 보고 말았다.

아르센 대륙에는 속옷이라는 것이 없기 때문이다. 다시 말해 대한민국과 달리 팬티라는 것이 존재하지 않는다.

아래에서 위를 올려다보는데 치마 외엔 없으니 보고 싶지 않아도 볼 수밖에 없는 상황이다.

하나 아무런 감흥도 없다. 어찌하면 저 아가씨를 희생시키지 않을 것인가를 고심하여야 하기 때문이다.

"하인스! 이렇게 하면 돼?"

엘리시아가 불렀지만 현수는 올려다보지 않았다. 또 못 볼 것을 보고 싶지는 않기 때문이다.

"하인스! 내가 말하는데 왜 안 쳐다봐?"

"가지나 잘 잡고 있어요."

"하인스! 내 말이 말 같지 않은 거야? 왜 안 봐? 나 이렇게 하고 있으면 되냐고 묻잖아."

"……!"

"안 볼 거야? 아, 안 볼 거냐고?"

"……!"

엘리시아는 자신을 생각해서 고개를 들지 않음에도 짜증을 부린다.

"너어, 나 안 쳐다보면 나중에 혼나."

엘리시아가 협박했지만 현수는 고개를 들지 않았다. 지금은 그럴 여유가 없는 상황이기 때문이다.

어느새 아홉 마리로 늘어나 있었던 것이다.

놈들은 자신들의 영역을 침범한 인간들을 응징하려는 듯 엄청난 속도로 쏘다니고 있었다.

그러던 어느 순간이다.

우두두두두두……! 콰지직—!

"케에엑!"

"끄악!"

용병 하나가 또 당했다. 그런데 이번엔 쏘러리스의 뿔이 용병의 가슴을 꿰뚫고 나무에 박힌 모양이다.

"사, 살려줘! 아아악! 살려줘! 랄프 대장! 나 좀 살려줘요."

가슴에 박힌 뿔을 뽑아내려고 발버둥 치는 용병의 앞에는 마찬가지로 나무에 박힌 뿔을 빼내려고 애쓰는 쏘러리스 한 마리가 힘을 쓰고 있다.

현수는 아공간에 있던 비수 한 자루를 꺼내 들었다. 그리곤 나직이 중얼거렸다.

"샤프니스! 스트렝스!"

마법이 인챈트 될 때마다 주변의 마나가 스며든다.

그간 연습을 많이 한 결과 체내의 마나가 아닌 자연의 마나를 사용할 수 있게 된 결과이다.

현수는 아공간에 담겨 있던 스콜론의 독을 비수 끝에 발랐다. 그리곤 지체하지 않고 던졌다.

"이잇!"

쐐에에에엑—! 퍼억—!

직선으로 날아간 비수가 쏘러리스의 둔부에 박혔다.

꿰에엑! 꿰에에에엑—! 꿰에에엑—!

"아악! 아아아악!"

갑작스런 통증에 깜짝 놀랐는지 발버둥이 극심해진다.

그와 함께 놈의 뿔에 박혀 있던 용병도 비명을 지른다. 쏘러리스의 움직임이 그대로 전달되었기 때문이다.

그러다 잠시 후, 잠잠해진다. 체내에 독이 번져 죽은 것이다.

다음 순간, 모두의 시선이 현수에게로 향했다.

아무리 도망칠 수 없는 상황이라 하지만 비수 한 자루로 쏘러리스를 죽일 것이라곤 아무도 상상치 못한 결과이다.

근데 문제가 있다. 나머지 여덟 마리 쏘러리스의 시선도 현수에게 향한 것이다. 놈들의 눈빛이 형형하다.

동족을 살해한 인간을 용서할 수 없다는 눈빛이다.

두두두두두……! 쐐에엑! 쑤아앙! 쒸이익! 쐐애액—!

현수는 순식간에 네 번 공격을 받았다. 하지만 당하진 않았다. 놈들이 올 때마다 마치 권투선수가 상대 선수의 펀치를 피하듯 슬쩍슬쩍 자리를 바꾼 덕이다.

그러던 어느 순간 기발한 아이디어가 떠올랐다.

"아가씨! 조금 더 위로 올라가요."

"뭐라고?"

"지금보다 더 높은 가지로 올라가라고요."

"싫어!"

엘리시아는 단칼에 현수의 말을 거절했다. 조금 전 봐달라는데 안 봐줘서 삐친 때문이다.

"안 그러면 위험할지도 몰라요. 놈들이 이쪽만 공격하고 있단 말이에요. 그러니 어서 올라가요."

"싫어, 네가 날 쳐다보지 않으면 안 올라갈 거야."

"끄응……!"

저 철없는 아가씨는 현수가 왜 위를 올려다보지 않는지 모른다. 그저 조금 전 자신의 말을 씹은 것만 괘씸할 뿐이다.

"너, 날 똑바로 쳐다보고 말하지 않으면……."

엘리시아의 말은 중간에 잘렸다. 현수가 고개를 들며 한마디 한 때문이다.

이때 현수는 상당히 화가 난 상태였다. 아무리 철이 없어도 그렇지 사람들이 죽어가는 판에 자기 말을 안 들었다고 땡깡을 피웠기 때문이다. 하여 거칠게 말했다.

"자요! 됐어요? 근데 아가씨, 여기서 보니까 아가씨 치마 속이 훤히 들여다보이는 거 알아요?"

"뭐, 뭐라고……! 꺄아악! 이 치한! 네가 감히 내 치마 속을……!"

엘리시아의 말은 중간에 끊겼다. 치마를 여미느라 몸을 숙이는 순간 쏘러리스가 쇄도한 때문이다.

두두두두두……! 찌이익—!

"꺄아아아악……!"

"아, 아가씨!"

늙은 시종이 화들짝 놀라는 소리를 내는 순간 현수는 재빨리 위를 살폈다.

다행히 치마의 일부만 찢겼을 뿐 납치되지는 않았다. 엘리시아는 벌벌 떨며 이 가지 저 가지를 바꿔 잡고 있었다.

쐐에에에엑—!

현수가 두 번째 발걸음을 떼던 바로 그때 쏘러리스의 움직임이 파공음을 만들어냈다.

안도의 한숨도 쉬기 전에 현수는 원래의 위치로 되돌아왔다. 또 다른 쏘러리스의 공격이 느껴진 때문이다.

그 순간 현수의 입술이 달싹인다.

"아이언 스킨! 헤이스트! 실드!"

눈에 보이지 않은 마나 실드가 쳐지던 그 순간이다.

두두두두두……! 콰앙—! 콰지지직—! 케에엑—! 우당탕탕—!

현수의 몸통에 뿔을 박아 넣기 위해 쇄도하던 쏘러리스 한 마리가 비명을 지르며 나가자빠진다.

눈에 보이지 않는 투명 실드와 충돌한 결과이다.

실드에 부딪쳐 나가자빠지는 사이에 현수는 비수 한 자루를 꺼내 스콜론의 독을 묻혔다. 그리곤 곧바로 놈에게 던졌다.

쐐엑—! 퍼억!

꿰에에엑! 꿰에에에에엑—!

이번에도 놈의 엉덩이에 박혔다. 그와 동시에 비명을 질렀다. 갑작스런 통증 때문일 것이다.

이 순간 모두의 움직임이 멈췄다. 인간은 물론이고 다른 쏘러리스들까지 자빠진 놈에게 시선을 고정시켰다.

잠시 후, 스콜론의 강력한 독에 중독된 놈이 네 다리를 바르르 떠는가 싶더니 움직임을 멈춘다.

다음 순간, 현수는 한꺼번에 쇄도하는 여섯 마리 쏘러리스를 느낄 수 있었다. 나무밑동에 헤딩을 하는 상황이 되더라도 반드시 현수를 아작 내겠다는 기세이다.

현수는 비수 여섯 자루를 꺼냈다. 그리곤 여섯 방향으로 그것을 던졌다. 이번엔 독을 바를 시간이 없다.

하지만 비수를 꺼내며 마법을 구현시킬 여유는 있었다.

"매스 스트렝스! 샤프니스!"

퍽! 퍼퍽! 퍼퍽—!

"오토믹 밤!"

펑! 퍼펑! 퍼펑—!

여섯 번의 폭발이 일어났다. 쏘러리스의 단단한 두개골을 뚫고 들어간 비수들이 터진 것이다.

물론 외부에서는 보이지 않는 현상이다.

케엑! 꿰에엑! 끄와악! 끄륵! 케켁—!

우당탕탕—! 콰콰콰쾅—! 와당탕—!

요란한 소리가 나면서 놈들의 사체가 나뒹군다. 그 순간 이 세상 어느 누구도 들어보지 못한 괴상한 소리가 났다.

뀨이이이익—! 뀨이이이이익—!

여섯 자루의 비수 가운데 하나는 목표물에 적중하지 못했다. 갑작스럽게 방향을 선회한 녀석이 있었기 때문이다.

놈은 동족들이 처참하게 죽는 모습을 보곤 괴상한 소리를 냈다. 그리곤 숲속으로 사라졌다.

와이드 센스 마법으로 주변에 아무도 없음을 확인한 현수는 엘리시아를 내려주었다.

"아가씨! 이제 내려오세요."

퍽—!

"으윽!"

"천한 것 주제에 감히 내 치마 속을 들여다 봐? 흥!"

엘리시아는 고개를 빳빳하게 든 채 현수의 조인트를 깠다. 통증이 느껴졌지만 참지 못할 정도는 아니다.

"어디 가서 입을 놀리기만 하면……! 말 안 해도 알지?"

엘리시아는 싸늘한 표정으로 현수를 노려보았다. 평민에게 수치를 당했다는 표정이다.

"……!"

현수는 대답하지 않았다. 그러지 않겠다는 뜻이 아니다.

그럴 만한 가치도 없는데 괜히 그러라고 강조한다는 느낌이 든 때문이다.

"내 말을 또 씹어? 다시 한 번 말하지. 어디를 가든 조금 전에 있었던 일에 대해선 한마디도 하지 마. 알았어?"

"네."

현수는 짧게 대답하고는 시선을 돌렸다. 바닥에 자빠져 있는 쏘러리스를 살피기 위함이다.

한편, 나무밑동 주위를 빙빙 돌고 있던 용병들 가운데 셋이 쏘러리스의 사체를 살피러 움직였다.

이곳에 온 목적을 잊지 않은 것이다.

"빨리! 놈들이 언제 다시 올지 몰라. 그러니 빨리 해."

용병들이 사체로부터 쏘러리스의 간을 적출하는 작업을 하는 동안 랄프는 불안한 시선으로 주변을 살폈다.

언제 어느 곳에서 쏘러리스가 튀어 나올지 모르기 때문이다.

그러던 어느 순간이다.

"아앗! 모두 피해!"

두두두두두……! 콰아앙—! 콰직—!

아아악! 케에엑!

느닷없이 쇄도한 쏘러리스에 의해 용병 둘이 목숨을 잃었다. 쏘러리스의 간을 적출하던 바로 그 용병들이다.

용병들은 다시 나무밑동으로 되돌아갔다. 현수는 와이드 센스 마법으로 되돌아온 쏘러리스의 숫자를 헤아렸다.

이번엔 무려 스물세 마리이다. 이때부터 쏘러리스의 무자비한 보복이 시작되었다.

우두두두두두……! 퍼어억—! 퍼억—!

"아아아아악! 케에엑!"

용병 둘이 또 죽임을 당했다.

사방에서 쏜살처럼 쇄도하는 쏘러리스를 피하기엔 용병들의 움직임이 너무 굼떴기 때문이다.

"아가씨, 다시 나무 위로……!"

"아, 알았어."

엘리시아는 찍소리 않고 나무 위로 오르려 했다. 이번에도 힘이 부족하여 버둥대기만 할 뿐이다.

"자아, 올라가세요."

현수가 또 엉덩이를 밀어 올리려는 순간이다.

쐐에엑—!

"허억!"

"왜, 왜 그래?"

털썩—!

"에구머니나!"

쏘러리스 한 마리가 섬전의 속도로 현수의 옆구리를 들이받으려 했다. 처참한 광경이 펼쳐지기 0.2초 전, 현수의 신형이 빙글 돌았다. 그와 동시에 쏘러리스가 스치듯 지났다.

그리곤 엘리시아가 뒤로 벌렁 자빠진 것이다.

엉덩이 밑으로부터 밀어 올리는 힘을 받으려던 순간 그 힘이 사라졌기 때문이다.

엘리시아는 얼른 자리에서 일어나려 했다. 그런데 그보다 쏘러리스가 더 빨랐다.

두두두두두……! 쐐에에엑! 퍼억—!

"아아악! 살려줘! 아아아악!"

눈앞에 있던 엘리시아가 순식간에 사라져 버렸다. 현수는 숲속으로 사라져 가는 쏘러리스의 뒷모습에 시선을 고정시켰다.

그 순간 동시 다발적으로 비명이 터져 나왔다.

"아악! 케에엑! 끄아악! 케에엑! 컥!"

용병 다섯이 또 당했다. 곧이어 또 다른 비명이 있었다.

"아악! 사람 살려! 아아악!"

시선을 돌려보니 줄리앙이 납치되어 가고 있다.

"이런 쉬펄! 감히 몬스터 새끼들이……!"

현수의 입에서 육두문자들이 쏟아져 나왔다. 그와 동시에 이성의 끈이 끊겼다.

눈앞에서 몬스터에 의해 열네 명이 죽었고, 여자 셋이 납치당했다. 그냥 놔두면 아델이라는 시녀와 B급 용병 줄리앙, 그리고 자작가의 여식 엘리시아는 쏘러리스라는 몬스터의 새끼를 낳아주는 모체로 전락할 것이다.

이쪽은 방어할 수도 없는 일방적인 상황이다.

이성의 끈이 끊긴 현수는 전능의 팔찌에 마나를 불어넣었다.

"퍼펙트 트렌스페어런시!"

현수의 신형이 사라지던 바로 그 순간 다행히도 사람들의 시선은 자작가의 늙은 시종에게 향해 있었다.

그리 넓지 않은 공터 한가운데 쏘러리스의 뿔에 꿰인 채 피 흘리며 죽어가고 있었기 때문이다.

"플라이!"

허공으로 날아오른 현수는 여전히 섬전의 속도로 날뛰는 쏘러리스들에게 시선을 집중했다.

그러던 중 하나의 규칙을 찾아냈다.

쏘아져 갔다가 되돌아오는 지점이 일정하다는 것이다.

하긴 섬전의 속도로 쏘아져 갔으니 방향 전환에 필요한 공간이 있어야 한다. 확인해 보니 한국식으로 치면 약 50평 정도 되는 공간이 있어야 방향 전환이 된다.

"개만도 못한 자식들……! 오늘 모조리 죽여주지."

방향 전환에 필요한 장소가 정해져 있다는 것은 금방 파악되었다. 현수는 곧장 신형을 날려 그곳에 은신해 있었다.

얼마 지나지 않아 한 마리가 섬전의 속도로 쏘아져 온다. 그 순간 현수의 입술이 달싹였다.

두두두두두……!

"디그!"

"……!"

갑자기 눈앞의 땅이 푹 파였으니 직선으로만 쏘아져 다녔기에 순간적으로 방향을 바꿀 수 없던 놈이 거칠게 나뒹군다.

와당탕탕—!

꿰에엑—!

운동에너지의 공식은 다음과 같다.

$$E_k = \frac{1}{2}mv^2 \quad (m\text{:질량}, v\text{:속도})$$

중량이 많이 나갈수록, 속력이 빠를수록 운동에너지가 크다는 뜻이다.

쏘러리스들이 엄청난 속도로 쏘아져 오다 나뒹굴자 숲이 엉망으로 변했다. 어른 팔뚝 굵기의 나무들이 수없이 부러졌고,

사람 몸통만 한 것들도 여러 개 부러졌다.

그러다 결국 세 사람이 팔을 벌려야 간신히 둘러쌀 거목 밑동과 충돌하곤 멈췄다.

갑작스런 고통에 간신히 몸을 일으킨 놈은 당황한 듯 눈알만 굴리고 있었다. 이때 놈의 전면에 현수가 나타났다.

"아이스 스피어!"

이것은 2써클 마법이다.

아르센 대륙의 보통 마법사들이 이 마법을 구현시키면 길이 1m, 직경 3㎝짜리 얼음창이 만들어진다.

그런데 현수가 만든 것은 길이 3m, 직경 8㎝짜리이다. 무지막지한 마나량이 만들어낸 작품이다.

과연 7써클 마스터는 뭐가 달라도 다르다.

어쨌든 얼음창은 곧장 놈의 머리를 꿰뚫었다.

퍼억—!

아무리 단단한 두개골이라 할지라도 7써클 마스터가 만든 마법 창에는 당해낼 수 없었던 것이다.

케에엑—! 쿵—!

CHAPTER 08

엘리시아 구출 작전

순식간에 뇌에 손상을 입음과 동시에 뇌 전체가 얼어붙자 나지막한 비명을 끝으로 그대로 쓰러졌다.

다음 순간, 현수는 또 다른 장소로 이동했다.

마침 그곳으로 오는 놈이 있었다. 이놈 역시 아이스 스피어 한 방으로 꼬치 신세가 되었다. 그렇게 장소를 이십여 번 바꾼 결과 더 이상의 쏘러리스는 없었다.

현수는 자빠져 있는 쏘러리스들의 사체 모두를 아공간에 담았다. 일행이 보아서는 안 될 것이기 때문이다.

다음 순간, 현수의 신형은 아까 엘리시아가 잡혀갔던 쪽으로 이동했다. 마법을 중첩시킬 경우 마나 소모량이 많기에 플라이 마법은 해제했다.

하지만 투명 은신 마법은 유지한 상태이다.

"와이드 센스!"

오감을 극도로 예민하게 하는 마법을 시전한 현수는 사방을 둘러보며 조심스럽게 이동했다. 언제 어디서 쏘러리스라는 놈이 튀어 나올지 모르기 때문이다.

인간이라면 눈에 보이지 않는 현수의 존재를 눈치챌 수 없을 것이나 상대는 몬스터이다.

그렇기에 주의를 기울인 것이다.

사사삭! 사사사삭—!

아무것도 보이지 않건만 무엇인가 수풀 헤치는 소리가 난다. 현수가 무릎까지 자라 있는 풀을 헤치며 전진하는 소리이다.

일행과 헤어져 이동한 거리는 벌써 10㎞가 넘는다. 이곳까지 오는 데 걸린 시간은 대략 네 시간 정도 된다.

울창한 정글도 있지만 온통 암석으로만 이루어진 곳도 있었다. 정글보다는 암석지대가 더 위험하기에 그곳을 지나치는데 시간이 제법 걸렸다. 서른다섯 마리나 되는 쏘러리스의 공격이 있었기 때문이다.

물론 모두 아공간에 담겼다.

이번은 울창하지 않은 초지이다. 문제는 아무런 소리도 나지 않는다는 것이다. 풀벌레나 곤충들이 소리를 내지 않는다 함은 무언가가 존재함을 의미한다.

쏘러리스의 영역이니 근처 어딘가에 은신 내지는 잠복해 있다. 그런데 와이드 센스 마법으로도 움직임을 찾아낼 수 없다.

굵은 나무들이 있는 정글이라면 위로 올라가 살필 수 있겠으나 이곳은 벌판 비슷한 초지이다.

"마나 디텍션!"

현수는 움직임을 멈췄다. 그리곤 마법을 바꿔보았다. 뭔가 께름칙한 기분이 든 탓이다.

역시 7써클 마법사의 예감은 틀리지 않았다. 전방 100m 지점에 쏘러리스로 예상되는 생명체들이 웅크리고 있다.

마나 디텍션으로 검색할 때만 나타나는 것으로 미루어 짐작컨대 진흙 뻘 같은 곳에 숨어 있는 듯하다.

세밀히 확인한 바에 의하면 놈들의 호흡은 가늘고 길다. 먹이를 노리고 있는 맹수의 그것과 닮았다.

'흐음! 네놈들이 감히 나를 노려?'

현수는 체내의 마나량을 확인했다. 이곳까지 이동하는 동안 30% 정도가 소진된 듯하다.

'흐음, 이 정도 마나량으로도 충분하지.'

현수는 눈빛을 형형히 빛내며 천천히 전진했다. 놈들에게 자신이 알아차렸다는 것을 드러내지 않을 정도의 속력이다.

그렇게 몇 발짝을 떼는 동안 현수는 마법 수식을 확인했다. 예상대로 물의 기운이 느껴진다.

현수는 아이스 스피어보다 라이트닝 계열이 더 효과적이라 판단했다.

그리곤 속력을 높여 놈들의 정면으로 다가갔다.

"야아아아아앗!"

갑작스레 속력을 높이자 놈들이 일제히 일어선다. 그리곤 현수를 향해 섬전의 속도로 쏘아지려던 찰나이다.

"기가 라이트닝!"

신형을 띄워 올린 현수의 두 손 끝에서 엄청난 벼락이 뿜어졌다.

콰광! 콰콰콰콰광—!

찌직! 찌지지지지지지지지직—!

두두두두두……! 케엑! 끄윽! 크악! 캑……!

제 아무리 빠른 쏘러리스라 하더라도 어찌 섬전의 속도를 능가하겠는가!

또한 제 아무리 탄탄한 몸을 가졌다 하더라도 어찌 벼락의 강렬함을 이겨내겠는가!

수십 마리가 동시에 단말마 비명을 터뜨렸다.

하지만 현수는 재차 마법을 구현시켰다. 모두 죽었다는 확신이 없었기 때문이다.

"기가 라이트닝!"

콰광! 콰콰콰콰광—!

찌직! 찌지지지지지지지지직—!

케엑! 끄윽! 크악! 캑……!

쏘러리스들 입장에서 보면 엎친 데 덮치는 것이고, 까진 데 찔리는 것이며, 눈 내린 데 서리가 내린 것이다.

습지에 웅크리고 있었던 탓에 뇌전의 그물을 피해간 놈은 단 하나도 없다. 졸지에 몰살당한 것이다.

"짜식들! 감히 누굴 노려……?"

싸늘한 시선으로 살펴보니 무려 서른여섯 마리이다. 현수는 갈 길 바쁘기에 놈들의 사체를 얼른 아공간에 담았다.

벼락을 연달아 두 번이나 맞고도 목숨이 끊어지지 않았던 놈이 있다면 그곳에서 질식하게 될 것이다.

이후엔 별다른 위험이 없었다. 그럼에도 경각심을 늦추지 않은 채 사방을 살폈다.

아델과 엘리시아, 그리고 줄리앙이 쏘러리스들에게 능욕당하기 전에 구출해야 하기 때문이다.

그렇게 1.5㎞를 더 전진한 결과 드디어 놈들의 은신처를 찾을 수 있었다. 도끼로 깎아지른 듯 수직에 가까운 절벽 아래 뚫려 있는 동굴들이 그곳이다.

동혈의 수효는 대략 30여 개 정도 된다.

어떤 것은 구멍의 크기가 사람 하나 간신히 비집고 들어갈 정도로 작은 것도 있었지만 어떤 것은 대형버스 두 대가 동시에 들어갈 정도로 큰 것도 있었다.

투명 은신 마법으로 신형을 감춘 현수는 가장 큰 동혈 안으로 들어갔다.

안에 들어가니 또 다시 여러 갈래로 갈라져 있다. 하지만 조금도 머뭇거리지 않고 왼쪽에서 세 번째 통로로 들어갔다.

와이드 센스 마법으로 확인해 본 결과 쏘러리스들 대부분이 그쪽에 모여 있기 때문이다.

"오올 아이!"

갈수록 어두워졌으나 올빼미의 눈처럼 어둠 속에서도 사물을 꿰뚫어볼 수 있는 마법을 시전하니 훤히 보인다.

현수는 천천히 전진하며 사방을 살폈다. 현재 진입하고 있는 동굴의 안에는 모두 71개의 생명체가 존재한다.

아델과 엘리시아, 그리고 줄리앙이 있다면 쏘러리스만 68마리가 있다는 뜻이다.

물기 없는 동굴이기에 아까처럼 한 번에 몽땅 제압하긴 힘들 것이다. 그렇다 하더라도 세 여인이 있기에 기가 라이트닝은 쓸 수 없는 마법이다. 자칫 빈대 잡으려다 초가삼간을 태워먹는 우를 범할 수 있기 때문이다.

약 300m를 전진한 현수는 바위 뒤로 몸을 숨겼다. 오감이 예민한 몬스터들을 경계하지 않을 수 없었기 때문이다.

그러다 돌멩이를 잘못 밟아 옆으로 튀어가며 소리를 낸다.

파직—! 똑, 또르르르—!

'헉! 제기랄……!

등에서 식은땀이 솟는다. 놈들이 한꺼번에 공격을 하면 분명 곤란한 지경에 처할 것이기 때문이다.

잠시 후, 현수는 고개를 들어 놈들을 살폈다. 다행히 뭔 대단한 구경거리가 있는지 한쪽으로만 시선이 쏠려 있었다.

꿰에에에! 꿰에에! 꿰이이익! 꿰이이익……!

갑자기 요란한 소리가 터져 나온다. 구경하던 놈들이 두 다리를 번쩍 들고 환호 비슷한 소리를 낸다.

자세히 살펴보니 가운데서 소싸움 비슷한 일이 벌어지고 있다. 두 놈이 짝을 지어 참호 비슷한 구덩이 속에서 다른 놈을 밀어내는 경기가 벌어지고 있는 것이다.

대체 무슨 짓인가 싶어 살펴보았다. 세 군데서 군대에서 경험했던 참호격투 비슷한 일이 벌어지고 있다.

밀려 나가면 지는 것이다.

놈들의 경각심이 흐트러져 있다고 판단한 현수는 아델과 엘리시아, 그리고 줄리앙을 찾았다.

놈들의 시선이 집중된 곳보다 약간 위쪽 평탄한 곳에 있다.

참호전투가 벌어지는 곳을 기준으로 보면 단상 비슷한 곳이다. 여인들의 곁에는 육중한 도끼를 든 반인반우 미노타우르스 네 마리가 서 있다.

도주할 수 없도록 지키는 모양이다.

쏘러리스끼리 교미하여 낳은 새끼는 쏘러리스가 된다.

이종인 인간의 여인을 취할 경우에 태어나는 일종의 혼혈이 바로 미노타우르스이다.

물론 인간 여자와 미노타우르스는 교배가 어렵다. 워낙 덩치 차이가 크기 때문이다.

아무튼 현수가 알고 있는 과학적 지식으로 따져 보면 이해하기 어려운 현상이다. 하지만 이곳이 어디인가!

마법과, 엘프가 있으며, 드래곤도 존재하는 세상이다.

인간 여자가 쏘러리스와 교미하여 미노타우르스를 낳는 것이 불가능한 곳이 아니다.

그러고 보니 여인들 모두 발가벗겨진 상황이다.

아델과 엘리시아는 그렇다 쳐도 늘 당당하던 줄리앙마저 겁에 질린 듯 바들바들 떨고 있다.

하긴 잠시 후면 몬스터에게 겁탈당한 위기인데 도주할 방법이 없으니 어쩌면 당연한 모습이다.

그러고 보니 엘리시아의 미모가 상당하다. 전성기의 힐러리 더프 같아 보인다.

아델 역시 상당히 예쁘다. 바네사 허진스 정도는 되어 보인다. 그래서 안젤리나 졸리와 힐러리 더프, 그리고 바네사 허진스가 모여 있는 것으로 보였다.

"이 동넨 웬 미녀들이 이렇게 많아? 우즈베키스탄인가?"

현수가 피식 실소를 지었다.

우즈베키스탄에선 김태희가 밭 갈고, 한가인이 소를 몰고 다닌다는 우스갯소리가 떠오른 때문이다.

그러는 사이에 놈들의 경기가 거의 끝나가는 듯 함성 소리 비슷한 이상한 소리가 계속해서 터져 나온다.

한 군데에선 경기가 끝난 모양이다. 쏘러리스 한 마리가 의기양양한 몸짓을 하고 있다.

놈은 단상에 올라 엘리시아의 뒤쪽에 섰다. 이 암컷을 차지하겠다는 몸짓이다. 그러는 사이에 또 다른 승자가 가려졌다. 놈은 지체없이 줄리앙의 뒤로 갔다.

잠시 후, 마지막 승자가 가려졌다. 이놈은 몹시 지친 듯 헐떡이며 아델에게 다가갔다.

나머지 쏘리리스들이 무어라 소리를 지른다. 환호성은 아니고 뭔가 기원하는 듯한 소리이다.

현수는 이들의 습성에 대해 전혀 모른다. 그렇기에 대체 무슨 상황인지 고개만 갸웃거렸다.

쏘리리스들은 참호전투 비슷한 경기를 통해 인간 암컷을 차지할 우선순위를 정한다.

최종 우승자는 암컷을 석 달간 차지할 기회를 얻는다. 그럼에도 임신이 되지 않으면 재차 참호전투가 벌어진다.

그리고 승자가 암컷을 석 달간 차지한다. 이번에도 임신이 되지 않으면 같은 행위가 반복된다.

그러다 임신이 되면 그때부터는 해산할 때까지 놔둔다.

미노타우르스를 낳은 후 석 달이 지나면 또 다시 경기가 펼쳐진다. 그래서 여자들은 새끼를 낳을 수 있을 때까지 계속해서 같은 상황에 처하게 된다.

쏘리리스들이 동족인 쏘리리스가 아닌 인간 암컷을 취하는 이유는 미노타우르스 때문이다.

덩치도 훨씬 크고 힘도 세다. 이놈들을 주변에 배치하여 다른 몬스터들의 침입을 저지하려는 것이다.

꿰에에에! 꿰에에! 꿰이이익! 꿰이이익……!

족장 비슷한 놈이 나서서 소리를 지르자 경기에 참여하지 못했거나 진 놈들이 흩어지기 시작한다.

그와 동시에 비명 소리가 터져 나온다.

"아악! 사람 살려!"

"아아아악! 누구 없어요? 아아아악!"

"아악! 이 괴물! 이거 놓지 못해? 아아악!"

B급 용병 줄리앙의 완력이 아무리 강해도 쏘러리스를 제압할 수는 없다. 그렇기에 발가벗은 채 끌려간다.

그러는 사이에 현수는 스콜론의 독액을 꺼냈다.

"아이스 스피어! 아이스 스피어! 아이스 스피어!"

마법으로 구현된 얼음창에 독액을 묻힌 현수는 그것들을 힘껏 던졌다.

쒜에에에엑! 쑤아아앙! 쉬이이익!

세 자루 창이 경기에서 이긴 놈들에게 쏘아져 갔다.

……? 케엑! ……! 캑! ……! 퀘엑!

느닷없는 등 뒤로부터의 공격에 화들짝 놀라 시선을 돌렸던 셋은 굉렬한 고통에 비명을 토했다.

이 순간 흩어지던 쏘러리스들 역시 시선을 돌렸다. 그리곤 각자 한 자루 창에 박혀 비틀거리는 승자들을 보았다.

쏘러리스는 창과 같은 병기를 쓰지 않는다. 더 좋은 뿔이라는 무기가 있기 때문이다.

꿰에에에! 꿰에에! 꿰이이익! 꿰이이익……!

어떤 녀석의 입에서 이상한 소리가 남과 동시에 쏘러리스들의 신형이 흐릿해지는가 싶더니 일제히 사라진다.

적의 침입이라 판단하여 제각기 전속력으로 흩어진 것이다.

현수는 신형을 드러내지 않은 채 마법을 준비했다. 기가 라이트닝이나 화염계 마법은 쓸 수 없다.

아이스 스피어도 마찬가지이다. 자신이 있는 위치만 알려주는 꼴이 되기 때문이다. 하여 다른 마법을 준비했다.

나무 한 그루 없는 동굴 속이다. 또한 마땅히 은신할 만한 바위도 없다. 그야말로 눈에 뜨이는 순간 죽기 살기로 쇄도하는 쏘러리스들에게 들이받힐 판이다.

현수는 천천히 자리를 이동했다. 물론 줄리앙 등이 있는 쪽으로의 이동이다.

두두두두두……! 쐐에에엑! 쑤아앙! 쉬이이익—!

섬전의 속도이기에 파공음이 난다. 그렇기에 아주 천천히 사방을 둘러보며 조금씩 전진했다.

그러던 어느 순간이다.

두두두두두……! 쐐에에에에엑—!

쏘러리스 한 마리가 정면에서 쇄도해 들어온다. 옆으로 피하려는데 그쪽 역시 다가오는 놈이 있다.

반대쪽 역시 마찬가지이다.

"플라이!"

황급히 허공으로 솟아올랐다.

그 순간 현수가 서 있던 자리를 중심으로 좌우 10m 정도로 희뿌연 안개 같은 것이 보인다.

놈들의 조직적인 공격이었던 것이다. 만일 허공으로 치솟아 오르지 않았다면 반드시 충돌했을 상황이다.

그러고 보니 발자국에 신경을 쓰지 않았다. 쏘러리스들은 눈에 보이지 않지만 새로 발생되는 흔적을 보고 공격한 것이다.

'지능이 있다 이거지? 좋아, 포그!'

마법을 구현시키자 안개가 발생되었다. 그 순간 안개를 꿰뚫는 개체들이 있다. 최소 서른 마리이다.

삽시간에 안개가 흩어진다. 워낙 속도가 빨라 공기의 흐름이 격렬했던 때문이다.

'그래? 그럼 한 번 더. 포그!'

또 다시 안개가 발생되었고, 그것은 이내 흩어졌다.

"좋아, 이번엔 포이즌 포그!"

이실리프 마법서에 기록되어 있는 흑마법 중 하나가 시전되자 이전과는 약간 다른 안개가 생겼다. 약한 비린내가 난다.

두두두두두……! 쀄에에에엑! 쑤아아앙—!

안개가 흩어질 때마다 포이즌 포그 마법이 구현되었다. 놈들은 지치지도 않는지 계속해서 안개 속을 뚫고 다녔다.

신기한 게 가시거리가 3m도 안 될 안개 속을 휘저으면서도 충돌하지 않는다는 것이다.

한쪽 방향에서 일제히 달려오기 때문이다.

그렇게 십여 번 마법이 구현되자 놈들의 움직임이 눈에 뜨이게 둔화되었다. 전에는 달려드는 놈의 모습을 보기 어려웠는데 이제는 어떤 놈인지 구별할 수 있을 정도이다.

"좋아, 이제 상대할 만하군."

놈들이 빠르게 움직이는 한 마법도 소용이 없다. 물론 헬 파이어 같은 범위 마법이라면 효과가 있을 것이다.

하지만 그것은 8써클 대마법사나 사용할 수 있는 마법이다.

마법사들은 대체적으로 용병 활동을 하지 않는다.

그러지 않아도 수입이 좋기 때문이다. 그리고 움직이는 걸 극단적으로 싫어하기 때문이기도 하다.

그래서 1써클이나 2써클 마법사들 이외엔 눈을 씻고 찾아보려 해도 찾기가 힘들다.

3써클만 되어도 소속된 마탑에 틀어박혀 하루 종일 연구만 하고 있기 때문이다. 그렇기에 쏘러리스 사냥에 마법사들을 고용하지 않은 것이다.

현수는 속도가 느려진 놈들에게 사용할 대상 마법을 골라냈다. 윈드 커터이다. 눈에 보이지 않는 마법이기 때문이다.

이 순간 또 다른 쇄도가 시작되었다.

두두두두두……! 두두두두두……!

삼십여 마리가 전속력으로 달려들고 있다.

"좋아, 포그! 그리고 디그!"

안개가 생겨났다. 그 순간 놈들이 안개 속을 꿰뚫기 시작했다. 하지만 이전과는 달랐다.

바닥이 움푹 파여 있었던 때문이다.

와당탕탕! 꿰에에에엑—!

운동에너지가 컸던 만큼 고통도 심한지 비명을 지른다.

"윈드 커터! 윈드 커터!"

파팍! 파파파파파팍—!

꿰에에에에엑—! 뀨에에에엑—!

두 마리 쏘러리스가 삽시간에 피투성이로 변했다. 현수는 얼른 아공간에 놈들의 사체를 집어 넣었다.

그리곤 다시 허공으로 치솟았다. 새로운 질주가 시작된 때문이다. 같은 장소에 또 다시 안개가 만들어지고, 놈들이 지나칠 때쯤이면 2써클 마법 윈드 커터가 시전되었다.

그때마다 쏘러리스 한두 마리씩 아공간에 담겼다. 그렇게 착실하게 놈들의 숫자를 줄여갔다.

두 시간쯤 지날 무렵, 이제 남은 것은 쏘러리스 세 마리와 미노타우르스 네 마리뿐이다. 64마리가 사라진 것이다.

현수는 또 다시 안개를 만들었다.

그런데 다가오지 않는다. 지능이 높은 놈이기에 달려들면 죽는다는 걸 알아차린 것이다.

그래서 투명 은신 마법도 해제했다. 달려드는 순간 플라이 마법으로 솟아오를 생각인 것이다.

그럼에도 달려들지 않는다.

현수가 바라보자 슬금슬금 물러선다. 자신들의 힘으로는 도저히 감당할 수 없다고 생각한 것이다.

이 순간 쏘러리스와 미노타우르스의 뇌리에는 폴리모프한 드래곤이라는 생각이 스치고 있었다.

심심해서 쏘러리스 사냥을 하는 중이라 판단하고 나니 겁이 나서 물러선 것이다. 그런 놈들의 하체는 축축하게 젖어 있다. 겁에 질려 오줌을 싼 것이다.

"뭐, 안 오면 나야 좋지."

현수는 내놓고 걸었다. 두 발짝을 내디디면 네 발짝을 물러선다. 그러던 어느 순간 일제히 사라졌다.

동족들을 데리러 가는 것 아니면 도망간 것일 것이다.

"이런……! 힐! 힐! 힐!"

아델과 엘리시아, 그리고 줄리앙은 기절해 있었다.

현수가 승자들을 아이스 스피어로 죽였을 때 곁을 지키던 미노타우르스들이 뒤통수를 내리친 때문이다.

미노타우르스들은 전투가 벌어지면 암컷들이 도망갈 수 있다 판단한 것이다. 그리고 언제든 자신들도 전투에 끼어들 생각이었기 때문이기도 하다.

"끄응! 끄으응! 끄응—!"

뒤통수의 상처가 아물고 얼마 지나지 않아 세 여인 모두 깨어났다. 그러던 어느 순간 자신들이 처했던 상황을 떠올렸는지 겁먹은 표정으로 물러난다.

이때 현수가 한마디 했다.

"줄리앙! 괜찮아?"

"하, 하인스? 어머나……!"

"꺄악! 꺄아아아악—!"

시선을 돌렸던 여인들은 현수는 보는 순간 몸을 웅크렸다. 발가벗고 있다는 것을 자각한 때문이다.

엘리시아는 아델의 뒤쪽으로 가 잔뜩 웅크리고 있다. 실오라기 하나 걸치지 않은 완벽한 나신을 감추기 위함이다.

그러거나 말거나 현수는 주변을 휘휘 둘러보았다.

"이런 제기랄! 옷을 찾아봤는데 보이지 않아. 어떻게 하지?"

"네, 네 옷을 벗어줘."

"내 거? 그래, 그렇게 하지."

현수가 상의를 벗어던지자 엘리시아가 얼른 채간다. 줄리앙은 뭐라고 하려다가 말을 만다.

현수는 남은 옷마저 벗었다. 줄리앙이 허겁지겁 걸친다. 문제는 아델이다. 더 이상 벗어줄 옷이 없다.

아델은 가슴과 사타구니를 가린 채 어쩔 줄 몰라 한다.

"잠시 기다려 봐. 조금 더 찾아볼게."

시선을 둘 데가 없기에 현수는 부러 자리를 떴다. 그리고 얼마 후 세 여인들이 입었던 옷을 찾을 수 있었다.

그런데 완전한 넝마가 되어 있었다. 이미 의복의 형체를 잃었고, 걸레로 쓰기에도 어려울 만큼 갈기갈기 찢겨 있었다.

"옷이 이렇게 되었는데 어떻게 하지?"

현수가 내민 넝마는 아델의 몸 위에 걸쳐졌다. 글자 그대로 걸쳐진 것이다.

"절대 뒤돌아 보지 마! 알았지?"

동굴 밖으로 나왔을 때 엘리시아가 한 말이다.

현수 입장에선 이미 볼 거 못 볼 거 전부 다 본 상태이다.

게다가 브레인 리프레쉬 마법 덕에 지능이 매우 높아 한 번 본 것은 잊지도 않는다. 따라서 다시 보나 안 보나 똑같다.

그럼에도 앙칼지게 굴자 웃음이 나온다.

"왜요? 뒤돌아보면 어떻게 돼요?"

"꺄아악! 뒤돌아보지 말라고 했잖아."

현수와 시선이 마주치자 엘리시아가 새삼스레 새침을 떤다. 그러거나 말거나 보고 싶으면 뒤돌아봤다.

언제 어디서 쏘러리스가 달려들지 모르는 상황이기 때문이다. 여인들도 그것을 알기에 현수가 뒤를 돌아다보면 옷깃 여미기에 바쁠 뿐이다.

일행이 있는 곳까지는 매우 먼 거리이다.

게다가 여자들은 모두 맨발이다. 엘리시아는 귀족가의 딸로 태어나 늘 부드러운 신발을 신고 살았다. 그러다 거친 맨땅을 디디게 되자 발이 아파 눈물까지 찔끔거린다.

특히 암석지대로 접어들자 발이 아프다면서 계속해서 투덜거린다.

"아야! 아파라! 아야야야! 아야! 아악! 이런 제길……! 흐흑! 아파, 아파 죽겠어."

"……!"

아무도 엘리시아의 말에 대꾸하지 않았다.

혼자 하는 말이라는 것을 알기 때문이고, 이럴 때 대꾸를 하면 보나마나 신경질을 낸다.

괜히 기분 상하고 싶겠는가!

"아야! 아야야! 치이, 여긴 대체 왜 이런 거야? 아야! 아야야! 흐흑! 너무 아파! 흐흐흑!"

현수가 보기엔 그렇게 아픈 곳이 아니다.

울퉁불퉁하긴 하지만 잘 골라서 디디면 고통스럽지 않을 텐데 대체 왜 이러나 싶다. 하여 고개를 돌렸다.

"아야! 아야! 하인스, 뒤돌아보지 말라고 했지? 아야야!"

두 팔을 내두르며 조심스럽게 따라오던 엘리시아가 얼른 자리에 주저앉는다. 그녀가 입기엔 너무 풍성한 옷인지라 속살이 거의 다 보이는 상황이기 때문이다.

반면 줄리앙은 엘리시아보다는 나은 편이다. 한국으로 치면 105짜리 와이셔츠를 입은 모양이기 때문이다.

용병 일을 하면서 많이 걸어 그러는지 쭉 뻗은 각선미만 드러날 뿐이다. 아델의 경우는 잠시만 손을 떼어내면 옷을 안 입은 거나 진배없는 상황이다.

현수는 얼른 시선을 돌렸다. 멀리서 무엇인가가 움직이는 느낌을 받은 때문이다.

다행히 이쪽으로 오는 것은 아니기에 신경을 끊었다.

이때 엘리시아가 충격적인 한마디를 한다.

"아야야! 도저히 안 되겠어. 아델! 나 좀 업어. 아야야!"

철없는 엘리시아의 말에 모두의 발걸음이 멈췄다. 현수와 줄리앙은 어이가 없어서이고, 아델은 난감해서이다.

맨발이긴 마찬가지이고, 통증을 느끼는 것도 같다. 그런데 업으라는 그 말을 따르려니 고통이 짐작되기 때문이다.

하지만 아델은 시녀이다.

태어나 지금껏 천민으로 살았다. 귀족이 시키는 일이라면 그게 부당하다 하더라고 해야 한다고 배우면서 살았다.

그렇기에 얼른 엘리시아 앞에 쪼그려 앉았다.

"네, 아가씨! 업히세요."

엘리시아가 업히려던 바로 그 순간 현수가 입을 열었다.

"엘리시아 아가씨! 아델도 맨발이에요. 근데 아델에게 업히면 아델은 고통을 느끼지 못할까요?"

"……! 그, 그럼 어떡해? 발이 아파 죽겠단 말이야."

그러고 보니 엘리시아의 발이 뻘겋고 부어 있다. 상처라도 난 모양이다.

"그러고 보니 발이……!"

"아앙! 아까부터 아프다고 했잖아. 아아아앙!"

엘리시아가 어린애처럼 울어버리자 셋의 표정이 변했다.

아델은 어쩔 줄 몰라하는 표정이고, 줄리앙은 어이없다는 얼굴이다. 현수는 다 큰 아가씨가 어떻게 저런 어리광을 부릴 수 있는지 이해가 안 된다는 표정이었다.

하지만 마냥 그러고 있을 수만은 없다.

하여 엘리시아의 발바닥을 살펴보았다. 절대 종아리 위쪽은 보지 말라는 소리를 했지만 이미 볼 건 다 본 상태였다.

엘리시아의 발바닥엔 굵은 가시가 박혀 있었다. 그래서 디딜 때마다 고통을 호소한 듯하다.

가시를 뽑자 피가 나온다. 워낙 굵었던 탓이다. 선혈 몇 방울이 떨어지자 잔뜩 겁에 질려 울음을 터뜨린다.

오냐 오냐 하면서 곱게 키운 딸인 모양이다.

현수는 나중에 애를 낳게 되면 절대 오냐 오냐 하면서 키우지 않을 결심을 했다.

이런 걸 한자 성어로 타산지석(他山之石)이라고 한다.

"아야! 아야야! 나 어떻게 해? 엉엉! 아프단 말이야."

몇 발짝을 떼기도 전에 또 울음을 터뜨린다. 고통스럽긴 해도 참지 못한 정도는 아니건만 어리광이다.

"아가씨! 제 등에 업히세요."

아델이 엘리시아에게 등을 내밀자 업히려 한다. 근데 어찌 그 꼴을 두고 보겠는가!

"아델! 아델도 맨발이야. 비켜, 차라리 내가 업을게."

현수가 밀어내자 아델이 어쩔 수 없다는 표정으로 비켜선다. 맨발로 엘리시아를 업고 갈 생각을 하면 끔찍했던 때문이다.

"아! 뭐해요? 업히지 않고……! 그냥 걸어갈래요?"

현수가 당장에라도 일어서려고 하자 엘리시아가 털썩 업힌다. 당연히 뭉클한 느낌이 든다.

아르센 대륙에서 여자 나이 열아홉이면 다 큰 거다. 당연히 발달될 부분은 다 발달되어 있다.

"끄응차―!"

두 손을 뒤로하여 엘리시아의 허벅지를 쥐고 일어났다. 그 순간 움찔하는 느낌이다. 하나 현수는 이를 무시했다.

지금은 그런 걸 따질 때가 아니기 때문이다.

다시 출발했지만 얼마 못가 멈췄다. 날이 저물기 시작한 때문이다. 어둑어둑해지기 시작한 지 오래되었지만 걸음을 멈추지 않은 것은 밤을 지샐 만한 곳이 없었기 때문이다.

"하인스! 저기……."

줄리앙이 가리킨 곳은 절벽 가운데 툭 튀어 나온 부분이다.

사람은 기어오를 수 있지만 쏘러리스나 미노타우르스가 오르기엔 무리가 있다. 높이는 30m 정도 된다.

위에는 나무 몇 그루가 있고, 초지인 듯하다.

"하인스, 저기밖에 없어요."

"그래. 가지."

줄리앙은 어느새 현수에게 존댓말을 쓰고 있었다. 하나 현수는 이를 미처 깨닫지 못하고 있었다.

절벽 아래에 당도한 현수는 엘리시아를 내려놓았다.

천하장사라 할지라도 직벽에 가까운 절벽을 사람 업은 채 오르기엔 힘들기 때문이다.

여자들 모두 벗은 거나 마찬가지이기에 현수가 앞장섰다. 하지만 이내 자리를 바꾸지 않을 수 없었다.

줄리앙은 괜찮지만 상대적으로 근력이 약한 아델과 엘리시아가 좀처럼 오르지 못했기 때문이다.

CHAPTER 09

달라진 여인들의 시선!

"줄리앙! 앞장 서! 내가 맨 뒤에서 갈게."

"아, 안 돼!"

엘리시아가 얼른 손사래를 친다.

상의만 걸친 상태이다. 그런데 현수가 뒤따르게 되면 치부가 드러나기 때문이다.

어찌 이런 걸 모르겠는가!

"어두워져서 제대로 보이는 것도 없어요. 그리고 여기서 우물쭈물하다가 저기에 올라가지 못하면 쏘러리스들에게 다시 잡혀갈 수도 있어요. 그래도 좋아요?"

"아, 아니!"

엘리시아와 아델은 아무 말도 못했다.

현수에게 치부는 보이는 편이 쏘러리스들에게 능욕당하는 것보다는 낫기 때문이다.

"그럼 올라가요. 아델! 아델은 줄리앙이 지난 곳을 그대로 따라서 올라가. 그럴 수 있지?"

"네, 그럴게요."

"엘리시아 아가씨는 아델이 지난 곳을 눈여겨 보면서 올라가요. 힘에 부치면 내가 뒤에서 밀어줄 테니까요."

"그, 그래! 알았어."

엘리시아는 다른 방법이 없고, 상황이 상황인지라 모든 걸 포기했다는 어투였다.

셋은 현수가 마법으로 쏘러리스들을 처치했다는 것을 모른다. 그러기 전에 뒤통수를 맞아 기절한 때문이다.

깨어나서 그 많던 쏘러리스들이 어디로 갔느냐는 말에 현수는 자신이 그들을 먼 곳으로 꾀어냈다고 했다.

그렇기에 쏘러리스들이 여전히 우글거린다 생각한 것이다.

용병 일을 한 줄리앙은 어렵지 않게 절벽을 기어올랐다. 자작가에서 시녀 생활을 한 아델도 곧잘 뒤따랐다.

하지만 엘리시아는 아니다. 밥 먹고 하루 종일 어슬렁거리거나 앉아만 있었기에 근력이 형편없다.

결국 현수는 수시로 엘리시아의 엉덩이를 밀어 올려야 했다.

어둠 속이지만 평민인 하인스에게 치부를 드러내는 것이 치욕스럽지만 몬스터에게 당하는 것보다는 훨씬 낫다.

그렇기에 눈물을 글썽이면서도 위로 올라갔다.

절벽 위는 예상대로 평지였다. 그리고 몇 발짝을 떼면 새로운 절벽이 시작된다. 절벽의 턱진 부분에 오른 것이다.

둘러보니 바싹 바른 덤불과 죽은 나무가 있었다. 현수는 부지런히 나무를 분질러 땔감을 만들었다.

그리곤 바람이 덜 불 만한 자리를 찾아 땅을 파냈다.

밤이 되면 몹시 추워진다. 그런데 옷을 제대로 입은 사람이 없다. 현수는 상의를 완전히 벗은 상태이고, 줄리앙과 엘리시아는 후줄근한 겉옷을, 아델은 누더기를 걸쳤을 뿐이다.

이불과 요가 없으니 밤새 추위에 떨다 저체온증으로 고생할 것이다. 하여 약 50㎝ 깊이로 땅을 팠다.

면적은 대략 2평 정도이다. 덤불 위에 장작을 올려놓고 불을 붙였다. 보는 눈이 있기에 지극히 원시적인 방법을 썼다.

손 사이에 막대를 끼워 넣고 수없이 비비는 모습을 보여준 것이다. 그래도 불은 잘 안 붙었다.

결국 여인들의 시선을 피해 마법으로 불을 피웠다.

잠시 후, 불길이 올라오자 모두 불가에 다가앉았다. 점점 기온이 떨어지고 있었기 때문이다.

체면도 신분도 모두 잊었는지 나란히 앉아 불을 쬔다. 그런데 계속해서 이상한 소리가 들린다.

여자들 뱃속에서 나는 음식 넣어달라는 소리이다.

피식 웃은 현수는 아공간에 있던 빵과 물을 꺼냈다. 지난번에 만들고 여분으로 남겨두었던 것이다.

"자아, 이걸 먹어."

줄리앙이 얼른 받아 입에 쑤셔 넣는다. 엘리시아에겐 말없이 내밀었다. 잠시 현수를 바라보더니 가볍게 고개를 숙이곤 받아 먹는다. 아델 역시 고맙다는 뜻을 표하고 허겁지겁 먹었다.

"줄리앙! 그렇게 먹다간 체하니까 천천히 먹어."

말은 줄리앙에게 한 것이지만 사실은 엘리시아에게 한 말이다. 배가 얼마나 고팠는지 거의 구겨 넣고 있었던 것이다.

"물도 마셔가면서 먹고……!"

배가 부르자 이제 살만하다는 듯 조금씩 웃는 표정을 보인다. 이때였다. 귀청이 울릴 만큼 큰 괴성이 들린다.

꿰에에엑! 꿰에에에에엑—!

고개를 들어 허공을 살피니 엄청난 덩치를 가진 놈이 쇄도하고 있었다.

공포의 몬스터 와이번이다. 드래곤 이외엔 당해낼 자 없는 놈이 일행을 먹이로 노리고 있었던 것이다.

이는 현수가 피워놓은 모닥불 때문이다.

서식지를 향해 날아가던 중 불빛을 보게 되었고, 그 앞에서 꾸물거리는 먹이 넷을 본 것이다.

문제는 와이번이 쇄도해 오는데 마땅히 피할 곳이 없다는 것이다. 울창한 수림이나 견고한 바위라도 있으면 좋으련만 그렇지 못하다. 뛰어내려 도망가자니 높이가 30m이다.

올라왔을 때와 반대로 내려가는 방법이 있다. 하지만 내려가는 동안 와이번의 강력한 발톱에 채일 것이 뻔하다.

"아아악! 어떻게 해……."

"와, 와이번이다. 아아악!"

"……! 꿀꺽!"

엘리시아와 아델은 이제 죽었다는 듯 비명을 질렀다. 반면 줄리앙은 말없이 침만 삼켰다. 여유가 있어서가 아니다.

상황을 판단해 보니 꼼짝없이 와이번의 먹이가 될 것이라 생각되기에 저항을 포기한 것이다.

웬만한 도검으로는 흠집조차 내기 힘들 만큼 단단한 피부를 가진 놈이다. 그런데 도검은커녕 비수조차 없다.

이런 상황에서 어찌 와이번을 당해내겠는가!

줄리앙의 눈에는 절망의 빛이 흘렀다.

하지만 현수는 아니다. 와이번이 쇄도해 오는 순간 뇌리를 스치는 기억을 더듬었다.

언젠가 읽었던 몬스터 도감의 내용이다.

와이번은 드래곤과 달리 브레스를 뿜어낼 수 없다. 놈이 가진 무기는 단단한 이빨과 날카로운 발톱이다.

그리고 긴 꼬리가 무기이다.

피할 곳이 없다는 것을 알기에 현수는 아공간에 담겨 있던 검을 꺼내 들었다.

멀린이 드래곤 레어에서 꺼내온 보검 가운데 하나이다.

"스트렝스! 샤프니스!"

검에 마법을 인챈트하고는 스스로에게 버프를 걸었다.

"아이언 스킨! 헤이스트! 헤비 웨이트!"

단단한 피부와 민첩, 그리고 중량화 마법이다. 놈의 날갯짓에 의한 바람에 날려가지 않기 위함이다.

"다들 절벽에 바짝 달라붙어 있어."

"네!"

현수가 검을 꺼내 들며 한마디 하자 일제히 절벽에 바싹 달라붙는다.

꿰에에에에엑―!

먹이들이 피하거나 저항하려는 몸짓을 하자 괘씸하다는 듯 괴성을 터뜨린 와이번이 현수에게 쏘아져 온다.

"와랏! 누가 센지 어디 한번 해보자."

이때 절벽에 붙어 있던 줄리앙이 망설이는 표정을 짓는다. 현수는 C급, 자신은 B급 용병이다.

자신은 소드 익스퍼트 초급이고, 현수는 소드 유저 정도이다. 그런데 자신은 겁을 먹고 벌벌 떠는데 현수는 용감하게 와이번과 일대일을 하겠다고 나서 있다.

남자로서 여자들을 보호하려는 것이라 생각하지만 이건 아니라는 생각이다.

"하인스! 그 검을 내게 넘겨. 내가 놈을 상대할게."

"아냐! 나한테 맡겨!"

"네 실력으론 어림도 없어. 개죽음만 당할 뿐이야."

"그럼 발가벗은 채 칼 들고 춤추고 싶어? 내가 뒤에서 구경만 할까?"

"……!"

절대로 안 될 말이다. 같은 여자인 아델이나 엘리시아는 상관없지만 현수 앞에서 다 벗은 채 검무를 출 수는 없다.

이건 목숨과도 상관없다. 여자로서의 수치심 때문이다.

그렇기에 잠시 대꾸하지 못했다. 바로 그 순간 와이번의 날카로운 발톱이 현수를 잡아채려 한다.

"어림도 없다. 이놈—!"

쐐에에엑—! 까깡—!

분명 살과 가죽으로 이루어져 있음에도 금속성이 난다. 발톱 주위를 둘러싼 단단한 비늘 때문이다.

꿰에엑—!

상처 하나 입지 않았다고 통증을 못 느끼는 것은 아닌 모양이다. 허공으로 치솟았던 와이번이 괴성을 지르는가 싶더니 다시 내려온다.

"좋아, 그냥은 안 된단 말이지?"

그런데 움직임이 조금 전과는 다르다. 이번엔 내려서면서 날카로운 이빨로 현수를 잡아챌 모양이다.

"흥! 어림도 없지."

현수는 검을 쥔 손에 힘을 주었다. 그리곤 놈이 냄새나는 아가리가 다가오기를 기다렸다.

꿰에에엑—!

위협용 괴성을 지르는데 냄새가 장난이 아니다. 코가 깨질 것만 같은 악취에 아찔한 기분이 든다.

하지만 목숨이 걸렸는데 어찌 냄새 때문에 피하겠는가!

"야아아압—!"

별 볼일 없는 상대라 생각하고 달려들었던 와이번은 현수의 검끝으로부터 쭉 뻗어나오는 검기를 느낌과 동시에 몸을 빼려 했다. 본능적으로 위험을 감지한 것이다.

하지만 때는 이미 늦었다.

퍼어억—!

꿰에에에에엑—! 꿰에에에에엑—!

살이 갈라지고 피가 튐과 동시에 길고 긴 비명이 터져 나왔다. 너무도 고통스러웠던 모양이다.

곧바로 다시 치솟은 와이번은 흉흉한 기세로 다시 쇄도했다. 감히 제 몸에 상처를 낸 적을 짓이기려는 것이다.

그렇게 이십여 번의 공방이 이어졌다.

와이번은 먹이를 결코 놓치지 않겠다는 듯 집요하게 공격을 가했다.

한편 현수는 형형한 안광을 빛내며 놈이 다가서는 순간을 기다렸다. 그와 동시에 마법 하나를 준비했다.

웬만해선 물러가지 않을 것이라 판단한 때문이다.

쐐에에에엑—!

꿰에엑—!

퍼억—!

검기가 와이번의 살 속을 파고드는 순간 현수가 입술을 달싹인다.

"멀티 윈드 커터!"

알베제 마을 사람들을 위해 샤벨타이거의 사체를 보관하기 위한 구조물을 만들 때 사용했던 마법이다.

아름드리나무조차 맥없이 자빠지게 만들었던 멀티 윈드 커터는 거침없이 와이번의 가죽을 파고들었다.

이때 현수의 위치는 줄리앙 등이 볼 수 없는 곳이다.

아무튼 마법이 구현됨과 동시에 와이번의 등가죽 곳곳에서 선혈이 튀어 올랐다.

꿰에에에엑—! 꿰에에에에엑—!

와이번은 허공으로 치솟아 오르는가 싶더니 현수를 째려본다. 이에 올 테면 와보라는 듯 검을 휘둘렀다.

이때 와이번은 자신이 감당할 수 없는 적이라 판단했다. 폴리모프한 드래곤에게 잘못 달려들었다 느낀 것이다.

꿰에에에에엑—!

와이번 따위가 어찌 드래곤에게 덤비겠는가!

그렇기에 길고 긴 괴성을 지르고는 쏜살처럼 달아났다.

한편, 절벽에 바싹 달라붙은 채 현수와 와이번의 대결을 지켜보던 줄리앙의 뇌는 하얗게 비어버렸다.

B급 용병인 자신은 소드 익스퍼트 초급이고, A급 용병 랄프도 소드 익스퍼트 중급밖에 되지 않는다.

그런데 방금 전 현수의 검끝에서 뿜어진 선명한 검기는 소드 익스퍼트 최상급을 의미하는 것이다.

기껏해야 소드 유저인 C급 용병으로 알고 하찮게 보곤 했다. 그런데 아니다.

하인스는 자신으로선 감당할 수 없는 고수인 것이다.

줄리앙이 멍한 시선으로 현수를 바라볼 때 엘리시아는 몽롱한 시선으로 현수를 바라보고 있었다.

나후엘 자작가는 늘 몬스터들의 침공을 당하며 산다.

그렇기에 다른 영지에 비해 기사들도 많고 병사들의 조련 상태도 지극히 양호하다.

문화 시설이라곤 하나도 없는 산골 영지에서 할 일이 무어 있겠는가! 그렇기에 늘상 연병장에서 기사와 병사들이 훈련받는 모습을 보면서 자라왔다.

그것 외에는 볼 것이 없기 때문이다.

나후엘 자작가의 자랑인 '검은 철퇴 기사단' 의 단장인 라임하르트 남작은 소드 익스퍼트 상급이다.

본시 평민이었으나 실력을 인정받아 귀족이 된 것이다.

그런데 그와 비교하였을 때 현수가 훨씬 더 강하다는 느낌이다. 물론 사실도 그렇다.

만일 자신의 판단이 맞다면 현수는 어느 영지에서든 작위를 받아 귀족이 될 수 있다.

지금껏 요리나 잘하는 하찮은 평민으로만 알았다. 그렇기에 무시하는 마음이 있었다. 그런데 그런 마음이 싹 사라진다.

대신 흠모하는 마음이 새록새록 돋기 시작했다. 아울러 하인스를 자신의 남자로 만들어볼 생각을 품었다.

이건 아델도 마찬가지이다.

자신보다는 한 계급 위인 평민으로만 알았던 C급 용병 하인스를 바라보는 눈빛이 달라진 것이다.

아직은 평민이다. 따라서 저 남자를 내 남자로 만들 기회가 있다고 생각한 때문이다.

와이번이 사라진 후 현수가 피워놓은 모닥불 위에 장작을 더 얹자 불길이 다시 올라온다. 그 순간 줄리앙이 다가왔다.

"하, 하인스……!"

"어! 왜?"

"너, 너……! 어떻게 된 거예요? 검기라니요?"

줄리앙은 자신도 모르는 사이에 존댓말을 쓰고 있었다.

"아아! 그거……? 열심히 수련한 결과야."

"근데 왜 C급이에요? 그 실력이면 특A 내지는 S급도 충분하잖아요."

"B급 이상이면 국경 넘는 게 힘들다며? 그래서 일부러 C급으로 신청한 거야."

"……!"

아무렇지도 않게 대답하는 하인스를 바라본 줄리앙이 고양이처럼 눈빛을 빛낸다.

"지금껏 날 속인 거예요? 내 알량한 실력을 속으로 비웃은 거예요? 그런 거예요? 흥!"

"아니, 네 나이에…… 그것도 여자가 소드 익스퍼트 초급이면 대단한 거잖아. 근데 내가 왜 널 비웃어?"

"……!"

줄리앙은 아무런 말도 잇지 못했다. 뭐라 말해야 할지 생각

나지 않았기 때문이다.

일행은 아무런 말도 없이 불길을 쬐었다. 그러는 동안 현수는 골고루 타도록 뒤적뒤적거렸다.

불빛에 비친 현수의 모습을 바라보는 세 여인의 심사는 모두 복잡했다. 각자 계산을 하고 있었던 것이다.

현수는 활활 타오르는 장작들을 넓게 펼쳤다.

"자, 잠깐만 일어나요."

여인들은 이유는 알 수 없었지만 순순히 일어났다.

현수는 잠시 기다렸다가 부지런히 흙으로 덮었다.

"왜……?"

엘리시아가 연유를 물으려 하자 현수가 먼저 입을 연다.

"아까 와이번이 우릴 공격한 이유는 불길 때문입니다. 이걸 밤새 켜놓으면 어떤 몬스터가 공격할지 몰라요."

"그렇다고 불을 끄면 추워서 어떻게 해요?"

어느덧 엘리시아의 말끝에는 '요' 자가 붙기 시작했다. 하나 둔감한 현수는 이를 알아차리지 못했다.

하여 별일 아니라는 듯 대꾸했다.

"두고 보면 압니다."

평탄하게 자리를 정리했을 때엔 사방이 어둠에 잠겼다.

희미한 별빛만이 있기에 제 손가락조차 제대로 보이지 않을 진한 어둠이다.

"자, 이제 잡시다. 여기 누워요."

먼저 눕자 엘리시아가 더듬거리더니 현수의 앞쪽에 자리를 잡는다. 줄리앙은 등 뒤에, 그리고 아델은 엘리시아의 뒤쪽에 자리를 잡았다.

그런데 약간 추운지 엘리시아가 몸을 웅크린다.

"조금만 기다려 보면 왜 여기서 자라는지 알 겁니다."

"아……!"

현수의 말처럼 땅속에서 온기가 올라온다. 엘리시아는 신기하다는 표정을 지었다. 하나 이를 본 사람은 현수뿐이다.

혹시 모를 위험에 대비하기 위해 오올 아이 마법을 시전 중이기 때문이다.

잠시 아무런 말도 없었다. 그런데 약간 추운 듯 조금씩 가까이 다가온다. 그러다 결국 엘리시아는 현수의 품속을 파고들었다. 줄리앙은 옆으로 누운 현수의 등에 바싹 달라붙었다.

아델은 엘리시아의 뒤쪽이다.

천하절색이라 할 만한 미녀들 셋이다. 하지만 현수는 이맛살을 찌푸렸다. 여인들의 몸에서 나는 악취 때문이다.

하나 어쩌겠는가! 땅속에서 온기가 올라오지만 위에서 내려오는 냉기가 장난이 아니다.

자신이 좋아서가 아니라 추워서 그런다는 것을 알기에 그냥 보듬어주었다. 그런데 점점 추워진다. 그런 가운데 여인들 셋 모두 잠이 들었다.

아마 오늘 겪었던 일들은 평생 잊지 못할 것이다.

쏘러리스의 암컷으로 전락할 뻔했던 날이 아니던가!

게다가 와이번의 공격도 받은 날이다.

너무 많은 심력을 쓴 날이기에 지쳐서 곯아떨어진 것이다.

모두가 잠든 깊은 밤, 현수는 팔목에 마나를 불어넣었다.

"앱솔루드 배리어!"

샤르르르릉—!

눈에 보이지 않을 결계가 쳐지자 냉기가 훨씬 덜하다. 그럼에도 아델이 달달 떤다.

"컴퍼터블 템퍼러처!"

공기가 따뜻해지자 비로소 여인들의 호흡이 고르게 변했다. 덜덜 떨던 아델 역시 웅크렸던 몸을 편다.

현수는 자리에서 일어났다. 그리곤 결계의 가장 바깥쪽으로 갔다. 여인들의 몸에서 나는 냄새 때문이다. 그리고 잠을 자지 않아도 되기에 마나를 모을 생각인 것이다.

짹, 짹, 째짹……!

이른 새벽, 풀잎마다 이슬이 맺혔으나 엘리시아 등은 여전히 곯아떨어져 있다. 자는 동안 뒤척여서 그런지 발가벗은 몸이 모두 드러났다.

하나 현수의 시선은 무심했다. 셋 중 어느 누구에게도 마음을 주지 않았기 때문이다.

"아함……!"

가장 먼저 일어난 것은 아델이다.

"에그머니나!"

자리에서 일어나려던 아델은 걸치고 있던 넝마들이 뭉쳐 발가볍은 것이나 다름없다는 것을 깨닫고 얼른 조치를 취한다.

그래 봐야 아무 소용도 없다.

다음엔 줄리앙이 깼다. 그녀 역시 화들짝 놀라며 얼른 옷깃을 여몄다. 엘리시아도 그랬다.

셋은 절벽 가장자리에서 가볍게 몸을 풀고 있는 현수를 몽롱한 시선으로 바라보았다.

그러고 보니 근육이 장난이 아니다.

조각 같은 상체를 드러낸 채 검무를 추고 있는 현수는 이 세상 사람이 아닌 것처럼 느껴진다.

어제 와이번을 상대하면서 문득 얻은 깨달음이 있어 신새벽부터 검무를 추고 있는 현수의 상체는 땀이 맺혀 번들거린다.

햇볕이 비추자 근육이 선명하게 드러내는 역할을 한다. 그렇기에 여인들이 멍한 시선으로 바라만 보고 있었던 것이다.

"아! 다 일어났어요?"

"네, 덕분에 잘 잤어요. 고마워요."

"저도요."

"나도 잘 잤네요. 어젠 고마웠어요."

모두 존댓말을 쓰고 있다. 하지만 현수는 둔감하다.

"자, 그럼 이제 슬슬 가볼까요? 참, 엘리시아 아가씨! 발은 좀 어때요?"

"아직 아파요. 그치만 참아볼게요."

"많이 아프면 말해요. 어제처럼 업어줄 테니."

"네, 고마워요."

말 잘 듣는 강아지처럼 다소곳해진 엘리시아를 바라본 현수는 싱긋 미소 지었다. 기분이 좋았던 것이다.

잠시 후, 일행은 절벽 아래로 무사히 내려섰다.

얼마의 시간이 지난 후, 숲속 길로 접어들었다.

이때 현수의 등에는 엘리시아가 업혀 있다. 잘못 디디는 바람에 발바닥에 새로운 상처가 난 때문이다.

어제의 엘리시아는 현수의 등이 몹시 부담스러웠다. 자신을 제대로 업기 위해 허벅지를 잡은 손도 신경 쓰였다.

그런데 지금은 아니다. 든든한 등에 엎드려 행복한 상상을 하느라 히죽히죽 웃고만 있다.

뒤따르는 줄리앙은 이런 모습에 화가 났다. 하지만 줄리앙 본인은 왜 화가 나는지 그 이유를 모르는 상황이다.

그러거나 말거나 상대는 귀족 아가씨이다. 하여 애써 마음을 다독였다.

약 3시간 후, 일행은 어제의 장소에 당도했다.

"줄리앙! 여기서 기다려 줘. 내가 가서 옷을 가져올게."

"네!"

현수가 건넨 검을 받아 쥔 줄리앙이 고개를 끄덕였다. 이제부턴 자신이 보호자가 되어야 한다는 것을 알기 때문이다.

현수는 즉각 어제의 장소로 이동했다. 그런데 아무도 없다.

"이런 제길……! 우릴 포기한 건가? 하긴……."

나직이 투덜거렸지만 용병들의 마음이 이해된다. 남아 있으면 쏘러리스의 공격을 받아 모두 죽을 것이기 때문이다.

현수가 빈손으로 되돌아오자 의아하다는 표정을 짓는다.
"왜요? 옷이 없대요?"
"아뇨. 모두 떠난 모양이에요."
"네에……?"
"어쩜 그럴 수가……! 아가씨가 쏘러리스에게 잡혀갔는데 그냥 다 떠난 거예요?"
아델이 말도 안 된다는 표정을 짓는다.
"거기 있으면 쏘러리스의 공격을 받아 모두 죽을지도 모르는 상황이라 그랬을 거예요."
"그래도 그렇지……!"
아델은 용납할 수 없다는 표정이다. 근데 마냥 대꾸만 해주고 있을 상황이 아니다.
"자아, 여기서 이럴 게 아니라 얼른 떠납시다."
"네에."
엘리시아가 가장 먼저 다소곳한 대답을 한다. 그리고 현수가 등을 내밀자 선선히 업히기까지 한다.
"자아, 이제 갑시다."
현수가 앞장서고 두 여인이 좌우를 따랐다.
현수는 혹시 있을지 모를 쏘러리스의 공격을 대비하여 와이드 센스 마법을 구현시킨 상태로 전진했다. 새벽에 마나를 충분히 모았기에 하루 종일 그러고 가도 상관없을 것이다.
쏘러리스들은 자신의 영역을 통과하는 현수 일행을 멀찌감치서 바라만 보았다. 감히 덤벼들 수 없는 존재로 여긴 것이다. 하여 무사히 놈들의 영역을 통과했다.

문제는 그 다음부터였다.

샤벨타어거의 습격이 세 번, 멘티코어의 공격 두 번 등이 이어졌다. 그때마다 현수의 검이 춤을 췄다.

밤에는 가고일이 공격하기도 했다. 하지만 죽이지는 않았다. 원수진 일도 없기에 겁먹고 도망갈 길을 열어준 것이다.

현수는 와이드 센스 마법으로 몬스터가 있는 곳을 피해 다녔다. 그렇지 않았다면 그야말로 혈로를 뚫어야 했을 것이다.

숲을 완전히 벗어나는 데 걸린 시간은 엿새이다.

울창하던 숲이 드문드문해지는가 싶더니 탁 트인 벌판이 드러나자 줄리앙 등은 긴 한숨을 내쉬었다.

"휴우우……!"

현수가 있었지만 그간 과도한 긴장 상태를 유지하여 근육이 뭉쳐진 상황이다. 그러다 이제 마음 놓아도 될 곳이 나오자 저도 모르게 한숨을 쉰 것이다.

나후엘 자작가를 향해 두어 시간쯤 걸었을 때이다.

"왜 멈췄어요? 혹시 몬스터예요? 여긴 벌판인데?"

엘리시아가 고개를 쫑긋거린다.

"아니요. 누가 오네요."

"네……? 아무것도 안 보이는데……."

곁에 있던 줄리앙까지 고개를 갸웃거린다. 엘리시아의 말대로 아무것도 보이지 않았기 때문이다.

"줄리앙! 여기서 기다려."

"왜요?"

"아무래도 엘리시아 아가씨를 찾으러 오는 행렬 같아. 가서 옷을 얻어 와야 하잖아."

"네, 걱정 말고 다녀오세요."

줄리앙의 말이 끝나기 무섭게 엘리시아를 내려놓고 달리기 시작했다. 예상대로 실종된 자작가에서 파견한 행렬이다.

"멈추십시오."

"아니……? 너는 하인스? 하인스! 어떻게 된 거야?"

행렬에 끼어 있던 랄프가 반색하며 튀어 나온다. 하인스가 쏘러리스에게 당한 것으로 여기고 있었던 것이다.

"아! 랄프 대장님."

"그래, 몸은 괜찮아?"

"물론입니다. 조금 피곤하기는 하지만 아직 쌩쌩합니다."

"자네, 혹시 엘리시아 아가씨 못 봤나?"

"엘리시아 아가씨요? 당연히 봤죠,"

"휴우~! 다행이군. 그래, 안전하신가?"

랄프가 눈에 뜨이게 안도의 한숨을 내쉰다.

"네! 엘리시아 아가씨는 안전합니다. 줄리앙도 괜찮고요. 아델이라는 시녀 또한 괜찮습니다."

"줄리앙도……?"

줄리앙 역시 희생당한 것으로 알고 있었던 모양이다. 현수가 대답 대신 고개를 끄덕이자 의아하다는 표정을 짓는다.

"근데 왜 안 모시고 왔나?"

현수에게 말을 건 이는 전형적인 기사 복장을 한 40대 남자였다. 현수가 누구냐는 눈빛을 하자 랄프의 입이 열린다.

"아! 인사드리게. 나후엘 자작가의 검은 철퇴 기사단을 이끄는 라임하르트 남작님이시네."

"C급 용병 하인스라 합니다. 엘리시아 아가씨를 모셔올 수 없었던 것을 이유가 있기 때문입니다."

"그래? 그 이유는 뭐지?"

"그게… 여기선 말씀드리기 어렵습니다."

"……! 좋아, 날 따라오게."

현수와 라임하르트는 사람들로부터 멀어진 곳으로 이동했다.

"자아, 이젠 말할 수 있겠지?"

"네, 아가씨를 모셔올 수 없었던 것은 의복이 없기 때문입니다. 의복을 준비해 주시면 가서 모시고 오겠습니다."

"뭐라? 의복이……?"

돈 몇 푼을 요구했다면 단칼에 베어버릴 요량이었던 라임하르트 남작의 얼굴엔 예상 밖이라는 표정이 역력했다.

"네, 이야기 들으셨겠지만 쏘러리스들에게 납치당하여 변을 당할 뻔했습니다. 그때 의복이 모두 찢어져서 보다시피 제 윗도리를 빌려 드렸습니다."

현수의 발달된 상체를 바라본 라임하르트가 고개를 끄덕였다. 쏘러리스들이 여자를 납치하여 미노타우르스를 낳도록 한다는 것을 알기 때문이다.

"으음, 알았네. 여기서 잠시 기다리게."

"세 벌이 필요합니다."

"알겠네."

현수가 라임하르트로부터 받은 의복을 가지고 가서 엘리시아 등을 데리고 온 것은 30분쯤 지난 뒤였다.

"엘리시아 아가씨! 다행입니다. 정말 다행이에요. 근데 어디 다치신 곳은 없습니까?"

자작가의 시종장이 눈물까지 흘리며 달려왔다.

"할아범, 질질 짜지 마. 난 괜찮아."

의젓하게 대답한 엘리시아는 기사들의 호위를 받으며 자작가로 귀환했다.

그러는 동안 라임하르트가 현수에게 다가와 주의를 주었다.

지난 며칠간 발가벗은 엘리시아를 업고 왔다는 이야기를 하지 말라는 것이다. 혼삿길에 지장이 있을 것이란 뜻이다.

줄리앙과 아델도 함구를 명령 받았다.

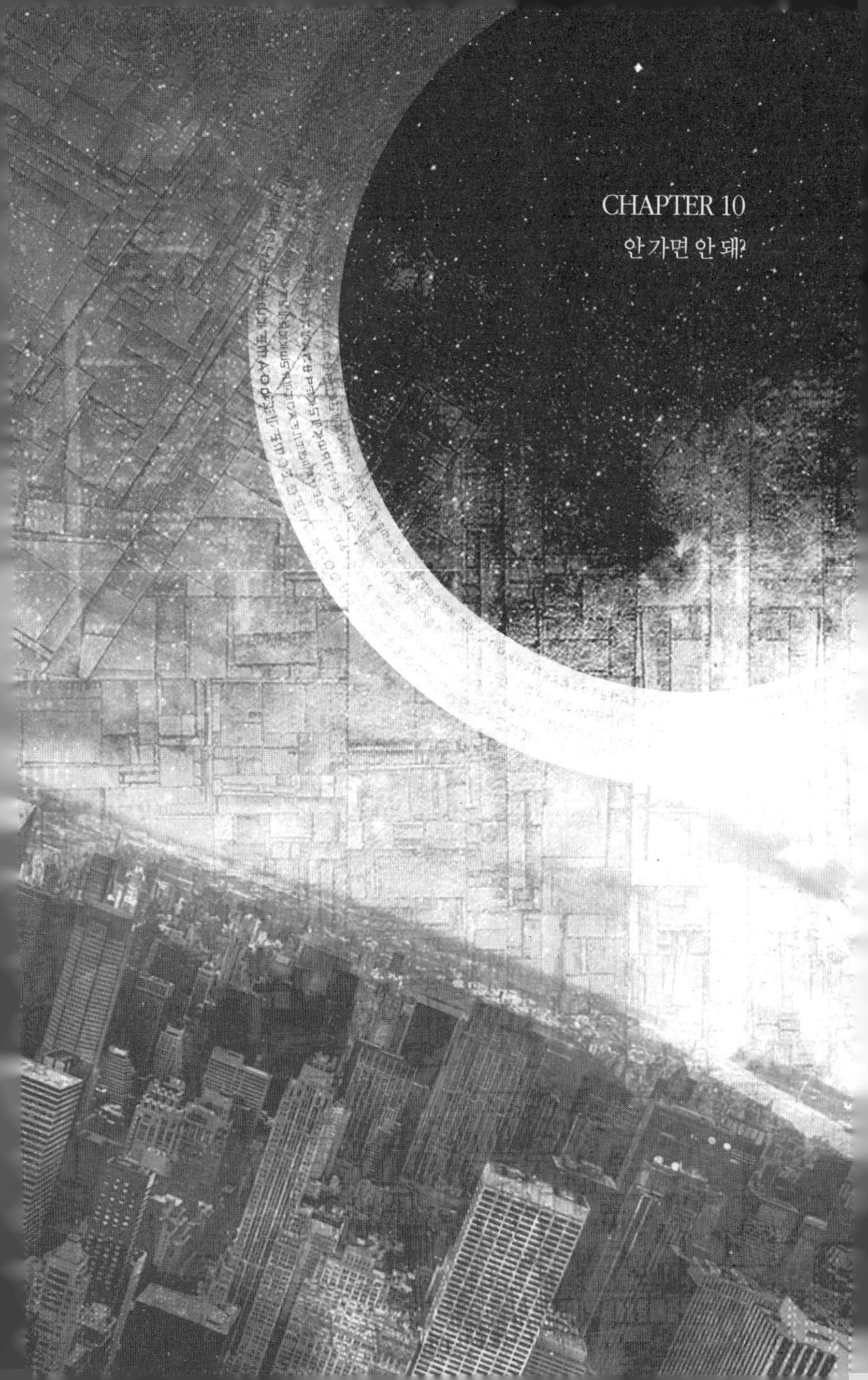

CHAPTER 10

안 가면 안 돼?

"하인스! 정말 고마웠어요. 그날 날 구해준 걸 평생 잊지 않을게요. 고마워요."

대대적인 환영행사가 마쳐진 후 숙소로 돌아가려던 현수를 부른 엘리시아가 한 첫마디였다.

그리곤 귀족가의 여식답게 치마의 양쪽을 잡고 가볍게 무릎을 굽혔다 펴는 우아한 예절을 갖췄다.

"제가 아가씨를 구할 수 있어서 다행입니다. 오는 동안 배려해 주신 것에 깊은 감사를 드립니다."

"내일, 아버지께서 용병들의 노고를 치하하는 자리를 만든다고 해요. 그러니 빠지지 말고 참석해 주세요."

"네, 별일 없는 한 참석하겠습니다."

엘리시아는 더 이상 말을 잇지 않고 돌아갔다. 그런 그녀의 두 볼이 빨갛게 달아 있었다.

옷을 다 입고 만나니 새삼 부끄러웠던 때문이다.

율리안 영지에 도착한 직후 엘리시아는 목욕을 하고 지난 며칠간 꿈에도 그리던 옷을 입었다.

이곳에 당도하기 직전까지 걸치고 있던 의복은 본인의 것이 아니라 시종들이 여벌로 준비했던 남자의 옷이었던 것이다.

아무튼 엘리시아는 곧바로 자작에게 경과 보고를 했다.

임무였던 디오나니아의 열매와 쏘러리스의 간을 모두 구해 왔기에 애썼다는 칭찬을 들었다.

자작은 랄프를 불러 용병들에게 약속했던 보수를 지급하겠다고 했다. 죽은 이들의 유족에겐 보수와 더불어 약간의 위로금을 더 주겠다고 하였다.

숙소로 돌아온 랄프는 테일러 등 죽은 용병의 유족들에게는 자신과 B급 용병 로렌스 등이 방문하기로 했다고 발표했다.

쏘러리스 때문에 죽은 이들이 너무 많아 분위기는 침체되어 있었다.

출발할 때엔 50명이었다. 하지만 현재의 인원은 불과 18명이다. 무려 32명이나 목숨을 잃은 것이다.

그러니 우울 모드였던 것이다.

하지만 마냥 그러고만 있었던 것은 아니다.

죽지 않았으니 앞으로 살아갈 것을 걱정해야 했던 것이다.

용병단은 며칠 쉬었다가 테세린으로 되돌아가기로 했다. 그곳으로 향하는 상단의 호위 임무를 맡은 것이다.

하지만 몇몇은 용병단에서 빠졌다. 현수와 두 명의 용병이다. 미판테 왕국 정보부 소속으로 의심되는 자들이다.

랄프 등은 현수가 빠지는 것에 대해 많이 아쉬워했다. 유능한 치료사 겸 요리사이고, 인간성 좋은 용병이었기 때문이다.

"자네가 이곳에 남는다니 어쩔 수 없군."

"네에, 엘리시아 아가씨가 따로 고용할 거라면서 가지 말라고 하더군요."

"자네 혹시 엘리시아 아가씨와 그렇고 그런……."

"에이, 그런 거 아닙니다."

현수가 얼른 말을 잘랐다. 그러자 로렌스가 자신의 실수를 깨닫고 얼른 주위를 둘러본다.

귀족가의 여식이 한낱 C급 용병이랑 정분이 났다는 소문이 잘못 번지면 치도곤을 당할 수도 있기 때문이다.

"아무튼 자네 덕을 톡톡히 봤네. 언제든 내 도움이 필요하면 전갈만 하게. 만사 제쳐 놓고 돕겠네."

"네에, 말씀만이라도 고맙습니다."

"말만이라니? 나도 자네의 요청이 있으면 도울 것이니 언제든 우리가 필요하면 기별만 하게."

"랄프 대장님도요?"

"그래! 자네랑 이곳까지 오는 동안 먹는 것 걱정을 하지 않은 것만으로도 큰 도움이었네."

"그러니까 제가 만든 음식이 또 먹고 싶으시다는 말씀이시군요. 그런 거죠?"

"하하! 눈치챘는가? 어떤가? 여기 주방에 양해를 구해서 실력 발휘를 한번 해보는 게."

"그럼 그래볼까요?"

현수는 자리에서 일어났다. 앉아 있으면 계속해서 말을 시키기 때문이다.

현수가 주방 쪽으로 가는 동안 용병들이 박자를 맞춰 손뼉을 치며 소리를 지른다.

"하인스! 하인스! 우리의 요리사 하인스! 실력을 발휘해! 발휘해. 멋진 하인스! 오늘 메뉴는 뭐냐? 만들어만 주라."

만들어주는 음식이 하도 맛있다 보니 그에 대한 보답으로 만든 일종의 구호 같은 것이다.

웬 소란인가 싶어 고개를 내밀었던 여관 주인은 현수가 다가오자 고개를 갸웃거린다.

"주인장! 용병들이 내게 요리를 하라고 하는데 어떻게 할까요? 주방을 빌려주시겠습니까?"

"좋아, 재료값만 받겠네. 솜씨를 발휘해 보게."

주인은 요리하기 귀찮은데 마침 잘 되었다는 표정을 짓고는 앞치마를 벗어 건넸다.

"좋습니다. 그럼 솜씨를 한번 발휘해 보지요."

주인장이 뭐라 하든 일단 주방으로 들어갔다. 예상대로 얀센네 주방이나 다를 바 없다.

어두컴컴하고 조금은 지저분하다. 일단 입구의 문을 닫았다. 사람들의 시선을 차단하기 위함이다.

"흐음, 이 상태론 안 되지. 워싱! 클린! 워싱! 클린!"

청결 마법 몇 번에 주방은 눈에 뜨이게 달라졌다.

"라이트!"

재빨리 주방 내부를 살폈다. 고기 덩어리들이 걸려 있고, 여기저기에 조리기구들이 놓여 있다.

현수는 필요로 하는 것들을 선별하고는 아공간의 재료들을 꺼냈다. 그리곤 익숙한 솜씨로 음식 만들기를 시작했다.

용병들은 오랜 일정에 지쳐 술 한잔을 하는 중이다. 하여 기름진 안주를 준비했다.

일전에 노보로시스크에서 배웠던 음식들이다.

먼저 기다란 쇠꼬챙이에 절인 고기와 야채를 꽂아서 숯불에 구운 샤실릭과 고기와 양파, 후추와 소금으로 속을 채운 러시아식 만두 뻴메니를 만들었다.

이 과정에서 타임 패스트 마법을 사용하였다. 안 그러면 단시간에 양념이 절여지지 않기 때문이다.

그리고 둥글고 얇은 핫케이크에 연어알, 잼, 치즈, 햄, 고기 등을 넣어서 먹는 블린을 준비했다.

다음엔 맑은 콩소메 수프에 큼직하게 썬 고기와 야채가 듬뿍 든 러시아식 수프 솔랸캬를 만들었다.

"자아! 요리가 나갑니다. 이름하야 하인스 특제 요리!"

일부러 큰 소리를 치며 음식들을 날랐다.

용병들은 머리에 털 나고 처음 보는 음식들을 보고 이걸 어떻게 먹는 건가 하는 표정을 짓는다.

"하인스! 이거 이름은 뭔가? 그리고 어떻게 먹는 거야?"

"자아, 이건 샤실릭이라 하는 겁니다. 이렇게 소스를 찍어서 먹으면 됩니다."

"샤실릭?"

"네, 제 고향 요리입니다. 그리고 이건 뻴메니라는 건데 이렇게 손으로 집어먹는 겁니다. 이건 블린이라는 음식인데 요기 이것 위에 이렇게 조금씩 올려 넣고 싸서 먹습니다. 마지막으로 솔랸캬는 숟가락으로 떠서 먹으면 됩니다."

"하인스! 고맙네. 잘 먹겠네."

랄프가 숟가락을 들어 솔랸캬를 떠먹었다.

후르르릅—!

"흐음, 어떻게 이런 맛이……!"

랄프의 뒤를 이어 로렌스와 줄리앙 등 음식을 맛 본 용병들이 저마다 탄성을 터뜨린다.

생전 처음 먹어보는 것이지만 너무도 맛이 있었기 때문이다.

"으으음! 그래, 이 맛이야. 후와, 정말 맛있네."

"으음! 입에서 살살 녹네."

"역시 제대로 된 주방에서 만든 음식은 뭐가 달라도 다르군. 쩝쩝, 둘이 먹다 셋이 죽어도 모를 맛이네."

추운 지방인 러시아 요리인지라 술안주로는 그만이다.

용병들은 부어라 마셔라 하면서 즐거운 시간을 즐겼다.

목숨이 경각에 달하는 위기의 순간들을 견뎌냈으니 즐길 만한 자격이 있다.

덕분에 현수는 계속해서 음식을 만들어내야 했다.

그런데 문제가 발생되었다.

현수가 만든 음식을 맛본 주인장이 만드는 법을 배우겠다며 주방으로 난입한 것이다.

어쩌겠는가!

비법이랄 것도 없기에 만드는 모습을 보여주었다. 물론 주인장이 눈치채기 힘들 정도로 재료를 바꿔치기 한 상태였다.

다시 말해 주방에 있던 고깃덩이들을 아공간에 넣고 냉장 보관되던 신선한 고기들을 꺼내 요리한 것이다.

아무튼 현수의 요리는 대히트였다.

어떻게 외부로 알려졌는지 알 수 없지만 인근 주민들까지 들어와서 왁자지껄해졌다.

한바탕의 유흥은 오후 늦게야 끝났다.

현수는 밖으로 나가 잠시의 산책을 즐겼다.

그런데 한 가지 이상한 점이 있었다. 주민들 가운데 일부가 비틀거리거나 구토를 한다.

열 명 중 세 명 정도가 이러했기에 고개를 갸웃거렸으나 왜 그런지 이유는 알 수 없었다.

천천히 걸으며 이곳저곳을 둘러보았다. 그러는 동안에도 구토하거나 비틀거리는 사람들이 종종 눈에 뜨였다.

그러다가 건물 하나가 눈에 뜨였다. 건물의 벽에는 유려한

글씨체로 쓰인 글귀가 있다.

궁극의 플래이팅(Plating)! 성찰의 글로스(Gloss)!

"저게 무슨 소리야? 무슨 뜻이지?"

읽기는 했으나 도금과 광택이라는 의미만 알 수 있어 고개를 갸웃거리는데 누군가 그 건물 안에서 나온다.

손에 도끼를 들고 있는데 유난히 반짝인다.

호기심이 인 현수는 사내가 들고 있는 도끼를 눈여겨 살폈다. 새로 만들어 자루를 끼운 듯 신품으로 보인다.

사내는 대장간으로 들어갔다.

"어서 옵셔!"

현수가 발을 들여놓자 방금 들어갔던 사내가 얼른 다가온다.

곁눈으로 살펴보니 이곳 대장간은 광부들을 위한 장비와 무기 제조가 전문인 듯하다.

"찾으시는 무기라도 있습니까?"

"아! 네에. 검을 좀 보았으면 합니다."

아공간에 있는 검 대부분은 속칭 희대의 명검 반열에 오를 것들이다. 이곳의 평범한 검은 어떤가 싶어 한 말이다.

"여기부터 저기까지가 검입니다. 레이피어도 있고, 바스타드 소드도 있습죠."

"흐음!"

"세이버도 있고, 시미터도 있습니다. 찬찬히 둘러보시지요."

"네에. 그러지요."

현수는 대장장이 말대로 천천히 병기대를 둘러보았다.

클레이모어나 투 핸드 소드는 물론이고, 프람베르그도 보인다. 뿐만 아니라 기형검도 간간히 눈에 뜨였다.

이들의 공통점은 모두 삐까번쩍하다는 것이다.

그런데 현대의 그것보다는 약간 떨어진다. 다시 말해 크롬 도금이 아닌 납 도금을 입힌 듯하다.

약간의 무게가 늘어난다는 것과 쇠보다는 번쩍인다는 느낌을 주기 위한 조치인 듯하다.

"흐음, 괜찮아 보이는군요. 이 검은 얼마나 합니까?"

현수가 가리킨 것은 평범한 롱 소드였다. 특이한 점이라면 다른 것에 비해 반짝임이 더하다는 것이다.

대장장이는 그럴 줄 알았다는 듯 의미심장한 웃음을 짓는다.

"그건 우리 대장간의 특제품으로 10골드짜립니다. 하지만 이곳을 처음 방문하셨으니 특별히 9골드 50실버만 받겠습니다."

현수는 대장장이의 얼굴을 바라보았다. 그러자 무슨 뜻인지 안다는 듯 말을 이었다.

"압니다. 다른 것에 비해 약간 비싸다는 것을……! 하지만 보십시오. 묵직하지요? 게다가 얼마나 잘 제련되었습니까? 다른 평범한 검에 비해 반짝임이 더하지 않습니까?"

"……!"

납을 도금하고 광택을 냈으니 보통의 쇠보다는 당연히 더 반짝여야 한다.

그런데 그걸 제련의 결과라고 사기 치는 듯하다.

"흐음! 그래요?"

현수가 의심쩍다는 표정을 짓자 대장장이가 얼른 입을 연다.

"손님, 이건 저희 대장간의 회심의 역작입니다. 다른 검에 비해 강도도 더 단단합니다. 조금 비싸기는 하지만 이걸 선택하시면 후회하진 않을 겁니다. 검이란 게 유사시에 손님의 목숨을 좌우하지 않습니까?"

말 한번 현란하게 잘 한다. 대장장이가 아니라 영업사원 같다는 느낌이 들었다. 그래서 속는 기분이다.

값을 물어보니 9골드 50실버 이하로는 팔 생각이 없는 듯하다. 한국 돈으로 치면 950만 원쯤 된다는 말이다. 비싸도 보통 비싼 게 아니다. 하여 값을 후려쳤다.

이때부터 남대문 시장에서와 같은 흥정이 오갔다.

현수는 결국 6골드 25실버에 검을 사들였다. 한국 돈으로 따지면 약 625만 원을 주고 한 자루 산 것이다.

현수가 이것을 사들인 이유는 대장장이가 말한 대로 여타의 장검에 비해 강도가 세기 때문이다.

이곳 율리안 영지는 질 좋은 철광석이 나는 산지이다. 그렇기에 상당히 많은 대장간들이 자리 잡고 있다.

이들 사이에 기술 교류가 되고 있는지는 알 수 없지만 다른 지역에 비해 솜씨가 좋다. 그렇기에 비싸지만 산 것이다.

손으로 퉁겨보니 맑고 청량한 소리가 울린다. 여기에 납을 도금하고 광택을 내서 상품 가치를 높인 것이다.

현수는 먼 길을 가야 하는 줄리앙을 위해 이 검을 샀다. 쏘러리스에게 납치당하던 때에 애검을 잃어버렸기 때문이다.

몬스터 등에게 당하지 말라는 뜻에서 스트렝스와 샤프니스 마법진을 새겼다. 검의 경도를 업그레이드하고, 예기가 더해지도록 한 것이다.

이 정도만으로도 능히 보검 소리를 들을 것이다. 7써클 마스터가 새긴 마법진의 효능은 대단하기 때문이다.

이밖에도 힐 마법이 구현되도록 마법진을 새겼다. 상처가 생겼을 때 빨리 아물도록 한 것이다.

멀린이 아더왕의 보검 엑스칼리버에 새긴 것과 같은 컴플리트 힐을 새기지 않은 것은 눈에 뜨이는 효과 때문이다.

상처를 입는 즉시 치유되는 검을 들고 다니면 줄리앙이 위험해질 수도 있다. 보검은 죄가 없으나 보검을 가진 것은 죄가 될 수 있기 때문이다.

어쨌거나 모든 마법진들은 보이지 않는다. 인비저빌러티 마법을 인챈트한 때문이다.

이제 어느 누구도 줄리앙의 검이 마법검이라는 것을 알 수 없을 것이다. 현수보다 고써클 마법사 이외엔 눈치챌 수 없기 때문이다.

어쨌거나 현수는 율리안 영지 곳곳을 둘러보던 중 테세린과는 사뭇 다른 점을 파악할 수 있었다.

마탑에 속하지 않은 자유마법사들을 여럿 본 것이다. 뿐만 아니라 연금술사들도 여럿이 있는 듯하다. 마법 용품을 파는

가게와 연금술사들의 가게가 제법 많았던 것이다.

현수는 내친 김에 율리안 영지의 외곽까지 살펴보았다. 풍족하지는 않지만 여유가 없는 곳도 아니었다.

영지 외곽엔 석성이 축조되어 있다. 그리고 그 위에 마련된 초소에는 병장기를 든 병사들이 경계근무를 서고 있다.

초소의 벽에는 언제든 장전하여 발사할 수 있는 쇠뇌들이 걸려 있다. 물어보니 수시로 몬스터들이 내습을 하기 때문이라고 한다.

고개를 끄덕이고는 천천히 걸어 숙소 쪽으로 이동했다. 그러면서 이곳에 온 날짜를 꼽아보았다. 얼추 보름이 넘었다.

"흐음, 귀환해야 하나? 제기랄! 좋았는데."

현실에서는 경험할 수 없는 몬스터와의 대결이 흥미진진했던 현수이기에 귀환이 내키지 않았다.

하나 어쩌겠는가!

이곳이 아무리 재미있어도 지구에서의 생활을 완전히 포기할 수는 없다. 결국 적당한 곳을 찾아 마나를 확인하곤 곧장 차원 이동을 했다.

"마나여, 나를 지구로 귀환시켜 줘. 트랜스퍼 디멘션!"

샤르르르르르르릉—!

현수의 신형이 안개처럼 스러졌다.

* * *

"흐음! 역시……."

현수는 공기가 텁텁하다 느끼며 이맛살을 찌푸렸다.

모스크바는 서울보다 오염도가 훨씬 덜하다. 그럼에도 아르센 대륙과는 비교조차 할 수 없을 정도였던 것이다.

"그래! 거기서의 생활은 일종의 바캉스라고 생각하자."

이른 아침이지만 공기가 뜨뜻미지근하다. 낮이 되면 얼마나 더워질지 충분히 짐작된다.

수도원은 나선 현수는 천천히 걸으며 풍광을 구경했다. 다시는 못 올 것이라 생각했던 모스크바에 있다는 것이 신기했다.

호텔에 당도하여 객실로 올라갔다.

철컥—!

"미스트르 킴, 나빠요!"

"헉……! 이, 이리냐. 이리냐가 어떻게 여길……!"

소파에 앉아 있던 이리냐가 벌떡 일어나는가 싶더니 양쪽 허리춤에 손을 얹고는 째려본다.

그런 이리냐의 두 눈이 습기로 그득하다.

이리냐의 등장을 전혀 예상치 못했던 현수는 깜짝 놀라는 표정만 지었을 뿐이다.

"흥! 밤새 어디에 있었어요? 설마 나 말고 다른 여자와……. 설마 그런 거예요? 미스트르 킴!"

"이, 이리냐!"

현수는 느닷없는 등장에 당황하여 말을 잇지 못했다. 하지만 이리냐는 그렇게 받아들이지 않았다.

현수가 부인하지 못한 것은 밤새 다른 여자와 있었다는 것을 의미한다고 생각한 것이다.

"흐흑! 미워요! 정말 미워요. 오면 온다고 전갈이나 해주지. 핸드폰은 뒀다 뭐해요? 이리냐는 밤새 여기서 기다렸어요."

"……!"

"이리냐는 미스트르 킴이 간 날부터 지금까지 매일 울었어요. 봐요. 내 눈이 얼마나 퉁퉁 부었는지."

눈을 보여주는데 현수의 눈엔 그저 예쁘기만 하다. 하여 뭐라 말하려는데 이리냐가 먼저 입을 연다.

"나는 오로지 미스트르 킴만 생각하는데……. 그래서 한국말도 열심히 배우고 있어요. 근데 미스트르 킴은 다른 여자와……. 흐흐흑! 이리냐 너무 슬퍼요. 흐흐흑……!"

"끄으응……!"

뭐라 대꾸할 시간도 주지 않고 속사포처럼 말을 쏟아낸 이리냐가 털썩 주저앉더니 눈물을 흘리기 시작한다.

사내에게 있어 가장 저항하기 어려운 무기가 바로 여자의 눈물이다. 현수 역시 다를 바 없어 우물쭈물하고만 있었다.

"흐흑! 이리냐는 미스트르 킴을 정말 사랑한단 말이에요. 흐흑! 그런데 미스트르 킴은……. 흐흐흑!"

이리냐는 고개 숙인 채 울었다.

한편, 현수는 겨우 이틀간의 만남을 이토록 확장 해석하는 이리냐의 순정을 어찌하나 싶은 생각이다.

강연희와 권지현, 그리고 이수정과 이수연, 게다가 이은정과 조인경까지 자신에게 마음이 있다는 것을 안다.

수정과 수연은 이현우와 조경빈이 알아서 잘 가로채 줄 것이다. 은정 역시 민주영의 적극적인 대시에 마음이 변할 것이다.

남은 것은 연희와 지현, 그리고 인경이다.

이중 조 대리는 천지건설의 내로라하는 직원들이 수시로 대시하니 마음의 부담이 적다.

결국 연희와 지현 중 누굴 선택하느냐로 좁혀진다. 그런데 그 선택이 매우 어렵다.

지현을 선택하자니 연희가 마음에 걸리고, 연희를 선택하면 지현의 마음이 어떨까 싶다.

그것만으로도 머리가 아프다.

차라리 한국이 아닌 아랍 국가였다면 마음이 편했을 것이다. 그런데 불행히도 한국의 사회관습은 일부일처제이다.

여기에 이리냐까지 이렇듯 과감하게 달려드니 난감했던 것이다.

"이리냐! 울지 마!"

현수가 일으키자 기다렸다는 듯 이리냐의 교구가 품속으로 무너져 내린다.

"흐흑! 미스트르 킴, 정말 보고 싶었어요. 사랑해요. 이 생명이 다하는 날까지 당신만 사랑할게요. 흐흐흑!"

이리냐를 품에 안았던 현수는 흠칫거리지 않을 수 없었다. 사랑한다는 말부터는 완전한 한국어였던 때문이다.

"이, 이리냐……!"

"나하고 결혼 안 해줘도 돼요. 버리지만 말아요. 이리냐는 미스트르 킴의 여자가 되고 싶어요."

이리냐는 그간 배운 한국어를 다 써먹었다. 제법 많이 배운 듯하다. 결국 현수는 웃음을 터뜨리고 말았다.

이리냐의 한국어가 꼬이기 시작한 때문이다.

"이리냐는 미스트르 킴의 애예요. 낳아줄게 사랑해 줘요."

"뭐어……? 하하하! 하하하하!"

"미스트르 킴! 왜……?"

"하하! 하하하하!"

현수가 계속해서 웃음을 터뜨리자 이리냐의 표정이 샐쭉해진다. 자신은 진심을 담아 사랑을 고백했는데 개그 프로그램을 본 듯 웃기만 했기 때문이다.

그렇게 잠시 현수를 째려보았다.

"이잇!"

"하하! 으읍……!"

생각만으로도 너무 웃겨 또 웃으려던 현수의 입술이 말랑말랑한 무엇엔가 덮였다. 그리곤 그대로 뒤로 넘어갔다.

다행히 뒤엔 푹신한 침대가 있어 뒤통수가 깨지진 않았다.

이리냐와의 달콤한 키스가 끝난 것은 3분이 지나서였다.

드디어 목적하던 바를 달성했다는 듯 이리냐는 의기양양한 표정이다.

"이제 도장 찍었으니까 이리냐는 미스트르 킴의 여자예요."

"뭐어?"

누군가 뭘 잘못 가르쳐 준 모양이다.

키스 한 번에 임자가 결정된다면 드라마나 영화에 나오는 탤런트들은 남편과 아내가 여럿이 되어야 하기 때문이다.

"이제 끝난 거라구요. 난 니 거야."

이리냐는 윙크를 하며 손으로 권총을 날린다.

"크큭……! 크크크큭!"

현수는 또 웃을 수밖에 없었다. 이리냐의 표정과 한국어, 그리고 몸짓이 너무 웃겼던 때문이다.

이런 건 대체 누가 가르쳐 줬는지 궁금하기까지 했다.

"왜 자꾸 웃기만 해요? 난 심각하기만 한데. 이리냐는 미스트르 킴을 사랑해요. 이제 난 당신 거예요."

"이리냐! 여기 앉아봐."

살살 달래는 수밖에 없다 생각한 현수의 다정스런 말에 이리냐의 표정이 스르르 풀린다.

그러자 그러난 것은 너무도 아름다운 미소였다.

"네, 이젠 이리냐를 먹어도 돼요. 달콤하게 먹어요."

현수는 대체 누가 이리냐에게 한국말을 가르치는지 진심으로 궁금해졌다.

"이리냐! 그동안 한국말 배우느라고 애썼어."

"그쵸? 한국말 너무 어려워요. 그래서 배우느라 힘들어요."

진심이라는 듯 힘들어 지쳤다는 표정을 짓는다.

"근데 조금 엉터리야. 개인 교습했지?"

"네, 어떻게 알았어요?"

"보면 알아! 그러니까 제대로 된 어학원에 가서 배워."

"근데 노보로시스크엔 한국어를 가르쳐 주는 데가 없어요."

이리냐가 말은 듣고 싶은데 곤란하다는 표정을 짓는다.

"으음……!"

듣고 보니 과한 요구를 한 듯하다. 한국이 선진국 반열에 올랐다고는 하지만 아직 영향력 큰 나라는 아니기 때문이다.

"그래, 그건 알았어. 어쨌든 나중에라도 제대로 된 곳에서 배워. 알았지?"

"네, 그럴게요. 사랑해요. 날 가져요. 애 낳을게요. 우리 행복해요. 뽀뽀해 줘요. 아잉! 난 좋아요."

기억나는 말은 한 번씩 다해보는 모양이다. 웃겼지만 현수는 애써 참았다. 이리냐의 진심 어린 표정 때문이다.

둘은 룸서비스를 이용하여 아침 식사를 했다. 음식이 맛은 있었지만 현수는 제대로 음미하지 못했다.

어떻게 하면 이리냐의 마음을 돌릴 것인가를 생각해 내야 하기 때문이다.

식사를 마쳤을 때 초인종이 울린다.

띵똥—!

"누구지?"

고개를 갸웃거리고 문을 열자 덩치 큰 녀석 둘이 보인다.

"누구……?"

말을 마치기도 전에 중후한 50대 초반 신사가 모습을 나타낸다. 모스크바의 밤을 관장하는 알렉세이 이바노비치이다.

"하하! 반갑네."

"아! 미스터 이바노비치!"

"그냥 알렉세이라 부르게."

"네, 안으로 드시지요."

알렉세이 이바노비치는 거칠 것 없다는 몸짓으로 들어선다. 하긴 모스크바의 지배자이다.

그런 그의 눈에 다소곳하게 서 있는 이리냐가 뜨였다.

몸에 착 달라붙는 원피스 차림이다. 몸매는 물론이고 각선미까지 확연히 드러난다.

"오오! 이런……! 내가 즐거운 시간을 깬 건가?"

"아닙니다. 방금 아침식사를 마쳤습니다."

"그래, 음식은 맛이 있었는가? 하긴, 저런 미인과 함께 있었으니 맛이 있었겠군."

이리냐는 고개를 조아린 채 감히 들지 못하고 있었다. 이름만 듣고도 모스크바의 주인이라는 것을 알기 때문이다.

이곳에 오기 전 지르코프는 이리냐에게 상당히 많은 것들을 이야기해 줬다. 자신이 천거하여 현수의 여자가 되었으니 자신에게 그에 상응하는 보답해 주기를 바라기 때문이다.

그중 가장 중요한 것이 바로 알렉세이 이바노비치에게 자신에 대한 말을 할 때 최대한 잘 해달라는 것이었다.

"이리냐 파블로비치 체홉이라고 했나?"

"네, 보스! 이리냐라 불러주세요."

"예쁘군. 행복한가?"

"네……? 아, 네에."

부끄럽다는 듯 들었던 고개를 숙이는 모습이 뇌쇄적이다.

"들어서 알겠지만 김 사장은 내게 귀빈이네. 잘 모시게."

"물론입니다. 보스!"

대답이 마음에 들었다는 듯 활짝 웃은 이바노비치가 현수에게 시선을 돌린다.

"김 사장, 출국하기 전에 시간 좀 있지?"

"물론입니다."

"그럼 나와 같이 모스크바 구경이나 하세."

"네, 그러지요."

현수는 거부하지 않았다. 그래야 이리냐와의 곤혹스런 시간이 끝나기 때문이다.

모두 여섯 대의 차가 움직였다. 그중 네 번째 차 뒷좌석에 현수와 이바노비치가 앉았다.

"먼저 우리의 무리한 요구를 들어주어 고맙네."

"아닙니다. 괜찮습니다."

"이제 콩고민주공화국으로 들어갈 건가? 30일까지면 아직 휴가가 남았는데……."

역시 정보가 빠르다.

"프랑스를 들러서 갈 생각입니다. 거기 가볼 데가 있거든요."

"그런가? 그건 그렇고 드모비치로 보내는 품목이 조금 다양화했으면 하네."

매달 5천만 달러어치를 대한약품에서 생산하는 각종 의약품과 듀 닥터, 그리고 스피드와 엘딕으로 보내면 소화시키기 어렵다는 뜻이다.

"그래서 새로운 것을 개발하는 중입니다."

"새로운 것이라면 어떤 건가?"

"지난번에 모스크바와 왔을 때 느낀 점이 있었거든요. 아마 공전의 히트를 칠 겁니다."

"그래? 기대해도 되는가?"

"아마도 그럴 겁니다."

현수가 자신있다는 듯 고개를 끄덕이자 이바노비치는 더 물을 생각조차 없다는 듯 고개를 끄덕인다. 웬만한 신뢰가 바탕되지 않았다면 이런 믿음은 없었을 것이다.

같은 순간, 현수는 대학약품의 김지우 박사를 믿어본다는 생각을 했다. 그라면 능히 쉐리엔으로부터 필수 성분들을 뽑아낼 것이기 때문이다.

젊은 시절엔 날씬하고 아름답던 여인들이 펑퍼짐한 아줌마로 바뀌는 나라가 러시아이다.

사실 이건 러시아만의 문제가 아니다.

한국도 그렇고 미국 또한 그러하다. 영국이나 프랑스, 독일, 브라질 또한 이 범주에서 벗어나지 못한다.

어쩌면 인류 전체의 문제인지도 모른다.

CHAPTER 11
국익을 위하여

쉐리엔은 그런 여인들을 처녀 시절에 버금가는 몸매로 바뀌게 하는 신약 중의 신약이 될 것이다.

없어서 못 팔고, 복용하지 못해 날씬해지지 않는 약이나 식품이 될 것이다.

전 세계 어느 나라 어떤 기구라도 쉐리엔의 성분을 위법하다 판단하지 못할 만큼 대단한 효과가 있을 것으로 짐작된다.

다행한 것은 김지우 박사가 민 사장의 부친이 여러 번 발걸음하여 스카웃한 인재라는 것이다.

외국에 유학하여 박사 학위를 취득하지 못한 토종 박사이기는 하지만 실력만은 이 세상 어느 누구에도 뒤지지 않을 것이라 하였다.

그렇기에 이제 더 이상 살이 찌지 않는다거나, 찌어 있던 살이 빠지는 의약품 내지는 건강보조식품이 만들어질 것이다.

그리고 그건 전 세계를 상대로 판매될 것이다. 대한약품의 미래는 밝다 못해 빛나는 수준이 될 것이다.

'생각난 김에 김 박사와 통화 한번 해야겠구나.'

꼬치꼬치 캐묻지 않는 이바노비치를 바라본 현수는 고개를 끄덕였다. 이때 보스가 입을 연다.

"러시아에 기반을 마련함은 어떤가?"

"네? 기반이라니요?"

"한국에서도 가정을 꾸려야겠지만 러시아에도 집 한 채쯤은 있어야 하지 않겠냐는 말이네."

"네, 그게 무슨……?"

"이리냐와 살 집을 선물하고 싶네."

"네?"

현수가 뜻밖이라는 표정을 짓자 보스는 그럴 줄 알았다는 듯 환한 웃음을 짓는다.

"마음에 들기 바라네."

"보스……!"

"내 집 근처에 상당히 쓸 만한 집이 있네. 마침 매물로 나와 샀네. 둘러보고 마음에 안 드는 곳 있으면 고치게. 비용은 내가 대지."

"보스……!"

현수를 곁에 두고 싶다는 뜻이다. 부하도 아닌 사업의 거래

상대인 귀빈으로!

단 한 번의 만남으로 어찌 이런 결과를 예상할 수 있겠는가!

콩고민주공화국에서 무기를 반입해 주는 대가로 이미 과분한 거래를 약속받았다. 그럼에도 이런 후의를 보내는 저의가 뭘까 싶었다. 하지만 상념은 길지 않았다.

'하긴, 어펜시브 참 마법이 대단하긴 하지.'

지금 이 순간 이바노비치의 마음엔 현수에게 아낌없이 베풀고 싶다는 마음뿐이다.

본인이 보유한 부를 기준으로 본다면 그리 큰돈이 드는 일도 아니다. 그렇기에 아무렇지도 않다는 표정을 짓고 있었다.

"한국식으로 표현하자면 대지 1만 평, 건평은 이천 평 정도 되네. 침실 열 개와 화장실 열두 개, 그리고 서재 등이 있네. 거기에 작은 수영장과 오디토리움도 있지. 그리고……."

"……!"

이바노비치가 잠시 말을 끊었지만 현수는 가로채지 않았다. 지금 말하는 재미를 느끼는 중이라는 걸 알기 때문이다.

"자네를 위해 한국의 교보문고로부터 책도 수입하고 있지. 장서 10만 권이면 제법 괜찮은 도서관이 될 것이라 믿네."

"……!"

현수가 아무런 대꾸도 하지 않자 자신의 배려에 감격한 것이라 여긴 이바노비치가 한마디 더 한다.

"대신 언제든 내가 방문하면 위스키 한잔은 주어야하네. 그럴 수 있지?"

"물론입니다. 그리고 배려에 감사드립니다."

공짜로 뭘 준다는 데 마다할 이유가 없다. 그렇기에 진심으로 고맙다는 표정을 지었다.

잠시 후, 일행은 저택의 입구에 당도하였다. 생각보다 훨씬 크고 화려하다.

일단 각층의 층고가 한국과는 다르다. 거실과 연회장이 있는 일층은 층고만 10m 정도이다.

2층과 3층 역시 여유로운 층고이다. 그렇기에 불과 3층짜리 건물이 밖에서 볼 때엔 최소 7층으로 보인다.

이바노비치가 안내하는 뒤를 따르는 현수와 이리냐의 눈빛은 상반되어 있다.

현수는 상당히 부담스럽다는 표정이다. 그도 그럴 것이 이 같은 저택이라곤 상상치 못했던 때문이다.

이야길 들어보니 제정러시아 시절 공작이 머물던 곳이다. 혁명 당시 폐허에 가까울 정도로 망가져서 방치되어 있었다.

그런데 드모비치 상사에서 이걸 사들여 복원시켰다. 그 과정에서 현대식으로 개조되어 냉난방 설비까지 완벽하다.

돈으로 따지자면 아무리 못해도 수십억은 족히 갈 듯한 예술품이다. 물론 한국보다 집값이 싼 러시아 기준이다.

이런 상황이라 부담스러운데 이리냐는 아닌 듯하다. 무슨 이야길 들었는지 유난히도 침실에 신경 쓰고 있다.

마스터 침실은 방 하나의 규모가 30여 평이다.

이 방의 중앙부엔 커다란 침대가 놓여 있다. 킹사이즈 정도

되는 최고급 베드이다.

반투명 휘장이 쳐져 있고, 안에는 최상품 침구가 마련되어 있다. 물론 한 번도 사용하지 않은 신품이다.

누가 봐도 귀족의 침실이다.

현수는 언제 이런 집에서 자보겠냐는 생각에 구경만 하고 지나쳤다. 좋기는 하지만 갖고 싶다는 생각은 없었다.

본인이 돈 주고 산 것이 아니기 때문이다. 하지만 이리냐는 아니다. 현수가 저택을 모두 구경하고 나올 때까지 심각한 표정으로 침실의 요모조모를 따지고 있었다. 자신이 안주인이 될 집이라 생각한 듯하다.

"어때, 마음에 드나?"

"보스의 배려에 감사드릴 뿐입니다."

현수는 정중히 고개 숙여 사의를 표했다.

"러시아에 오거든 이제 호텔에 머물지 말고 이곳을 쓰게. 이젠 자네 집이니."

"네에, 감사합니다."

이바노비치는 자신의 선물을 선선히 받아주는 현수가 아주 마음에 든다는 듯 흡족하다는 웃음을 지었다. 도저히 레드 마피아의 보스라곤 생각할 수 없는 인자한 표정이다.

잠시 후 변호사가 와서 서류를 건넨다. 저택의 소유권이 현수에게 이전되어 있음을 확인하는 것이다.

다시 한 번 이바노비치에게 감사하다는 인사를 했다. 그게 사람 된 도리라 생각한 것이다.

어쨌거나 현수는 무사히 공항에서 비행기에 탑승했다.

이리냐가 하루만 더 머물라고 애원을 했지만 프랑스 에어라인 노조가 파업을 결의한 상황이다.

다시 말해 내일 예정된 비행기가 뜰 수 있다는 보장이 없다. 예정된 날에 킨샤사 지부에 도착하지 않으면 직장을 잃을 수 있다는 말에 이리냐는 눈물을 머금었다.

비행기가 활주로를 박차고 나가던 그 순간 이리냐는 모종의 결심을 했다. 하지만 현수는 전혀 모른다.

드골 공항에 도착한 현수는 지도를 보고 곧장 프랑스의 북서부에 위치한 브르타뉴(Bretagne) 주의 주도 렌(Rennes)으로 향하는 열차에 올라탔다.

아더왕이 엑스칼리버를 뽑았다는 브호실리온드(Brocliande) 숲이 있는 주이다.

물어물어 멀린의 무덤을 찾았다. 그리곤 실망했다. 대마법사의 묘라고 하기에 너무도 평범해 보였기 때문이다.

하긴 멀린의 유해는 아공간에 소중히 모셔져 있다.

그것도 미스릴로 만든 관 속에 담겨 있다. 따라서 이곳에 있는 무덤은 분명 시신이 없는 가묘이다.

그럼에도 이곳을 찾은 이유는 혹시라도 스승인 멀린의 유품이 있지 않을까 하는 마음에서였다. 하지만 그런 건 없었다.

마나 디텍션 마법으로 무덤의 내부를 살펴본 바에 의하면 안에는 자그마한 목걸이 하나만 있다.

아티팩트인가 싶어 확인해 보았으나 그렇지 않았다.

곁에 세워둔 안내 간판을 읽어보고는 피식 실소를 지었다. 누군가 말도 안 되는 소설을 써놓은 때문이다.

'하긴 스승님이 아르센 대륙의 인물이라고 누가 생각하겠어?'

현수는 실소를 머금은 채 쓸쓸히 발걸음을 옮겼다.

파리로 되돌아오는 기차 안에서 현수는 킨샤사에서의 할 일을 점검했다. 레드 마피아의 컨테이너들을 무사히 통관시켜주는 게 가장 급선무이다.

다음에 할 일은 이실리프 농장을 본격적으로 조성하는 일이다.

'흐음, 도착 즉시 정글 개간부터 해야 하는군.'

5천만 평에 달하는 땅에 얼마나 많은 나무들이 있겠는가!

무분별한 벌목보다는 효용의 극대화를 생각해 봐야 한다.

"잘만 하면 건축 자재를 절약할 수 있겠지?"

어찌할 것인가를 고심하고 있는데 누군가 다가선다.

"……?"

"저어, 혹시 한국인이신가요?"

현수에게 말을 건 사람은 삼십대 중반으로 보인다. 아까부터 맥주를 홀짝이던 몇 자리 건너에 앉아 있던 사람들 가운데 하나이다.

"네에, 그런데 무슨 일이시죠?"

현수의 한국어가 반갑다는 듯 환히 웃는다.

"역시, 그랬군요. 감사합니다. 그쪽 덕분에 200유로 벌었습니다."

술 냄새가 확 끼쳐 왔지만 웃는 낯에 어찌 침을 뱉으랴!

"절 두고 내기를 하신 모양이군요."

"네, 나는 그쪽이 한국인이라 했고, 저쪽의 제 동료들 가운데 하나는 일본인, 그리고 나머지는 지나인이라고 했거든요."

"확실한 한국인이라고 전해주십시오."

별일 아니기에 씩 한번 웃어주었다.

"네에, 아무튼 감사합니다."

사내가 가자 현수는 다시 상념에 잠겼다. 하나 그 시간은 그리 길지 못했다.

"저어, 괜찮으시다면 저희 자리로 한번 와주시죠."

"네? 제가 왜요?"

"동료들이 계속해서 우겨서요. 오시면 제가 맥주 대접하겠습니다."

보아하니 100유로씩 돈을 내려니 배가 아픈 모양이다.

"그러죠."

현수는 흔쾌히 일어섰다. 술 마신 사람 상대로 실랑이 벌이기 싫어서였다.

"어서 오십시오. 난 우정훈이라 합니다."

"네, 김현수라 합니다."

"아! 진짜 한국인이시군요. 쩌업—!"

100유로 날아갔다는 표정을 짓는다.

"나는 박창민입니다."

"네, 김현숩니다. 반갑습니다."

"일단 자리에 앉으시지요. 참, 제 소개가 늦었습니다. 저는 강전호라 합니다. 그리고 이거……."

강전호가 약속대로 맥주를 내놓는다.

"네, 감사합니다."

"안주는 이거 드시면 됩니다."

좌석과 좌석 사이 탁자엔 프랑스 산 과자가 놓여 있었다.

"김현수 씨 덕에 100유로 날렸습니다."

"그러게 왜 그런 내기를 하셨습니까?"

현수가 웃는 낯을 하자 우정훈이 지갑에서 100유로를 꺼내 강전호에게 건넸다. 박창민 역시 돈을 내놨다.

"하핫! 오늘 김현수 씨 덕에 수입이 좋습니다. 감사합니다."

"아! 네에."

뭐라 대꾸할 말이 없어 한 모금 들이켰다. 맥주 맛이 그저 그렇다. 상표를 보니 크로넨버그 1664란 놈이다.

"맥주 맛 별로지요?"

"네, 그냥 평범하네요."

"그나저나 김현수 씨는 나이가 어떻게 되세요?"

"저요? 올해 스물아홉입니다."

"네에? 설마요."

"제가 조금 동안이지요?"

현수의 말에 모두가 고개를 끄덕인다.

"저도 스물아홉입니다."

강전호의 말에 현수가 놀랍다는 표정을 지었다. 30대 중반으로 보인 때문이다.

“저는 김현수 씨와 반대로 노안이죠?”

“솔직히 저보다는 몇 살 위로 알았습니다.”

“에휴! 이게 다 그 빌어먹을 자식 때문입니다.”

“네에?”

무슨 영문인지 모르기에 저도 모르게 반문한 것이다.

그러자 기다렸다는 듯 긴 이야기가 시작되었다.

맥주를 마시고 있던 셋은 같은 회사 동료들이다.

대한민국의 재벌사 가운데 하나인 태백그룹의 직원들로 프랑스 현지 법인 소속이다.

이들 셋은 현재 귀국하는 중이다. 그간 벌여왔던 일이 실패로 돌아감에 따라 문책 받으러 간다고 했다.

돌아가면 보나마나 대기발령 내지는 해고라 했다.

혈기 왕성한 강전호와 우정훈은 그 꼴만은 당하지 않으려 사표를 쓸 생각이다. 박창민은 여길 그만두면 마땅히 갈 속이 없어 어찌할 것인지 고심 중이다.

대체 무슨 일 때문인지를 물어본 현수는 분노를 느꼈다.

이들이 공들여 거래를 트려던 회사는 프랑스 선주사 가운데 하나인 ‘CMA 오머런’ 이란 곳이다.

지난해 초에 처음 접촉하기 시작하여 현재에 이르기까지 온갖 공을 다 들였다. 8만 톤급 석유제품 운반선 세 척과 2만 TEU급 컨테이너선 네 척을 수주하기 위함이다.

엄청난 액수의 수주가 될 것이기에 태백그룹은 전력을 다했다. 그 결과 접촉이 계속되는 동안 친분 관계는 점점 깊어졌다.

여기엔 결정적인 이유가 있다.

이 회사의 부회장이자 사주의 장남인 세바스티앙 오머런이 한류의 팬이다. 세바스티앙은 한국의 5인조 걸그룹 다이안의 리더를 특히 좋아한다.

하여 이사로 승진되어 본국으로 되돌아간 전임 지사장은 한국으로부터 그녀의 브로마이드, 팜플렛, 사진 등을 공수했다.

작년엔 여름휴가를 한국으로 간다하여 공연 맨 앞자리 입장권까지 구해서 줬다.

그 결과 수주는 당연한 것이 되었다. 하여 법률적인 문제가 언급되어 있는 최종 계약서가 작성되었다.

이를 위하여 지사장은 이들 셋에게 소소한 부분들에 대한 이견을 좁히라는 명령을 내리고 귀국했다.

그리고 고대하던 계약서가 당도했다. 그걸 들고 세비스티앙에게 가져가기만 하면 회장이 사인할 것이다.

형식적인 절차이다. 너무 늙어서 일선에서 물러서기 일보직전이기 때문이다. 다시 말해 CMA 오머런사의 실세가 세바스티앙이다.

그런데 문제가 발생되었다.

세바스티앙이 들어줄 수 없는 무리한 요구를 했다. 다이안의 리더 서연과 하룻밤 즐겼으면 좋겠다는 것이다.

서연은 현재 태백그룹 계열사 중의 하나인 식음료사의 메인 CF모델로 활동 중이다. 그러므로 그녀를 데려오라는 것이다.

만일 자신의 요청을 받아들이지 않으면 일본의 조선사와 계약하겠다고 한다.

일본의 오시마조선소에서는 일본의 걸그룹인 AKB48의 멤버 가운데 마츠바라 나츠미와 미야자키 미호 등 어떤 멤버든지 지목만 하면 즉시 데려오겠다고 했다.

그럼에도 태백조선소와 계약을 하려는 이유는 서연이 더 마음에 들기 때문이라는 것이다.

세바스티앙은 55세, 다이안의 리더 서연은 21세이다.

강전호와 우정훈, 그리고 박창민은 치미는 분노를 억지로 삭이며 무리한 요구라는 말을 했다.

이에 세바스티앙은 자신의 요청을 거절하는 것이냐고 물었다. 강전호는 거절이 아니라 들어줄 수 없는 요구라고 답변을 했다.

세바스티앙이 알았다고 하여 셋은 그가 자신의 요청을 철회한 것으로 여겼다. 그런데 사무실로 들어가니 청천벽력과 같은 명령서가 당도해 있었다.

세바스티앙이 본사에 전화를 걸어 모든 일들이 무효가 되었으며 최종 계약은 오시마조선소와 할 것이라는 통보를 한 결과이다.

"잘려도 좋고, 계약 안 해도 좋습니다. 하지만 그 자식 너무 치졸한 거 아닙니까?"

불콰하게 술이 오른 강전호가 열변을 토하자 비슷하게 취한 우정훈이 한마디 거든다.

"그럼, 우리가 무슨 채홍사[3]야? 개자식! 대머리가 훌렁 벗겨진 자식이 감히 누굴 넘봐? 안 그러냐?"

"맞아. 이런 계약은 안 하는 게 맞는 거야. 서연은 내 로망이기도 하다고. 근데 감히 그녀를……! 시러배 잡놈 같은 녀석이……! 에이, 근데 우리 잘리면 어디로 가지?"

"휴우… 그러게!"

"끄으응! 설마 자르기야 하겠냐?"

"아마 잘릴걸. 대기발령이 곧 자른다는 소리니까."

셋의 표정은 금방 우울 모드로 바뀌었다. 현수는 분위기를 바꿀 겸 궁금한 점을 물었다.

"근데 세 분은 어딜 갔다 오는 겁니까?"

지사가 파리에 있는데 왜 이 기차를 탔냐는 뜻이다.

"그동안 일만 하느라 파리에만 있었습니다. 끌려가기 전에 여기저기 둘러나 보자 하여 브르타뉴 공작성을 구경하고 왔죠."

"아! 그렇군요."

현수가 고개를 끄덕이는데 일제히 술을 마신다. 분함을 참을 수 없다는 표정이다.

"으으음!"

---

3) 채홍사(採紅使): 채홍준사라고도 함. 연산군이 음탕한 생활을 즐기기 위하여 미녀와 좋은 말을 궁중에 모으기 위해 지방으로 파견하였던 벼슬아치.

뭐라고 위로를 해야 할지 몰라 낮은 침음만 냈다. 그런데 생각해 보니 괜스레 화가 난다.

거래를 빌미로 남의 나라 연예인을 하룻밤 상대로 내놓으라고 했다. 대체 어떻게 생겨먹은 놈이 그러는지 보고 싶다는 생각이 든다.

"그래서 그냥 귀국할 겁니까?"

"아뇨, 먹지도 못할 감 찔러나 볼 생각입니다."

"네에?"

강전호의 대꾸에 현수의 눈이 커진다. 순간 흉기가 생각난 때문이다. 이런 반응이 웃기다는 듯 강전호가 웃는다.

"찔러서 죽인다는 건 아니고 마지막으로 한 번 더 만나볼 생각입니다. 그 자리에서 '당신의 요구는 정말 잘못된 겁니다. 그런 요구를 하는 당신을 위해 우리 회사는 배를 만들지 않겠습니다' 라는 말을 하려구요."

"아……! 근데 술이 제법 취한 듯한데 괜찮겠습니까?"

"당연히 안 괜찮죠. 거래가 깨어지긴 했어도 상대에 대한 예의는 갖춰야죠. 한잠 자고 나면 괜찮아질 겁니다."

"네에. 술 다 깨면 갈 거니까 걱정 마십쇼."

우정훈이 한마디 거들었다.

"아, 네에."

셋은 남아 있던 캔맥주 하나를 더 마시고는 끝을 냈다. 그러는 내내 이런 이야기 저런 이야기를 들었다.

그간 있었던 거래에 관한 이야기이다. 그런데 웬만한 무용

담 못지않게 재미있어 시간 가는 줄 몰랐다.

일행은 역에서 내려 곧장 하맘(Hamam)으로 향했다. 하맘은 이슬람식 전통 증기식 목욕탕이다. 현수 역시 동행했다.

남의 나라 문화를 즐겨보기 위함이다.

그곳에서 서너 시간을 머물렀다. 그리곤 인근 식당에 들러 뱃속을 채웠다. 취기가 거의 가신 듯하다.

"김 형! 김 형은 곧장 공항으로 갈 겁니까?"

어느새 친해진 강전호의 물음에 현수는 고개를 저었다.

"가능하다면 나도 같이 가서 세바스티앙이란 사람을 볼 수 있겠습니까? 대체 어떻게 생겨먹은 놈인지나 보죠."

하맘 안에서도 세바스티앙에 대한 성토가 이어졌기에 셋은 현수의 반응에 동지애를 느끼는 듯하다.

"물론입니다. 어차피 이제 쫑내는 상황이니 누구랑 같이 가든 무슨 상관이 있겠습니까? 갑시다. 가요."

일행이 CMA 오머런사의 사옥에 당도한 것은 오후 6시 무렵이다. 가는 동안 통화하여 접견 신청을 했다.

웬일인지 순순히 OK를 했다. 혹시 서연과의 극적인 하룻밤이 성사될까 싶어 오라고 한 것이다.

로비를 지나 엘리베이터를 타고 최상층에 올랐다. 파리 시가지 전경이 한눈에 보이는 전망 좋은 건물이다.

똑, 똑, 똑!

"네에, 들어오세요."

비서 아가씨의 말이 끝나기 무섭게 우르르 들어섰다. 한꺼번에 네 명이나 올 줄은 몰랐다는 듯 금발 미녀가 눈을 크게 뜬다.

"봉쥬르 마드모아젤!"

"봉쥬르 무슈 강! 무슈 안! 그리고 무슈 박! 그런데 저분은……?"

"김현수라 합니다."

"네에, 무슈 킴! 부회장님께서 기다리고 계십니다."

"마드모아젤 베아트리체, 고마워요!"

강전호가 꼭 꼬시고야 말겠다는 야심을 품게 만들었던 예쁜 여비서가 배시시 웃음 짓는다.

현수가 흘깃 바라보니 미녀는 미녀이다. 물론 러시아에 두고 온 이리냐보다는 조금 덜하지만 나름대로 아름다운 여인이다.

현수는 속으로 웃음이 나왔다.

베아트리체에게 있어 강전호는 동양의 어느 이름도 생소한 회사에 속한 평범한 사람일 뿐이다. 반면 베아트리체 본인은 프랑스 선주사에서도 손꼽히는 CMA 오머런사 부회장의 비서이다.

급여로 비교해도 강전호는 베아트리체를 결코 능가할 수 없다. 강전호가 1년에 버는 걸 베아트리체는 불과 두 달이면 번다.

다시 말해 연봉이 무려 여섯 배나 된다.

학벌로 따져도 강전호는 베아트리체를 이길 수 없다.

프랑스에는 HEC라는 공립 경영대학원이 있다.

1881년에 개교하여 전문적인 상업 종사자들을 양성하기 위한 목적으로 파리상업회의소에 의하여 설립된 상업학교이다.

HEC(Hautes Etudes Commerciales)는 영국의 권위있는 경제 일간지가 매긴 대학 순위 평가 결과 2012년을 기준으로 했을 때 지난 6년간 단 한 번도 1위 자리를 내놓지 않은 명문 중의 명문이다.

베아트리체는 이 대학에서 제공하는 5년 과정의 그랑제꼴(Grands Ecoles) 프로그램을 이수한 재원이다.

그렇기에 CMA 오머런의 실세를 보좌하는 비서가 될 수 있었다.

한국의 자그마한 회사에서 손님이 왔을 때 차를 대접하는 그런 비서와는 전혀 다른 개념의 비서이다. 회사가 나아갈 방향을 제시하고, 비전을 만들어가는 기획실 직원과 유사하다.

아무튼 강전호는 베아트리체에게 자그마한 상자 하나를 건넸다.

"마드모아젤! 어제는 브르타뉴 공작성엘 다녀왔습니다. 근처를 지나다 당신에게 어울릴 만한 반지가 있어서 산 겁니다."

"어머, 정말요?"

베아트리체는 그간 여러 번 작은 선물들을 받았는지라 환한 웃음을 지으며 상자를 열었다.

"어머, 어머! 이건……. 너무 마음에 들어요. 고마워요. 무슈 강!"

작은 상자 속에 담긴 것은 이곳에 오기 전 백화점에서 구입한 것이다. 가격도 그리 비싼 것이 아니다.

평범한 자수정이 박힌 반지이다. 그럼에도 몹시 마음에 들어하는 까닭은 현수가 마법을 인챈트시켰기 때문이다.

어펜시브 참보다는 저써클 마법이지만 상대로 하여금 호감을 느끼게 하는 참(Charm) 마법이다.

현수가 이 마법을 선택한 이유는 CMA 오머런사 내부에 강전호를 도와줄 우군을 만들어주기 위함이다.

어쨌거나 일행은 베아트리체와의 짧은 만남을 끝으로 부회장실에 들어설 수 있었다.

"오오! 어서 오시오."

본사에 전화를 걸어 강전호와 우정훈, 그리고 박창민 때문에 이번 거래를 없었던 것으로 하자는 말을 했던 사람치고는 환대이다. 모르긴 몰라도 서연과의 하룻밤이 예정된 것이라 생각해서일 것이다.

부인도 있고, 베아트리체 같은 미녀가 주변에 있음에도 세바스티앙이 이러는 이유는 동양에 대한 환상을 갖고 있기 때문이다.

어쨌거나 좌석에 앉자 처음 보는 현수에게 시선을 준다.

서울에서 일을 성사시키고 온 장본인인 것으로 여긴 것이다.

"아! 여긴 김현수 씨라고 합니다. 저희 회사 어시스턴트입니다."

"아! 어시스턴트……! 만나서 반갑소. 세바스티앙 오머런이라 하오."

"네, 김현수라 합니다."

만면에 웃음을 머금은 세바스티앙은 어서 본론을 털어놓으라는 표정을 지었다. 서연과의 일이 성사되면 한 시간쯤 뒤에 오기로 한 오시마조선소 직원들은 만나지 않을 생각이다.

강전호가 자신의 요구를 거절한 직후 세바스티앙은 AKB48에 대한 자료를 검색해 보았다.

오시마조선소 직원이 말한 마츠바라 나츠미와 미야자키 미호 등의 사진을 보았다. 그런데 전혀 흥미가 돋지 않았다.

섹시하지도 않고, 신비해 보이지도 않는다.

반면 꿈에도 그리는 서연은 섹시할 뿐만 아니라 사진을 보는 것만으로도 몽롱한 기분이 든다.

집에서 같이 늙어가는 아내와는 전혀 다르다. 그렇기에 강전호가 전화를 걸었을 때 금방 OK를 해준 것이다.

어쨌거나 세바스티앙은 현수의 입만 바라본다. 서연을 언제 어떻게 데려올 것인지에 모든 관심이 쏠린 것이다.

같은 순간, 현수는 자신만 바라보는 세바스티앙을 속으로 비웃고 있었다.

'매부리코에 대머리 주제에 누굴 노려? 나이도 많은 자식이……! 하여간 늙은 말이 콩을 좋아한다는 옛말이 틀리지 않군.'

속으론 쯧쯧하며 혀를 찼지만 현수의 표정은 바뀌지 않았다.

'어쨌든 나하고 시선을 맞춰주니 고맙군. 마나여, 이 사람으로 하여금 지극한 호감을 느끼게 하라. 어펜시브 참!'

눈에 보이지 않는 마나의 파동이 현수의 손끝을 떠나 세바스티앙에게 향했다.

잠시 후, 세바스티앙의 눈빛이 달라진다.

조금 전까지만 해도 장난감 어서 내놓으라는 표정을 짓고 있었다. 그런데 마법이 구현되자 한결 부드러워진다.

그리곤 점점 더 우호적인 눈빛이 되어갔다.

"세바스티앙 부회장님! 여기 있는 강전호 씨와 우정훈 씨, 그리고 박창민 씨는 이번 거래 때문에 회사를 그만둘 상황이 되었습니다."

"아! 그래요?"

현수에겐 호감이 있지만 강전호 등에겐 그렇지 않기에 대수롭지 않다는 표정을 짓는다.

"이 친구들이 그렇게 되는 걸 원하지 않으시죠? 난 그런데."

"네? 아, 네에."

세바스티앙이 마뜩치 않다는 표정으로 대꾸한다.

"그래서 말인데 그냥 이 친구들과 계약을 진행하는 건 어떨까요?"

"그게 김현수 씨가 원하는 겁니까?"

"네! 그간 많은 공을 들였다고 하더군요. 안 그렇습니까?"

"그건 그렇습니다. 제게 많은 걸 제공했지요."

"그러니 그냥 계약을 진행을 합시다. 그렇게 해주실 거죠?"

"……! 네, 김현수 씨가 그러라 하니 그렇게 하겠습니다."

"한국 속담에 쇠뿔도 단김에 빼라는 말이 있습니다. 말 나온 김에 지금 하는 건 어떨까요?"

세바스티앙은 지체없이 고개를 끄덕였다. 더없이 마음에 드는 현수가 원하기에 거의 반사적인 움직임이다.

한편 곁에서 현수와 세바스티앙을 보고 있던 강전호와 우정훈, 그리고 박창민은 멍한 표정이 되어 있었다.

낯을 가리는 것은 물론이고, 까탈스럽기로 유명한 세바스티앙이 마치 길들인 양처럼 너무 고분고분했기 때문이다.

'헐……! 이 사람 뭐여? 마법사라도 되는 거야?'

강전호의 뇌리를 스친 상념이다. 같은 순간 우정훈도 비슷한 생각을 했다.

'말도 안 돼! 천하의 세바스티앙이……! 깐깐하기로 이름난 이 자식이 어떻게 김현수 씨 말 한마디에…….'

'세상에, 맙소사……! 이게 대체 무슨 상황인 거야? 잔뜩 긴장하고 왔는데 현수 씨 말 몇 마디에……. 끄으응!'

박창민 역시 놀라고 있었다.

어쨌거나 강전호는 현수가 마법사라는 것을 처음으로 알아차린 사람이 되었다.

"전호 씨! 뭐해요? 계약서 어서 꺼내야죠."

"아! 무, 물론입니다."

화들짝 놀란 강전호가 가방에서 꺼낸 것은 이미 여러 번 숙의를 하여 문장은 물론이고, 자구까지 일일이 손을 본 계약서이다.

이 계약서는 CMA 오머런사의 이사회에서도 이미 승인이 떨어진 것이다. 다시 말해 세바스티앙은 다 된 밥에 코를 빠뜨렸던 것이다.

강전호는 기회는 이때다 싶어 얼른 세바스티앙에게 사인할 부분을 펼쳐서 보여주었다.

"계약서 작성이 끝나면 파티라도 해야지요?"

"하하, 물론입니다."

호탕한 웃음을 터뜨린 세바스티앙이 만년필을 꺼낸다.

몽블랑이다. '솔리테어 순은 발리 다이아몬드' 라는 이름을 가진 이 만년필을 구입하면 고급 케이스는 물론이고 보증서까지 따라온다.

이것 한 자루의 가격은 무려 222만 원이나 된다. 학창시절 많이 썼던 모나미 153볼펜 14,800자루 값이다.

세바스티앙의 잔뜩 겉멋 든 사인이 끝나자 강전호는 조심스럽게 계약서 한 부를 건넸다.

만만치 않은 두께의 계약서를 받은 세바스티앙은 '나 잘했지?' 라는 표정을 지으며 현수를 바라보았다.

당연히 흐뭇하다는 미소를 지으며 고개를 끄덕여 주었다.

세바스티앙이 인터컴으로 계약했음을 알리자 베아트리체를 비롯한 비서실 직원들이 와인을 들고 들어왔다.

CMA 오머런사에서도 그간 상당한 심력을 소모해 가며 이번 계약에 매달렸었다. 엄청난 액수가 오가는 거래이기 때문이다.

한국과의 거래는 없었던 일이 되었으며 일본의 조선소와 계약을 진행하겠다는 말을 들었을 때엔 죽었구나 하는 표정을 지었다.

또 수없이 많은 서류와의 전쟁을 해야 하기 때문이다.

그런데 다행히도 태백그룹과 계약을 마쳤다 하니 환호성을 지르고 파티를 하러 들어온 것이다.

CHAPTER 12
내 이름은 덤블도어

“자자! 지금까지 계약을 위해 애써준 여러분들을 위해 건배하고 싶습니다. 그리고 순조롭게 선박이 건조되기를 바라면서 한잔합시다.”

“저희는 세바스티앙 부회장님의 결단에 감사드리는 뜻에서 한잔하겠습니다.”

강전호가 한마디 거들자 기다렸다는 듯 베아트리체가 빈 잔에 와인들을 채워주었다.

“아! 김현수 씨도 한마디 하시지요.”

“제가요? 아이고, 아닙니다. 그간 애써 오신 분들도 많은데.”

“아닙니다. 한 말씀해 주십시오. 김현수 씨 덕에 아주 쉽게 일이 마무리 지어졌습니다. 안 그렇습니까?”

"끄응……!"

할 수 없이 자리에서 일어난 현수는 상기된 표정을 짓고 있는 강전호와 우정훈, 그리고 박창민을 보곤 환한 웃음을 지어 주었다.

"CMA 오머런과 태백그룹의 무한한 발전을 위해 건배하겠습니다. 수고 많이 하셨습니다."

"건배―!"

탱탱, 팅팅, 챙챙!

강전호 등은 서로의 잔을 가볍게 부딪치고는 일제히 잔을 비웠다. 반면 세바스티앙과 베아트리체 등 프랑스인들은 향을 즐기고, 입안에 머금어 맛을 본 뒤에야 그것을 목으로 넘겼다.

과연 와인의 본고장 사람들답다.

그러거나 말거나 절망의 나락에서 기적적으로 생환한 강전호와 우정훈, 그리고 박창민은 연신 잔을 비우며 시선을 교환했다.

이제 대기발령 또는 해고와는 아듀(Adieu)[4]이다.

그리고 오늘 아침까지 전혀 고려되지 않던 특별 보너스를 받게 될지도 모른다. 본사에선 이번 계약이 완전히 깨진 것으로 여기고 있을 것이기 때문이다. 어쩌면 현수가 받았던 특별휴가와 진급이라는 상이 별도로 있을 수도 있다.

그렇기에 좋아 죽겠다는 표정을 짓고 있다.

현수는 환한 웃음을 짓고 있는 트리오를 보면서 흐뭇한 표

4) 아듀(Adieu):안녕, 작별이라는 뜻을 가진 프랑스어.

정을 지었다.

어차피 했어야 할 계약이기에 양심의 가책 따위는 전혀 느끼지 않는다. 일본의 조선소에 빼앗길 뻔했던 계약이기에 오히려 뿌듯하다.

국가 발전을 위해 일익을 담당했다는 생각도 들었다.

한편, 세바스티앙의 시선은 계속해서 현수에게 머물고 있었다. 뭔가 더 주고 싶은데 어떤 게 좋을까 하는 표정이다.

흘깃 바라보니 베아트리체가 강전호와 담소를 나누고 있다.

계약을 하여 거래 상대가 되었으니 점점 더 많은 시간을 함께 보내게 될 것이다. 어쩌면 국제적인 가연이 맺어질지도 모른다.

"나중에 내게 양복 한 벌은 해주겠지?"

현수 홀로 나직이 중얼거리며 즐거워했다.

"김현수 씨 덕입니다. 정말 감사합니다."

"에이, 감사는요. 제가 뭐 한 거 있어야죠."

"아닙니다. 저 싸가지없는, 아니, 이젠 그렇게 욕하면 안 되죠? 아무튼 세바스티앙 부회장을 만나서 무슨 이야기부터 해야 하나 싶었습니다. 그런데 현수 씨가 나서서 말을 한 거잖아요."

"맞아! 근데 정말 대단해요. 돌이켜 생각해 보면 별로 한 말도 없어요. 근데 어떻게 세바스티앙이 그처럼 순순히 사인을 한 거죠?"

"현수 씨, 설마 마법사인 것은 아니죠?"

강전호의 말에 현수가 순간적으로 움찔거렸다. 느닷없이 정곡을 찔린 기분이었기 때문이다.

"왜 그렇게 놀래요? 설마 진짜 마법사인 거예요?"

강전호는 얼굴 가득 농담이라는 표정이다.

"에구, 감추려고 했는데. 눈치챈 거예요? 맞아요. 저 마법삽니다. 제 이름은 알버스 퍼시발 울프릭 브라이언 덤블도어(Albus Percival Wulfric Brian Dumbledore)랍니다."

"엥……? 덤블도어? 아! 해리포터에 등장하는 그 교장이군요."

"하하! 맞습니다."

현수가 웃음 짓자 강전호가 한마디 한다.

"근데 덤블도어 교장은 세베루스의 저주 때문에 죽었잖아요."

"맞아! 스네이프한테 죽었지요."

우정훈이 끼어들자 현수가 고개를 끄덕였다.

"네에, 두 분 모두 맞습니다. 하지만 전 마법사죠. 죽자마자 이 모습으로 부활했답니다. 리절렉션이란 마법 아시죠?"

"뭐야, 해리포터 시리즈를 안 읽은 사람은 끼어들 수도 없는 대화를 하는 중이야?"

박창민의 한마디에 강전호와 현수 모두 웃음 지었다.

"아무튼 제가 부활한 건 볼드모트에겐 비밀입니다. 그리고 해리포터에게도 말하지 마십시오. 그 녀석 찾아오면 귀찮거든요."

"하하! 하하하! 네에, 걱정 마십시오. 한국인으로 환생했다고 절대 말 안 하겠습니다. 하하하!"

강전호가 너털웃음을 터뜨리며 즐거워했다.

현수는 셋과 기분 좋게 한 잔을 했다. 고국을 떠나 먼 곳에서 국익을 위해 애쓰는 모습에서 신선한 자극을 받았다.

태백조선소를 위해 일하는 것이지만 크게 보면 국익이 맞다.

현수는 이제 들어가게 될 콩고민주공화국에서 어떤 일을 해야 하는가를 심각하게 고민을 해봐야겠다는 생각을 했다.

다음 날 아침, 킨샤사로 향하는 비행기에 몸을 실었다.

"미스터 킴! 나빠. 그동안 전화도 잘 안 하고……. 마투바는 보고 싶었는데 미스터 킴은 여자친구 만나느라 내 생각 안 했지?"

"안 하긴? 마투바가 잘 있을까 여러 번 생각했어. 그런데 여긴 전화가 잘 안 되잖아."

현수의 말에 마투바가 기다렸다는 듯 대꾸한다.

"뻥 치시네."

"으응……?"

완벽한 한국어였기에 놀란 표정을 지었다.

"천지건설 직원들이 작업해서 적어도 여기 전화는 잘 되거든. 입에 침이나 바르고 거짓말 해."

그러고 보니 마투바의 한국어는 눈부시게 발전되어 있었다.

"참, 이건 선물!"

현수가 가방에서 무언가를 꺼내자 마투바의 팔짱이 풀어진다. 선물에 관심이 있다는 뜻이다.

피식 실소를 지은 현수는 몇몇 물품을 주었다. 화려한 꽃무늬가 들어간 원피스들이다.

또한 마투바의 동생들을 위한 옷과 신발들도 있었다.

먹는 것은 천지건설에서 모두 제공해 준다. 그렇기에 선물로 옷과 신발을 사온 것이다.

한바탕 패션쇼가 벌어지려 하자 현수는 밖으로 나갔다.

멀지 않은 곳에 긴 줄이 형성되어 있다. 천지약품에 약을 사러 온 사람들의 줄이다.

'무슨 약을 줄서서 사가지?'

그간 영업을 했으니 여전히 이런 상황일 것이라곤 상상치 못했다.

그런데 마치 처음 약을 접한 사람들처럼 긴 줄을 서 있기에 놀란 것이다. 눈대중으로 보니 최소 500m는 되는 줄이다.

그것도 구불구불한 상태이니 쭉 펴면 아무리 안 되도 800m는 넘는 줄이다.

뙤약볕 아래에서 지친 표정으로 줄서 있는 콩고민주공화국 국민들을 본 현수는 이맛살을 찌푸렸다.

똑같은 사람인데 한쪽에선 음식이 남아 음식물 쓰레기가 산더미처럼 쌓이고, 다른 한쪽에선 굶어 죽는 이가 있다.

나누기만 하면 모두가 행복할 수 있는데 욕심만 부려 그렇게 되는 것이다. 현수가 상념에 잠겼을 때 누군가 어깨를 친다.

"김 과장! 이 사람……!"

"아! 지사장님!"

"아이구, 이 사람아. 정말 오랜만일세."

불과 두 달쯤 되었는데 얼마나 바삐 살았는지 이춘만 지사장이 너무나 반가워한다.

"그동안 안녕하셨지요?"

"그럼, 아주 펄펄 날면서 살았지. 자넨? 자네도 괜찮은 거지?"

"물론입니다. 휴가를 아주 징글징글하게 즐겼지요."

"하하! 그래. 아무튼 돌아와서 반갑네."

"온 김에 맥주 파티라도 해야죠."

"그걸 말이라고 하는가? 당연하지. 자, 가세! 오늘, 코가 삐뚤어지도록 한잔하세."

이 지사장이 어깨동무를 하며 끌어당기려는 순간 마투바가 한마디 한다.

"너희 둘, 마투바 빼고 가면 나쁜 거다."

"마투바! 내가 가르쳐 줬잖아. 존댓말을 쓰라고……!"

"마투바는 존댓말 어려워서 안 배운다. 아무튼 나도 파티에 낀다. 니들 둘만 술 마시면 내일부턴 국물도 없다. 알지?"

"끄응! 내가 괜히 한국말은 가르쳐 줘가지고."

이춘만 지사장이 혼내줄 수도 없다는 표정을 짓는다. 입안의 혀처럼 일을 잘하기 때문일 것이다.

"덕분에 의사소통이 더 잘 되잖아요. 그치, 마투바?"

"그렇다. 역시 미스터 킴이다. 근데 나 술 고프다. 어서 가자. 오늘 다 같이 한잔 빨자!"

"어휴! 이건 뭐……."

이 지사장이 고개를 설레설레 흔든다. 더 말해봐야 자신만 손해라는 것을 자인하는 셈이다.

"근데 지사장님! 저 사람들 왜 저렇게 긴 줄을 섭니까? 아직도 약이 부족해서 저런 겁니까?"

지사장은 뒷주머니의 손수건을 꺼내 이마에 흐른 땀을 닦아냈다.

"요즘 콩고민주공화국에 가뭄이 들어서 그래."

"가뭄이요?"

"그래! 비가 안 와도 너무 안 와서 탈이야."

물이 부족하다 보니 식물들이 견뎌내질 못한다.

이곳에서는 카사바[5], 옥수수, 쌀, 사탕수수 등을 재배한다. 그마나 물이 부족하여 전국토의 3%만이 농지이다.

수리시설이 없어 농업용수를 조달할 수 없기 때문이다.

그리고 일손은 넘쳐 나지만 제대로 된 농기계조차 없다.

여기에 가뭄까지 들어 그야말로 최악의 상황이나 다름없다고 한다.

그 결과 사람 역시 좋지 못하다.

먹을 게 부족하니 영양실조가 된다. 이는 면역력 저하를 야기시켰다. 그래서 여러 종류의 전염병이 창궐한 상태이다.

---

5) 카사바:마니오크라고도 한다. 고구마처럼 굵어지는 덩이뿌리를 식용으로 사용한다. 맛이 쓴 것과 쓰지 않은 것 두 종류가 있다. 쓴 계통의 덩이뿌리에는 시안산이라는 독성이 있다. 이 독성은 열을 가하면 없어지므로 원주민은 덩이뿌리를 감자처럼 쪄서 먹는다. 덩이뿌리에서 채취하는 녹말은 타피오카(Tapioca)라고 하며 중요한 녹말 자원이다.

콜레라, 페스트 등이 들불처럼 번지는 상황이라고 한다.

그렇기에 전과 다른 종류의 의약품을 구매하려 긴 줄을 선 것이다.

이야기를 들은 현수는 가장 시급한 것이 물이라는 것을 인식했다.

곡괭이로 땅을 팠을 때 솟아난 약간의 흙탕물을 식수로 사용하여 병에 걸린 사람들이 많다는 이야기를 들은 것이다.

천지건설 역시 사태의 심각성을 인식하고 관정 시추 기구들을 서둘러 도입하는 중이라 하였다.

"일단 깨끗한 물이 많이 필요한 거군요."

"그렇네. 하지만 이곳의 기술로는 어렵지."

"그렇군요."

현수는 천천히 고개를 끄덕였다.

다음 날, 현수는 내무장관인 가에탄 카구지를 방문했다.

"아니, 이게 누군가! 반갑네. 오서 오시게."

"네, 장관님! 그간 별일 없으셨지요?"

"하하! 물론이네. 듣자하니 두 계급 승진했다고……? 축하하네."

"네에, 모두 장관님 덕분입니다. 감사드립니다."

현수가 새삼 고개 숙여 사의를 표하자 장관의 입가에 흐뭇하다는 미소가 어린다.

도움을 받고도 그것 잊는 사람들이 많은 세상이다. 그런데 한국에서 온 이 청년은 고마워할 줄 안다.

"조만간 공사가 시작될 것이라 들었네."

"네, 그렇게 될 겁니다. 원하시는 품질 이상의 결과물을 얻게 되실 겁니다. 그리고 이건 약소하지만 제 선물입니다."

"선물……?"

현수가 건넨 선물을 받은 장관은 고개를 갸웃거렸다. 조금 무겁다 느낀 때문이다.

"으응? 뭐가 이렇게 무겁나?"

아무리 적게 잡아도 최소 10㎏은 되는 듯하다.

"회사에서 상금을 좀 받았습니다. 장관님과 기쁨을 함께 나누고자 고심 끝에 준비한 겁니다."

장관이 포장을 풀자 목함 하나가 나타난다. 뚜껑을 여니 은수저 세트들이 들어 있다.

금보다 싸기는 하지만 은 역시 귀금속이다.

은으로 만든 수저 한 벌당 무게는 112.5g이다. 그리고 이것의 구입 가격은 27만 원씩이다.

"여기 있는 것은 장관님 가족을 위해 쓰시라고 골라놓은 겁니다."

"호오, 그래요?"

장관은 케이스 하나하나를 열며 내용물을 감상했다.

장수를 뜻하는 거북, 학, 구름 문양들이 매우 아름답다. 뿐만 아니라 연화문, 운학문 등도 보인다.

어른용과 청소년용, 그리고 소아용으로 구비되어 있다.

"은으로 만든 수저는 독성분과 만나게 되면 검게 변합니다. 한국에선 고대로부터 음식에 독이 들었는지 이것으로 검사했습니다."

"아! 그래요?"

가에탄 카구지는 듣던 중 반가운 소리라는 듯 고개를 번쩍 든다. 정적도 많고, 반군들도 있어 독살의 위험을 느끼고 있었던 때문이다.

"마음에 드십니까?"

"하하, 물론입니다. 정말 좋아 보입니다. 정교한 문양도 예쁘구요."

진심으로 감탄해하는 기색이다. 하긴 딱 알맞은 선물이다.

"아랫사람들에게도 많이 베푸셔야 하지 않겠습니까?"

"아랫사람들……?"

"네, 내무부 산하 국장이나 과장들은 장관님의 손발이나 다름없는 사람들이지 않습니까?"

"그야 그렇지."

"그래서 밖에 조금 더 준비해 놓았습니다."

"그래요? 얼마나……?"

생각보다 부하들이 많다는 생각에 물은 것이다.

"장관님께 드린 것 이외에 1,000세트를 가져왔습니다."

"헐……! 보너스를 얼마나 받았기에……."

가에탄 카구지는 국정을 이끄는 사람이다. 그렇기에 직장인이 받을 수 있는 보너스의 규모를 대강 짐작한다.

하여 너무 큰 선물이라는 뜻을 표한 것이다.

"솔직히 제가 받은 보너스의 60%를 들여서 산 겁니다. 앞으로도 많은 도움을 받아야 할 것 같아서 조금 무리했습니다."

"흐으음……!"

"제 성의이니 받아주십시오."

"고맙네. 직원들도 좋아할 것이네."

돈이라면 이미 넘치도록 쟁여놓은 가에탄 카구지이다. 국가 개발이라는 중차대한 일을 하다 보니 콩고물이 많이 떨어진 결과이다.

남들은 모르지만 비밀이 보장되는 외국 은행에 상당한 액수를 예치해 두고 있다. 그렇기에 은수저 1,000벌은 아무것도 아니다.

그럼에도 진심으로 고맙다는 표정을 짓는다.

상대의 마음이 읽혔기 때문이다. 물론 이전에 구현시킨 어펜시브 참이라는 마법 때문이기도 하다.

"그래, 커피 농장과 축산 농장의 진척 상황은 어떤가?"

"먼저 정글 개간부터 해야지요. 그를 위해 현재 한국에서 기술자들을 뽑고 있고, 장비를 이쪽으로 보내려는 중입니다."

"대통령께서도 관심을 가진 일이네. 물론 나도 그렇고. 뭐든 불편하거나 필요한 일이 있으면 말하게. 적극적으로 돕겠네."

"네, 감사합니다. 그렇게 하겠습니다."

도움을 물리칠 필요가 없다. 게다가 최고 권력자들의 도움이다. 웬만한 공권력으로는 이제 현수를 건드릴 수 없게 된 것이다.

"천지약품도 장사가 잘 된다고 들었네."

"네, 그것 역시 장관님의 도움 덕분이었습니다."

"내가 뭘……! 아무튼 도움이 되었다니 나도 기쁘네."

"네에, 그건 그렇고 오늘은 다른 일을 상의하고 싶습니다."

"뭔가?"

가에탄 카구지는 현수를 도울 일이 또 생겼나 싶어 눈빛을 반짝인다. 때로는 잔혹한 명령을 내려야 하는 정치인의 그것은 아니다.

오히려 뭔가 신기한 장난감을 받아든 어린 아이처럼 천진난만한 눈빛이다.

"어제 와서 보니 가뭄 때문에 피해가 상당한 모양입니다."

"흐음! 그렇네. 심각하지. 이번엔 건기가 너무 길었어."

"네에, 그래서 알아보니 콩고민주공화국은 전국토의 3% 정도만이 농지라고 하더군요."

"아, 네. 마땅한 수리시설이 없어 농업용수 공급이 어렵기 때문이지."

장관의 말에는 어폐가 있다.

콩고민주공화국은 만년설과 결빙된 물을 제외한 세계 담수의 33.2%를 가진 나라이기 때문이다.

다시 말해 널린 게 물인데 이걸 끌어다 쓸 능력이 되지 않아 헛되이 바다로 흘러들게 하고 있다는 말이다.

현수는 아직 이러한 사실을 모르기에 생각한 바를 말했다.

"그래서 말인데 농지로 쓸 땅을 불하받고 싶습니다."

"농지를……? 이제 농사도 지으려는가?"

가에탄 카구지는 관심이 있다는 듯한 표정이다. 하긴 내무장관으로서 부족한 식량을 만들어 내겠다는데 어찌 싫겠는가!

"네, 제 힘이 닿는 한 한번 해보고 싶습니다."

"……! 좋네, 규모는 얼마나 원하는가?"

잠시 상념에 잠겼던 장관의 물음이다.

"주실 수 있는 만큼 주십시오. 다만 기존의 농지 인근이 아니라 현재 농사를 짓지 않는 곳으로 주십시오."

현재 농사를 짓지 못하는 곳은 정글 속이거나 물이 없는 곳이다. 그렇기에 의아하다는 표정을 짓는다.

"혹시 한국엔 농업용수가 없음에도 농사를 지을 수 있는 기술이라고 있는 건가?

"그건 아닙니다. 저는 쓸모없다 판단되어 버려진 땅을 개간하고 싶어서 그런 겁니다."

"조금 더 구체적인 계획을 듣고 싶네."

현수는 허리를 펴고 눈빛을 빛내며 자신의 생각을 피력했다.

현재 농사를 짓지 않는 땅을 구획하여 주면 그곳을 개간하여 농작물을 재배하겠다는 생각이다.

주위에 강이 흐른다면 관계시설을 만들어서라도 농업용수를 공급하겠다고 했다. 물론 엄청난 설비 투자가 있어야 하는 일이다.

어쩌면 투자 대비 회수 비율이 상당히 낮을 수도 있다.

가에탄 카구지는 이 대목에서 감동받았다.

자기 나라도 아니고, 자기 소유의 땅도 아닌 곳을 위하여 돈과 노력, 그리고 시간과 정성을 투자하려 한다 생각한 것이다.

하지만 이것은 장관의 생각일 뿐이다.

현수의 복안은 다음과 같다.

먼저, 콩고민주공화국으로부터 토지를 불하받는다. 그 기간은 대략 100년 이상을 예상한다.

다음엔, 불하받은 땅의 정글을 개간하면서 막대한 양의 목재를 취한다. 이것은 각종 건축물의 재료가 될 것이다.

그리곤 농지 조성 직전 개간된 토지의 곳곳을 돌아다니며 수맥을 찾아낸다.

아르센 대륙에서 만났던 엘프 레이찰 토들레아가 말하길 모든 땅속엔 물이 있다. 사람들이 찾아내지 못할 뿐이라고 했다.

반면 엘프들은 땅속 어디에 물이 있는지 안다. 그렇기에 마음만 먹으면 사막도 비옥한 숲으로 조성시킬 수 있다고 하였다.

그때 사용되는 것이 바로 이그드라실의 잎이다. 헤어지면서 현수에게 주었던 그것은 현재 아공간에 곱게 모셔져 있다.

그동안 레이찰 토들레아의 말이 사실인지 여부를 확인할 시간적 여유가 없었다.

그런데 어젯밤, 현수는 이춘만 지사장, 그리고 마투바와의 맥주 파티 이후 이그드라실의 잎을 꺼내 주변을 탐색해 보았다.

그 결과 레이찰의 말이 사실이라는 것을 확인할 수 있었다.

이그드라실의 잎은 다소 두툼하고 빳빳한데 수맥이 있는 곳으로 가면 잎사귀가 아래로 구부러졌던 것이다.

그렇기에 오늘, 장관을 만나러 왔던 것이다.

아무튼 물을 찾아내면 농사짓는 것은 그리 어렵지 않다. 풍부한 노동력과 성능 좋은 농기계가 있기 때문이다.

어쨌거나 농지 조성이 끝나고 농작물을 수확하게 되면 그중 절반 정도는 콩고민주공화국 정부에 판매할 계획이다.

가난한 나라이니 생산에 들어간 가격만 받겠다고 했다. 나머지는 한국으로 가져가거나 곡물을 필요로 하는 나라에 판매한다.

모든 계획을 들은 가에탄 카구지가 정색하며 입을 연다.

"미스터 킴! 그렇게 해서는 안 되지. 정부가 매입할 때엔 생산원가 대비 15%의 마진을 보장해 주겠네."

"……!"

이번에도 가에탄 카구지는 현수에게 호감 어린 배려를 한다. 하여 뭐라 대답하려는데 장관이 먼저 입을 연다.

"아니, 20%가 적당하네. 자네도 남는 것이 있어야 하지 않겠는가!"

"장관님!"

이번에도 현수는 말문을 열지 못했다.

"자네가 하려는 일은 콩고민주공화국의 국익과 직결되어 있네. 우린 1976년을 결코 잊지 않고 있지."

장관이 언급한 1976년에 콩고민주공화국의 국가명은 '자이르' 였다.

이때 국가 경제 상황이 너무 좋지 않아 수입했던 곡물 대금을 제 날짜에 지급하지 못하는 일이 벌어졌다.

그러자 콘티넨탈은 밀 공급을 즉각 중단해 버렸다. 그 결과 심각한 식량난을 겪었고 많은 사람들이 굶어죽었다.

국제사회엔 곡물 메이저라는 것이 존재한다.

국제 곡물 시장을 장악하고 있으며 막강한 정치적 힘까지 가진 다국적기업들이다. 이들을 5대 곡물 메이저라 칭한다.

미국의 카길과 콘티넨탈, 프랑스의 루이 드레퓌스, 스위스의 앙드레, 아르헨티나의 붕게가 그들이다.

이들은 전 세계의 곡물 생산지와 수요처에 거미줄 같은 지점망을 설치, 운영하면서 다른 기업과는 전혀 제휴 관계를 맺지 않는 독특한 경영 전략을 고수하고 있다.

콩고민주공화국은 이들 가운데 콘티넨탈에게 호되게 당한 것이다. 가에탄 카구지 역시 1976년 당시엔 주린 배를 움켜쥔 소년이었다.

그때의 기억을 잊지 않고 있기에 한시바삐 식량 자급을 해야 한다는 생각을 품고 있다.

하지만 나라 사정과 제반 여건이 마련되지 않아 꿈도 꾸지 못했다. 그런데 현수가 나서서 농사를 지어보겠다고 한 것이다.

"우리나라는 넓은 영토가 있지만 제대로 개발된 곳은 거의 없네. 자네가 원하는 지역을 개간할 수 있도록 하겠네. 얼마만큼 필요한지를 말해주면 법안을 마련하여 지원하겠네."

가에탄 카구지는 아주 썩어버린 정치인은 아니다.

정권을 잡기 위한 투쟁에서 많은 희생이 발생되었지만 자기 부족만을 위해서가 아니라 나라 전체를 위해서였다.

그렇기에 눈빛을 형형히 빛내고 있다. 현수에게서 콩고민주공화국의 미래를 느낀 모양이다.

"네, 적합한 지역을 찾아 조만간 장관님을 찾아뵙겠습니다."

"그건 좋으네. 문제는 자금이네."

"……!"

"자네는 월급쟁이이고, 천지약품에서 돈이 많이 벌리지만 그것만으론 자네가 말한 것들을 이루기 힘들다는 판단이네."

"맞습니다. 그래서 장관님께 또 다른 도움을 받아야겠습니다."

"말만 하게. 무어든 돕겠네. 하나 정부의 자금 지원은 어렵네."

"돈은 필요없습니다. 제겐 선조대대로 물려받은 금이 조금 있기 때문입니다. 이것의 처분을 부탁드리고 싶습니다."

"황금……? 좋네. 얼마나 되지?"

"우선은 1,000kg 정도를 처분할 생각입니다."

"무어? 황금을 1톤이나……?"

대경실색하는 표정이다. 하긴 국제 금시세로 따졌을 때 황금 1톤은 6,010만 달러 정도 된다. 한화로 672억 5,000만원이다.

이러니 놀랄 수밖에 없다.

"그밖에도 가공된 보석들이 조금 있습니다. 그것의 처분도 부탁드리고 싶습니다."

"황금은 전량 정부에서 매입하는 것으로 하지. 하지만 보석은 질에 따라 달라질 수 있네."

"감사합니다."

"그런데 그것만으로도 부족하지 않은가?"

"송금된 돈이 있어 우선은 쓸 수 있을 겁니다."

"송금된 돈……? 혹시 1억 2,700만 달러의 주인이 자네인 건가?"

얼마 전, 장관은 스위스은행으로부터 콩고민주공화국 국영은행 계좌로 송금된 돈이 있다는 보고를 받았다.

이 사실은 소문이 되어 정가에 번졌다.

금융실명제가 실시되고 있지 않기에 누가 주인인가에 대한 설왕설래가 있었다. 대통령의 비자금이라는 말도 있었고, 가에탄 카구지가 몰래 감춰두었던 것이라는 설도 있었다.

1,421억 3,100여만 원은 결코 작은 돈이 아니기에 언론에 보도되기까지 하였다. 하지만 끝내 실체는 밝혀지지 않았다.

그 소문만 무성하던 돈의 임자가 현수임이 밝혀지자 장관은 놀랍다는 표정을 지었다.

평범한 회사원으로만 알았는데 양파 껍질을 벗기는 것처럼 계속해서 새로운 사실이 드러나고 있었기 때문이다.

어쨌거나 장관의 시선을 받은 현수는 거침없이 고개를 끄덕였다.

"맞습니다. 제 겁니다."

"자네 혹시 천지그룹 회장의 아들인가?"

"아뇨. 그건 아닙니다."

"그런데 어떻게 그런 거금을……?"

"저희 집안에 내려오는 자금입니다. 이곳 콩고민주공화국의 발전을 위해서 쓰려고 마음먹은 거구요."

"……! 고맙네. 정말 고맙네."

가에탄 카구지는 진심을 담아 감사의 뜻을 표했다.

"아무튼 돌아가는 대로 원하는 지역을 알려주게. 나는 대통령과 각료들에게 이야기해 놓겠네."

"네, 근데 조금 넓어도 되죠?"

"하하, 물론이네. 자네 돈 들여 개발할 건데 넓으면 넓을수록 우리가 좋은 거 아닌가?"

"그렇군요. 하지만 이번 건엔 조건이 있습니다."

"조건……?"

의아하다는 표정이다.

"저희가 조성하려는 농지의 사용 기간을 최대한 늘려주십시오. 또한 그곳까지의 도로는 콩고민주공화국에서 개설해 주십시오. 대신 가급적 많은 인원을 고용하겠습니다."

"……!"

고용이 늘면 국민 소득이 늘어난다. 먹고살 만해지면 정부에 대한 불만은 사그라들게 된다.

그렇기에 현수의 제안은 정부로선 반드시 받아들여야 할 조건이다.

어차피 국가를 발전시키기 위해선 대동맥 같은 도로가 필요하기 때문이기도 하다.

“농산물이 수확되면 인근에 가공 공장들도 지을 생각입니다. 쌀의 경우엔 도정 공장도 필요하니까요.”

“말만으로도 고맙네. 자네의 뜻이 실현되도록 최선을 다해 주겠네.”

“네, 감사합니다.”

가에탄 카구지는 내무부 청사의 로비까지 내려와 현수를 배웅해 주었다. 이른 본 내무부 소속 공무원들까지 가세하여 결국엔 200여 명의 배웅을 받게 되었다. 대통령이나 받아볼 환송이다.

“그래, 갔던 일은 잘 되었나?”

“네! 별일 없었습니다. 그런데 지사장님!”

“왜? 뭔 일 있어?”

“저, 여기서 농사도 지으려고 합니다.”

“농사를 지어?”

“네, 벼와 사탕수수 등 재배할 수 있는 작물들은 모두 재배해 볼 생각입니다.”

“모든 작물을?”

이 지사장은 웬 뜬금없는 말이냐는 표정이다.

“네!”

"얼마나 많이 지을 건데?"

"글쎄요. 아직 확정된 건 아니지만 한국에선 300평당 쌀 수확량이 대략 500kg 정도 돼요."

이 지사장은 대꾸 대신 다음 말을 기다렸다. 도시에서만 성장했기에 농사일은 잘 모르기 때문이다.

"만약 5천만 평의 농지가 조성될 수 있다면 한 번에 약 83,000톤가량을 생산하죠. 여긴 기후도 덥고, 일사량도 많으니 3모작까지 가능해요. 그럼 연간 24만 9천 톤까지 생산할 수 있을 겁니다."

"헐……!"

"한국의 1인당 쌀 소비량은 약 71.2kg이에요. 그걸 기준으로 하면 약 350만 명이 일 년 동안 먹고 살 분량이 되네요."

"끄응!"

이 지사장은 어마어마한 인원에 놀라는 표정이다.

"여긴 쌀이 주식이 아니니 옥수수도 심어야죠. 한국인이 나이지리아에 와서 새로 품종을 개량한 GUSAU 81 TZB라는 옥수수가 있어요. 이건 ha당 5.4톤이나 수확을 하죠."

"헥타르면 넓이가 얼마지?"

"10,000㎡죠. 이것도 5천만 평 정도에 심으면 한번에 9만 톤 정도 수확하네요. 이것 역시 1년에 세 번 수확할 수 있으니 27만 톤쯤 생산할 수 있습니다."

"어마어마하군,"

이 지사장은 쌀과 옥수수만으로도 700만 명 이상의 식량이 된다는 생각에 놀랍다는 표정을 지었다.

"게다가 옥수수의 대는 바이오디젤이나 바이오 에탄올을 생산할 수 있는 원료가 될 수 있지요."

"아무튼 그러려면 1억 평이 필요하군."

"네, 약 330㎢의 땅이 필요하죠. 가로 20, 세로 16.5㎞ 정도 되는 땅이면 되네요."

"끄으응!"

이춘만 지사장은 여의도 면적의 40배쯤 되는 땅을 아무렇지도 않게 언급하는 현수를 보고 질린다는 표정을 지었다.

뻥치는 건 분명 아닌 것 같은데 스케일이 너무 크기 때문이다.

"이것 말고도 고구마나 감자 같은 구황작물과 콩과 깨 같은 작물들도 심을 수 있으면 최대한 많이 심어볼 생각입니다."

"내무장관님은 뭐라 하던가?"

"최대한 협조할 것이니 원하는 장소만 찍으랍니다."

CHAPTER 13
내 뜻대로 할 겁니다

"그래서 얼마나 달라고 할 건데?"

"현재로선 2억 평 정도 달라고 할 생각입니다."

"끄으으응!"

이 지사장은 할 말을 잃었다는 표정을 지었다. 그러다 문득 떠오른 생각이 있다.

"근데 그럴 만한 돈은 있나? 여기 인건비가 아무리 싸다 해도 그만한 일을 하려면 어마어마한 돈이 드네."

"여기 오기 전에 일단 2,000억 원쯤 마련했습니다."

"뭐어? 이, 이천억 원?"

"네, 아는 사람들에게 부탁하여 끌어모은 겁니다."

"자네 혹시 회장님의 조카라든지 뭐 그런 건 아닌가?"

재벌가의 자식이라도 언급하기 힘든 돈을 너무도 태연스럽게 말을 하기에 물은 것이다.

"물론 아닙니다."

"그런데 그 많은 돈이 어디에서 났나?"

"이실리프 무역상사가 러시아와 거래를 하는 중입니다."

"러시아와……?"

"네, 정확히는 모스크바에 있는 무역상사와 거래를 하고 있지요. 매월 5천만 달러어치를 수출합니다."

"헐……! 5천만 달러나……!"

이젠 입만 열면 엄청난 숫자가 튀어 나온다. 이춘만 지사장은 슬슬 질린다는 표정을 지었다.

"그렇게 2년간 12억 달러어치를 거래하기로 합의하였습니다."

"끄으응……!"

1조 3,428억이다. 이 지사장은 고개를 절레절레 흔들었다.

"어쨌거나 이제부턴 농사짓기에 합당한 지역을 찾아볼 생각입니다. 아직 기공식도 하지 않았으니 며칠 둘러봐도 되지요?"

"그럼, 여기서의 생활은 자네 마음대로 하게. 앞으론 내게 일일이 허락받지 않아도 돼."

"에이, 그래도 조직인데 그러면 안 되잖아요."

"그래도 돼! 여긴 한국이 아니잖아. 그리고 여기서 자네가 할 일이 뭐가 있어? 공사는 본사에서 오는 기술자들이 알아서

할 거잖아."

"하긴 그러네요. 그럼 며칠 동안 여기저기 좀 둘러보고 오겠습니다. 혹시라도 무슨 일 생기면 제 핸드폰으로……. 아 참! 여긴 그게 잘 안 터지죠? 흐음, 그럼 어쩐다?"

"생길 일도 없네. 그러니 며칠쯤 돌아다녀도 돼. 그리고 위성전화기를 준비해 놓겠네. 어차피 있어야 할 것들이니까."

"네에, 감사합니다."

이 지사장과 헤어진 현수는 콩고민주공화국 지도를 구입했다. 그리곤 경비행기 한 대를 전세 냈다.

킨샤사 공항에서 빌렸는데 1963년에 만들어진 세스나 172기이다. 처음 보았을 땐 과연 저걸 타도 될까 싶을 정도로 낡아 보였다.

하긴 50년이나 쓴 고물 중의 고물이다.

누런 이를 드러내 보이는 기장이 안전하다고는 했지만 전혀 그래 보이지 않았다. 그럼에도 이걸 전세 낸 이유는 추락해도 본인에겐 아무런 상관이 없기 때문이다.

유사시 비행기를 탈출한 뒤 플라이 마법으로 날면 되는 것이다.

기장은 참 말이 많았다. 현수로부터 대략적인 이야기를 듣고 이륙한 직후부터 계속해서 떠들어댄다.

현수가 살펴보고자 하는 곳은 반둔두 지역과 오자이르 지역이다.

반둔두는 정글이 많은 곳이고, 오자이르는 그보다는 약간 덜하다. 도로조차 없는 곳이 태반이라 양쪽 모두 사람들이 거의 없다.

남들의 간섭을 받지 않는 가운데 개발하기에 딱 좋은 곳이다.

이중 오자이르 지역은 현임 대통령 조세프 카빌라에 대해 결코 호의적이지 않은 지역이다. 그렇기에 현 정부에 대항하는 무장그룹들이 장악하다시피 하고 있다.

현수는 두 지역을 놓고 고심한 끝에 오자이르 주 비날리아 인근의 땅을 골라냈다.

붐바와 부타, 그리고 비날리아로 둘러싸인 곳이다.

이곳은 해발고도가 200m 이내이다. 게다가 양쪽에 강이 있어 농업용수 조달에 큰 어려움이 없다.

뿐만이 아니다. 인근에 세 도시가 있어 필요한 생활용품 등을 조달하기에도 용이하다. 결정적인 것은 이곳에서 생산된 곡물들을 운반할 자이르강이 인근에 있다는 것이다.

그리고 정글뿐만 아니라 황무지도 공존하는 곳이다. 개간비용이 덜 든다는 것을 의미한다.

현수는 자신에게 더없이 우호적인 콩고민주공화국 현 정부에 대한 배려 차원에서 이곳에 가산점을 주었다.

인근 지역은 반군이라 할 수 있는 무장단체들이 활개를 치는 곳이다. 따라서 현 정부의 지원도 적다.

그렇기에 이곳 주민들의 생활은 '피폐'라는 단 두 글자로 요약된다.

만일 이곳에 농장이 세워져 인근 주민들을 고용한다면 보다 안정적인 생활이 가능해진다. 그렇기에 이곳을 낙점한 것이다.

이렇게 하기까지 현수는 엄청난 시간을 경비행기 속에서 보내야 했다. 물론 조종사의 끊임없는 수다도 들어야 했다.

"그래, 농장 후보지를 골라냈는가?"

"네, 장관님! 오자이르 주 비날리나 인근을 골랐습니다. 지도를 보시면 이 지역입니다."

현수가 장관실 내부의 대형 지형도의 한 곳을 짚었다.

"흐음, 거긴……! 우리 정부의 힘이 덜 미치는 곳이네. 자칫 위험해질 수도 있어."

"압니다. 그래서 이곳을 고른 겁니다. 이 지역 사람들의 생활 형편이 나아지면 정부에 대한 반감도 줄어들지 않겠습니까?"

"자네……!"

가에탄 카구지는 현수가 어떤 의도로 이곳을 골랐는지를 깨닫고는 잠시 말문을 잇지 못했다. 남의 나라 사람임에도 불구하고 현 정부에 대한 마음 씀씀이가 너무도 고마웠던 때문이다.

"저는 이 지역 전체를 향후 100년 정도 불하받고 싶습니다."

현수가 손으로 그리는 범위를 본 장관이 고개를 끄덕인다.

"만일 반대하는 사람이 있다면 그 사람을 설득해서라도 꼭 그렇게 되도록 해주겠네. 하지만 이 상태만으론 어렵네. 의회의 동의를 얻어야 하니 서류로 계획안을 작성하여 가져오게."

"물론입니다. 작성이 되는 대로 곧바로 가져오겠습니다."

현수가 정중히 고개를 숙이자 장관 역시 가볍게 목례를 한다. 도와주는 입장이지만 미안한 기분이 들어서이다.

엄청난 넓이의 땅을 자비로 개간한다는데 어찌 미안하지 않겠는가!

"갔던 일은 잘 되었는가?"

"그럼요. 제가 하는 일이잖아요."

이춘만 지사장은 도착 즉시 전화기를 집어 드는 현수를 보며 고개를 끄덕였다. 어디에 저런 열정이 숨어 있는지 알 수 없지만, 그 뜻만은 참으로 대단하다는 의미이다.

"아! 이 실장님. 나 김현수예요."

"어머, 사장님! 콩고민주공화국에 도착하신 거예요?"

"그래요. 회사엔 별일 없죠? 네, 특별한 일 없어요. 참, 드모비치 상사로 보낼 물건들 선적이 시작되었어요."

"그래요? 상품에 하자가 없는지 확인 잘 해주세요. 이번에 처음 보내는 거니까 수량도 정확해야 해요."

"네, 걱정 마세요."

"곁에 혹시 민 실장 있어요?"

"네, 잠시만요. 금방 바꿔 드릴게요."

잠시 후 주영이 전화를 받는다.

"주영아! 나, 현수다."

"어! 그래. 잘 도착했어?"

"그럼……! 그쪽 일은 어떻게 됐냐?"

"여기 일……? 어떤 거?"

"직원들 새로 뽑는 일 말이야."

"아! 그거. 계속해서 충원하는 중이다. 근데 네가 없으니까 사람 뽑는 게 여간 조심스럽지 않아 조금 버벅대는 중이다."

주영의 말은 사실이다.

사람 하나 잘못 뽑아놓으면 조직 전체가 뒤흔들릴 수 있다.

특히, 반골 기질이 있는 사람은 뽑아선 안 될 일이다. 그런데 얼굴 보고 말 몇 마디 하는 것으로 어찌 그런 걸 알아낼 수 있겠는가!

민주영이 수십 년간 사람만 뽑아온 인사 담당자라 할지라도 장담할 수 없는 일이다. 하물며 이제 처음 사람을 뽑고 있으니 주영으로선 신경이 곤두서 있는 것이다.

"그렇겠지. 하여간 심성이 올바른 사람 위주로 뽑아, 뒤틀린 감정을 가진 사람들은 배반하기 쉽거든."

무슨 뜻인지 안다는 듯 고개를 끄덕이는 현수이다. 하지만 현수로서도 방법이 없다.

"그래! 특히 그걸 유념해서 뽑는 중이다."

"하여간 최선만 다해라. 조만간 다시 들어갈 테니까."

"그래! 꼭 그래다오."

잘못되면 책임져야 한다는 중압감 때문에 요즘의 주영은 연애 전선에 이상이 발생되어 있다. 다시 말해, 현수가 없는 사이에 은정의 마음을 흔들어야 하는데 그럴 심적인 여유가 없다는 뜻이다.

"아무튼 이쪽으로 와야 할 사람들은 교육 끝나는 대로 바로 보내줘야겠다. 그리고 사람들도 더 뽑아야 하고."

"왜?"

"자세한 내용은 팩스로 보낼 테니까 참고해. 알았지?"

"야! 콩고민주공화국으로 보내려면 비자를 받아야 하잖아. 근데 꼴랑 5박 6일짜리 신입사원 연수만 시켜놓고 어떻게 보내?"

이실리프 상사의 직원이 될 사람들은 주영의 말대로 5박 6일짜리 연수를 받게 된다.

첫날엔 이실리프 상사의 비전에 대한 교육을 받는다. 커피 농장과 축산단지 등에 관한 것들이다.

이것은 민주영이 교육을 담당한다.

둘째 날엔 콩고민주공화국에 입국한 뒤의 행동거지 유의사항에 대한 교육을 받는다. 이건 이은정 실장이 맡았다.

이춘만 지사장에게 부탁하여 그 내용을 팩스로 받아서 실시한다.

셋째 날부터 다섯째 날까지는 사람으로 살아가면서 가져야 할 기본 인성에 대한 교육을 받는다. 이건 외부 기관에 위탁하였다.

머릿속의 지식보다는 인간성을 중시하는 회사이기 때문이다. 그래서 다른 재벌사의 신입사원 연수기간의 1/3 정도밖에 되지 않는다.

"뭐 때문에? 비자 발급 기간 때문에?"

"그래! 주한 콩고민주공화국 대사관에 전화 걸어 물어보니까 최고 급행이 3박 4일이고, 보통은 7~8일 정도 걸린다고 한다. 심하면 보름도 더 걸릴 수도 있고……."

"아! 그건 걱정하지 마라. 여기 장관님께서 특별히 우리 이실리프 상사의 재직증명서가 첨부되면 심사없이 즉시 발급해주는 걸로 이야기 다 되었으니까."

"정말? 여기 노멀로 비자 신청해도 그 비용이 16만 원쯤 들어."

"알아! 앞으론 대행하지 말고 회사에서 서류를 확인해서 일괄 발급 받도록 해."

"그럼 우리야 좋지. 그렇지 않아도 그 비용을 어떻게 하나 했다."

"그래, 어쨌거나 직원들 뽑는 대로 이쪽으로 보내. 여기서 할 일이 너무 많으니까. 특히 정승준 씨하고 김나윤 씨는 꼭 보내."

"그래, 알았어. 그나저나 언제쯤 귀국할 거냐? 너하고 상의할 일이 너무 많아."

"조만간! 어쩌면 며칠 내가 될 수도 있어."

"알았어. 몸조심해라."

"그래! 그나저나 집은 좀 편하냐?"

출국하기 직전 현수는 이실리프 무역상사가 있는 건물 주인과 만났다. 그리고 그 자리에서 그 건물을 사들였다.

건물 이름도 이실리프 빌딩으로 바꾸었다.

지하 2층은 입주자들의 주차장이고, 지하 1층은 이실리프 무역상사의 창고로 사용하도록 했다. 건물을 사자마자 비어 있던 1층 상가에 편의점과 식당이 입주하기로 했다.

2층과 3층의 절반은 이실리프 무역상사의 업무공간이다.

현재 쓰고 있던 사무실은 현수의 사장실과 민주영과 이은정 실장의 공간으로 쓰기로 했다.

4층의 절반엔 이전처럼 이은정 실장의 가족이 살고, 나머지 절반은 민주영이 사용한다.

비어 있던 5층 가운데 절반은 대구에서 올라온 고강철 씨 가족에게 배당되었다. 나머지 절반은 이 실장의 친구인 임소희 씨 가족이 사용한다.

희망 캐피탈은 현재 검찰의 수사를 받는 중이다. 그간 불법으로 고리사채업을 했다는 증거가 있어 법의 처분을 받게 될 것이다.

임동현이 진 빚은 전액 상환한 것으로 정리되어 있으니 문제될 것이 없다.

그동안 정신적 고통을 받으며 살았던 임소희는 졸업과 동시에 이실리프 상사의 직원으로 채용하기로 했다.

어려움을 겪었으니 편히 살라는 배려에서 현수가 결정한 일이다.

전에 살던 집에 가보니 이전의 이은정과 별반 다를 바 없는 허름한 집이다. 그렇기에 5층의 절반을 쓰도록 한 것이다.

그동안 사우디아라비아 현장에서 일을 하던 부모님은 검찰의 연락을 받고 급거 귀국하면서 실직된 상태이다.

이들 역시 이실리프 농장의 주방에서 일하는 것으로 결정되었다.

임소희의 동생인 임동현은 제대 즉시 콩고민주공화국으로 불러들여 혹독한 인생 경험을 하도록 할 계획이다.

어쨌거나 2~3평짜리 원룸에서 살던 주영에게 실면적 35평짜리 주택은 고대광실이다.

그래서 밤새 청소를 하며 행복해했다. 문제는 식사이다.

남자 혼자 해결하는 끼니에는 영양가가 없다. 라면으로 때우거나 식빵 몇 조각에 잼을 발라먹는 것으로 끝내기도 한다.

친구가 건강하길 바라는 현수는 주영의 식사를 은정의 할머니에게 부탁했다. 당연히 모든 비용을 지불한다.

주영은 정성이 깃든 맛깔난 식사를 해서 좋고, 은정의 할머니는 기대하지 않던 부수입이 생겨서 좋다.

물론 이 일의 배경엔 둘이 잘 되었으면 좋겠다는 현수의 바람이 깃들어 있다.

만일 둘이 결혼을 한다면 현수는 기꺼이 집을 선물할 생각이다.

아무튼 민주영은 현수가 출국하기 전날 입주했다.

"집이 너무 넓어서 청소하는데 힘이 든다."

"그래서 싫어? 그럼 원래 집으로 되돌아가도 된다."

"아, 아냐! 그게 아니고……."

주영이 펄쩍 뛰는 모습이 상상된 현수가 입가에 미소를 지었다.

"에구, 농담이다! 그나저나 이 실장 마음은 훔쳤냐?"

"아직……!"

단 한 번도 여자를 사귀어본 적이 없는 주영이기에 말끝을 흐렸다.

"인터넷으로 연애는 어떻게 하는가 하는 걸 검색해 봐라. 주말마다 놀러 가자고 꼬시고. 참, 여름휴가들 가야지?"

"여름휴가……?"

"그래! 직원이라고 현재는 달랑 네 명뿐이니까 다 같이 워크샵 같은 걸 다녀와. 비용은 회사에서 지출하고."

"넷이서?"

"왜? 꽃밭에서 놀 생각을 하니 좋아 죽냐?"

"아니! 나 여자들 등살에 죽을지도 몰라."

주영이 엄살을 부린다.

"에구, 그래 가지고 장가는 가겠냐? 아무튼 둘이 가든 넷이 가든 휴가들 가라. 알았지?"

"오냐!"

"참, 여기서 대단위 벌목 내지는 개간을 해야 할 일이 생겼어. 그러니까 중고 중장비들 물색 좀 해놔라."

"중장비를……?"

"그래, 불도저하고 페이로더도 필요해. 그리고 로그 마스터(Log Master)하고, 타이거 캣(Tiger Cat)은 있는 대로 알아보고."

"로그 마스터? 타이거 캣……? 그게 뭐냐?"

"로그 마스터는 나무를 제재하고 적당한 크기로 다듬어주는 벌목 장비야. 타이거 캣은 벌목된 목재들을 운반하는 중장비고."

"그래?"

"그리고 이름을 모르겠지만 현장에서 목재를 파쇄해 톱밥으로 만드는 기계가 있어. 이 톱밥을 압축해서 목재 펠릿(Pellet)으로 만드는 것도 있고. 이것들도 알아봐라."

"목재 펠릿?"

주영이 처음 듣는 어휘라는 듯 반문하자 현수가 설명했다.

"제재 과정에서 껍질 등 부산물이 나오지? 그걸 톱밥으로 제조한 후 압축해 만든 청정 목질계 바이오 연료가 펠릿이야."

"……!"

"그건 온실가스 배출이 없는 무공해, 친환경 에너지원이야. 경유나 등유보다 싸서 연료비 절감 효과도 뛰어나고."

"넌 이런 걸 어떻게 아는 거냐? 나하고 같은 수학과 출신이잖아."

주영의 말에 현수가 피식 웃었다.

"인마! 그러니까 사람은 공부를 해야 해. 남는 시간에 빈둥대지 말고 닥치는 대로 읽어둬. 머릿속의 지식은 아무도 못 빼앗아 가는 거니까. 안 그래?"

"그, 그래! 네 말이 맞다."

주영은 괜스레 주눅 든 기분이 되었다. 똑같은 출발선에 있던 친구인데 갑자기 저 멀리 앞에서 뛰고 있다는 생각이 든 때문이다.

"아무튼 벌목과 개간에 필요한 장비들을 있는 대로 수배해 놔. 그리고 그걸 운용할 사람들도 뽑아놓고. 알았지?"

"전부?"

"아니, 각 장비를 다룰 줄 아는 사람 한둘씩만 뽑으면 돼. 이쪽에 데려와서 현지인들 교육시키면 되니까."

"그래! 알았다. 그밖에 다른 내용은 없냐?"

"있지!"

"뭔데?"

주영은 메모를 준비하고 귀를 기울였다.

"다음에 갈 때까지 이은정 실장하고 썸씽이 안 생겨 있으면 너 해고다. 알았지?"

"해고……? 으이그, 알았다. 무서워서라도 데이트 하고야 만다. 됐냐?"

"하하! 그래, 이만 끊자."

주영이 수화기를 내려놓는데 이은정 실장이 눈을 동그랗게 뜬다.

일밖에 모르는 줄 알았던 주영이 데이트 운운했기 때문이다.

"어머, 민 실장님 여자친구 있으셨어요?"

"네……? 아, 아뇨. 없습니다."

"방금 데이트 한다고 하셨잖아요."

은정의 말에 주영의 뇌가 순간적으로 활성화된다.

"현수가, 아니, 사장님이 연애 같은 거 안 하고 일만 하고 있으면 우리 둘 다 해고시킨다고 합니다."

"네에……?"

처음 듣는 소리기에 은정의 눈이 커진다. 분명 농담인 것 같다.

그런데 주영은 심각한 표정이다. 하여 눈만 말똥말똥 뜬 채 바라보았다. 이때 주영이 말을 잇는다.

"이 실장님!"

"네에."

"저 해고 당하기 싫은데 그건 이 실장님도 그렇죠?"

"그, 그럼요."

요즘 취직하기 얼마나 어려운가!

스펙을 쌓느라 4년짜리 대학을 5년 또는 6년 만에 졸업하는 세상이다. 너도 나도 스펙을 쌓기에 웬만해서는 눈에 뜨이지도 않는다.

취업하려는 분야에 따라 다르기는 하지만 공통적으로 토익 점수는 최소 800~900점대에 있어야 한다.

학점은 당연히 다 따야 하고, 평점은 3.5 이상이어야 한다. 전공 분야에서의 자격증은 최소 1~2개는 있어야 한다.

어학연수도 다녀와야 하고, 관련 업종 인턴쉽도 경험해야 한다.

따라서 은정이 이실리프에서 잘리면 취업하기는 하늘의 별

따기가 될 수도 있다. 졸업한 것도 아니면서 학교 수업을 거의 듣지 않기에 뒤쳐진 느낌이 들어서이다.

게다가 이실리프 무역상사는 재벌의 계열사 부럽지 않은 급여를 주는 회사이다.

출퇴근 시간을 강요하는 것도 아니고, 빡빡한 사규가 있는 것도 아니다. 심지어 맡은 업무만 해결할 능력이 있으면 겸업도 가능하다.

그래서 민주영은 매일 밤 아이들을 가르치러 간다. 물론 돈도 벌 것이다.

결정적으로 이실리프는 은정이 만든 회사나 다름없다. 그런데 느닷없는 해고 소리를 들으니 갑자기 소름이 돋는다. 한 번도 생각해 보지 않았지만 만일 그런 일이 생긴다면 하는 생각 때문이다.

주영은 잠시 뜸을 들였다. 그러면서 은정의 반응을 살폈다.

"그래서 말인데요. 우리 둘이 이번 주말에 데이트 합시다."

"네……?"

"우리 둘 다 회사 일에만 매달려서 자기 인생을 돌보지 않으면 자른다니 어쩌겠습니까? 난 여자친구가 없고, 이 실장님은 남자친구가 없잖아요. 안 그래요?"

"네, 그건 그래요."

"그런데 어디 가서 갑자기 애인을 만들겠어요? 그러니 우리 둘이 데이트 합시다. 산에 가서 인증샷도 찍구요. 그럼 현수도, 아니, 사장님도 뭐라 말 못할 거 아닙니까. 안 그래요?"

"……!"

은정이 망설이는 눈치를 보이자 주영은 어제 읽었던 '여자의 마음을 흔드는 법' 이란 책의 내용을 떠올렸다.

이럴 땐 생각할 틈을 주지 말고 계속해서 진도를 나가라고 되어 있다. 그렇기에 마음속에 품은 이야길 해버렸다.

"솔직히 이 실장님, 아니, 은정 씨에게 관심있습니다. 말 나온 김에 사귀어 보는 게 어떨까요?"

"네? 저를요? 저, 저는 아직……."

은정의 마음엔 현수가 있다. 그런데 그의 친구로부터 갑작스런 러브콜을 받으니 당황스러운 모양이다.

"저, 사귀어보면 아시겠지만 나쁜 놈 아닙니다. 지금까지는 별 볼일 없었지만 앞으론 나아질 거구요."

이 대목은 인정하지 않을 수 없다.

은정이야 학연, 지연, 혈연 어느 것으로라도 현수와 연결되어 있지 않다. 하지만 주영은 사장님과 동기동창이고 친한 친구이다.

그런데 이실리프 무역상사는 잘 되면 잘 되었지 망하지는 않는다.

소비자들을 상대로 팔 물건을 생산하는 업체도 아니고, 일반 대중을 상대하지도 않는다.

게다가 킨샤사의 천지약품은 현수가 공동 대표이사이다. 그쪽이 먼저 망하지 않으면 여긴 망하고 싶어도 망할 수 없다.

아무튼 이실리프 무역상사는 전도가 창창한 회사이고, 현재의 주영은 업무 전반을 컨트롤하는 임시 대표이다.

월급도 자신보다 많다. 자신보다 늦게 입사했지만 처리하는 업무가 달라 그렇다고 했다.

부모가 모두 사망하여 시아버지나 시어머니도 없고, 못된 짓을 할 시누이도 없다. 따라서 사귀어서 손해 볼 일은 없을 것 같다.

사람도 착해 보이지만 그러겠노라는 대답은 나오지 않았다. 하여 우물쭈물하고 있었다.

"……!"

"그냥 마음 편히 먹으세요. 결혼하자고 하는 것도 아니잖아요. 먼저 데이트를 해봅시다. 그러다 정 아니다 싶으면 그때 거절하셔도 돼요. 그러니 말 나온 김에 이번 주말에 북한산이라도 한번 가봅시다."

"부, 북한산이요?"

"네, 서울 살면서도 한 번도 못 가봤습니다. 그동안엔 한쪽 팔이 불편해서……."

"저도 한 번도 못 가봤어요."

은정 역시 생활고 때문에 마음 편히 산행 한 번 못해 보았다.

"말 나온 김에 등산화 사러 갈까요? 저 앞에 있던데."

"……!"

"갑시다. 가서 등산화 한 켤레씩 삽시다. 이번 주말이 아니더라도 등산화 한 켤레쯤은 있어야 하잖아요."

주영과 은정은 등산용품점으로 갔다. 두 시간쯤 쇼핑하는 동안 둘은 급속도로 친해졌다. 등산복의 옷 색깔도 서로 결정해 주었다.

은정은 자상한 성품인 주영의 배려가 좋았고, 주영은 섬세하고 여린 은정을 보듬어주고 싶다는 마음이 들어 좋았다.

둘은 예정대로 북한산 등반을 했다.

그리곤 수없이 많은 인증샷을 찍었다. 현수에게 보여주기 위함이라는 핑계를 댔지만 주영은 은정과 같이 사진을 찍고 싶었던 것이다.

업무에만 차질 없으면 되기에 합의만 되면 대낮에도 등산화를 신고 이 산 저 산을 돌아다녔다.

둘의 이런 진전을 눈치챈 수진과 지혜가 부러워한다.

"민 실장님!"

"네, 이지혜 씨."

"우리 회사는 직원 더 안 뽑아요?"

"왜요? 업무량이 늘어나서 그래요?"

"네, 갑자기 일이 많이 늘었잖아요."

"흐음, 그럼 사장님과 상의한 후 더 뽑도록 하겠습니다."

"네, 근데 여자는 안 됩니다. 그리고 결혼한 남자도 안 됩니다."

"네?"

무슨 뜻이냐는 소리였다.

"잘 생긴 총각으로만 뽑아달라는 뜻이에요. 우리도 주말엔 데이트 하고 싶으니까요."

"……!"

주영은 이제야 무슨 뜻인지 깨닫고 낯을 붉혔다.

늦게 배운 도둑질 밤새는 줄 모른다는 속담이 있다.

지금껏 단 한 번도 이성친구가 없었던 주영과 은정은 요즘 깨알 쏟아지는 달콤한 연애가 진행 중이다. 그렇기에 남들의 시선을 고려하지 않은 닭살 행각을 해왔다는 것을 깨달은 것이다.

"키는 커야 하구요. 기왕이면 잘 생긴 사람으로 뽑아 주세요, 성품도 선해야 하구요. 너무 살찌지 않았으면 좋겠어요. 그리고……."

직원이 아닌 신랑감을 뽑아달라는 건지 주문 사항도 많았다.

그런 지혜의 얼굴에 웃음이 배어 있다.

사무실에 있다간 놀림감이 될 것이라 생각한 주영은 차를 몰고 나섰다. 오늘은 산림청을 찾아갈 생각이다.

산림자원을 활용하는 각종 자료도 얻고, 각종 벌목 장비를 제조하는 업자들의 연락처를 얻기 위함이다.

주영은 현수의 충고대로 벌목에 관한 제반 지식을 쌓았다. 그리곤 그에 필요한 각종 장비들을 수배하기 시작했다.

"어휴! 이 많은 걸 어떻게 가져가려고……."

로그 마스터만 오십여 대를 주문해 놓았다.

현수가 개간하려는 정글에 대비하면 어림도 없을 숫자이다. 그럼에도 너무 많이 주문한 것은 아닌가 싶어 불안해했다. 자칫 낭비가 될 수도 있기 때문이다.

다음 날, 현수로부터 전화를 받은 주영은 업체 순방을 다시 했다.

그리곤 주문량을 열 배씩 늘렸다.

로그 마스터, 불도저, 페이로더, 타이거 캣, 팀버, 포크레인 등이다. 이것들은 콩고민주공화국의 이실리프 농장에서 수입하는 것으로 처리된다. 따라서 부가세 및 특별소비세가 면제된 값으로 구매되었다.

주영이 중고를 사지 않은 이유가 여기에 있다. 세금이 면제된 새것이 개인이 소유한 중고보다 더 쌌던 것이다.

대량 주문, 현금 결제의 위력이다.

주영이 고개를 갸우뚱한 것은 운송을 책임질 해운사를 알아볼 필요가 없다는 말이었다.

대체 그 많은 것들을 어떻게 하려는지 알 수 없다. 하긴 주영이 어찌 아공간에 대해 알겠는가!

현수는 각종 중장비는 물론이고 현지에서 필요한 모든 물품들을 아공간에 담아갈 생각을 한 것이다. 시간도 절약되고, 비용도 절약되는 일석이조이니 그렇지 하지 않을 이유가 없는 것이다.

같은 시각, 현수는 콩고민주공화국을 떠나 한국으로 오는 중이다. 그런데 곧장 오는 게 아니라 여러 거점을 거쳐서 오고 있다.

이제 수시로 한국을 드나들 생각이다. 그런데 일일이 비행기를 타고 내리면서 오기엔 시간도 시간이지만 비용도 많이 든다.

장시간에 걸친 비행 때문에 피곤하기도 하다.

따라서 출입국 기록을 따로 남겨야 하는 상황이 아니면 텔레포트 마법을 쓸 생각을 한 것이다.

안전을 확보하기 위해 한 번이 아닌 여러 번에 걸쳐 귀국하게 된다.

킨샤사에서 출발하면 다음과 같은 순서로 귀국한다.

킨샤사→우간다→에티오피아→예멘→오만→이란→파키스탄→인도→미얀마→지나→서울.

거점은 바뀔 수 있고, 갈 때엔 역순이다.

안전한 텔레포트를 하기 위해 내릴 때마다 좌표를 확인하고 텔레포트진을 만들어서 설치하고 있다.

여러 거점을 거치기는 하지만 그곳에서 머뭇거리지만 않으면 한 시간 정도면 킨샤사에서 서울로 이동한다.

현재의 현수는 에티오피아의 수도 아디스아바바(Addisababa) 공항에 내렸다. 그런데 일반인 출입구를 쓰지 않고 외교관 전용 심사대를 통과한다.

가에탄 카구지는 현수에게 콩고민주공화국의 시민권과 영주권을 부여하였다. 뿐만 아니라 준외교관 신분까지 주었다. 해외에서 불편부당한 일을 당하지 말라는 배려이다.

그렇기에 외교관 여권으로 여행하는 중이다.

어쨌거나 아디스아바바는 일국의 수도 같지 않은 모습이다.

현수는 기왕에 온 곳이니 구경이나 하자는 생각에 택시를 탔다. 그리곤 힐튼 호텔로 가자고 했다.

여장을 풀고 밖으로 나갔다. 적도에 가까워 한 낮의 찌는 듯한 더위를 예상했는데 그렇지 않다. 아디스아바바는 해발 2,500m이다. 그래서 킨샤사보다 훨씬 나았다.

곳곳에 건축 중인 건물들이 보인다. 그런데 모두 지나 업체들이 짓는 듯하다. 굴절버스가 지나가기에 신기하다는 표정으로 바라보았다.

가격이 비싸 한국에도 별로 없는 굴절버스를 가난한 나라 에티오피아에서 보았으니 어찌 안 그렇겠는가!

아디스아바바의 첫인상은 깨끗함이다. 질서도 잘 지키고 있다.

잠시 시내 구경을 마친 현수는 택시를 잡았다. 그리곤 코리안 빌리지로 가자고 했다.

언젠가 텔레비전에서 본 다큐멘터리가 있어 이곳을 첫 번째 거점으로 삼은 것이다.

에티오피아는 1950년에 발발한 6.25전쟁에 셀라시에 황제의 근위대를 주축으로 한 칵뉴부대를 파병한 바 있다.

6,037명의 보병이 파견되어 214전 무패이며, 123명이 전사하고 536명이 부상했다. 포로는 한 명도 없었다.

아디스아바바 외곽으로 30분 정도 가면 이들이 모여 사는 촌락이 있다. 코리안 빌리지라는 곳이 바로 그곳이다.

여기엔 이젠 늙고 병들어 버린 예전의 용사 200여 명이 어려운 삶을 영위하고 있다. 이밖에도 에티오피아 곳곳에 2,000여 명의 참전용사가 살아 있는 것으로 보고되었다.

현수는 이곳에 오기 전 가에탄 카구지 장관을 만났을 때 콩고민주공화국의 의사면허증을 발급 받았다. 물론 달라고 해서 받은 것이다.

이걸 받은 이유는 참전용사들을 돕기 위함이다.

『전능의 팔찌』 제10권에 계속…